新 潮 文 庫

母親になって後悔してる

オルナ・ドーナト
鹿 田 昌 美 訳

「これが真実だなんてありえる?」

と問うのではなく、こう問いかければいい。

「もしこれが真実なら?　だったらどうする?」

――アーサー・ボックナー

目次

2章　要求の多い母親業

3章　母になった後悔

4章　許されない感情を持って生きる

5章　でも、子どもたちはどうなる？

6章　主体としての母

訳注は割注で示した

Regretting Motherhood

母親になって後悔してる

Orna Donath

in cooperation with Margret Trebbe-Plath

はじめに

あなたはきっと後悔する！
あなたは！
きっと！
子どもがいないことを後悔する！

2007年、親になる願望を持たないユダヤ系イスラエル人の男女についての調査を実施しているときに、私の心に深く刻み込まれたのが、冒頭の言葉だった。運命の予言めいたこの言葉は、親になるのを嫌がる人のほぼ全員、とりわけ女性に何度も投げかけられる言葉であり、私の頭の中にずっと響きわたっている。そんな人はきっと後悔する。女性は母にならなかったことを後悔する、と。

この断定的な決めつけが、白か黒かの二項対立を示唆していることに、私は違和感を持ち続けている。一方では、「後悔」という言葉を、母になりたくない女性を脅かす武器として利用している。そして他方では、女性が母になったことを後悔する可能性、または母が誰かの親ではない自分に戻りたいと望むという可能性を排除しているのである。

1年後、私はイスラエルで母になったことを後悔する女性たちの研究を開始した。イスラエルは女性が平均3人の子どもを産む国である。[1] この数字は合計特殊出生率であり、経済協力開発機構（OECD）の加盟国の平均の1・75よりも高い。それでも私の調査の結果には、他の西側諸国に通じるものがあることが判明した。たとえば米国（合計特殊出生率が1・8）や南米（ブラジルとコロンビア）、トルコ、イラン、インド、パキスタン、カザフスタン、韓国、香港（ホンコン）、台湾といったアジア諸国と中東、そしてヨーロッパ諸国であるスイス、イタリア、スペイン、イングランド、フランス、スウェーデン、デンマークといった国々、そして特に1・5という低い数字を持つドイツである。[2]これらの国の一部では、女性が母になるかどうかを自由に選ぶ余地があるように思われがちだが、それでも女性は「正しい」決定を下して母になるべきという社会的圧力にさらされている。

いずれの国に目を向けても、女性の多くが、出産や子育てをするなかで、「母性」との関わり方について深い苦しみに直面している――そしてまた、後悔が語られることはめったにない。

私は、女性が母になったことを後悔しない、あるいは後悔できないのだと単純に想定するのではなく、私たちの社会的視野が限られているという前提で、この状況にアプローチしなければならないと考えている。姿を見せたり声を聞かせたりしない、言語化されていないかもしれない何かが存在するのである。

母であることが、女性にとって意味のある関係性になり得ること、それによって充実感や喜びや愛情、心地よさや誇りや満足感がもたらされることを、私たちはすでに知っている。しかし同時に、母であることが緊張と葛藤（かっとう）を呼び、寄る辺なさや欲求不満や罪悪感、恥や怒りや敵意や失望を生み出すかもしれないことも、すでに知っている。そして母であることが、女性の活動と自立の程度を減じる可能性があることも。さらには、母が意識的または無意識に危害を加えたり、虐待（ぎゃくたい）したり、時には殺すことができる人間であることも、私たちはすでに理解し始めている。

それでも私たちは、「母」の神話的なイメージが損なわれないことを望んでいる——女性が血の通った生身の人間としてさまざまな経験をするにもかかわらず。そのため、私たちが日常的に尽力したり苦しんだり気遣ったりする他の多くの役割と同様に、母であることが後悔の感情を呼び起こすかもしれないと認めることには、いまだに消極的だ。母が困難に直面し、それを認識しようがしまいが、母になるのが不幸なことだと感じたり考えたりすることは、期待も許可もされていないのだ。*

声を上げるための言語がないこと、そして母であることが後悔という人生経験から切り離されていることから、母になった後悔については、公開討論においても、[3]母性に関する理論的なフェミニストの著述においても、ほとんど言及されていない。母についての、または母によって書かれた文章は、乳幼児の母としての感情や経験にしか触れていないものがほとんどだ。つまりそれらは母になりたての頃についての内容であり、年長の子を持つ母の経験についてや、母と子の人生を母の視点で回顧するといった内容のものは比較的少ない。さらに、**母になること**についての女性の心情を扱う文章といえば、母になりたがらない女性を扱う内容のものがほとんどだ。つまり、母を生きる女性とは何ら関係のない「その他の女性」の問題だと考えられるのだ。だから、このトピックに関するフェミニストの理論においてさえも、母になることについては、後悔はもちろんのこと、再評価する余地がないように見える。

近年、母になったことを後悔するというトピックがインターネットで取り上げられたごくわずかな機会においては、[4]そのことが懐疑や怒りと歪曲の対象として迎えられがちであった。つまり存在自体が否定されたり、後悔する母は利己的で頭のおかしな傷ついた女性であり、現代の「泣き言文化」を体現した不道徳な人間という烙印を押されたりするのである。

私はこのテーマについて2015年に記事を出し（学術誌『Signs』に掲載）[5]、その後ドイツのマスコミの取材を受けた。[6]これを受けて設けられた新しいハッシュタグ#regrettingmotherhood の下、多くの西側諸国（特にドイツ）で激論が交わされたが、その際にも不信と怒りという2つの反応をはっきりと見ることができた。オンラインでの議論が広まるにつれて、私の調査に対して次のような個人攻撃のコメントが続くようになった。

この女を通りに引きずり出して、金づちのくぎ抜きを使って歯を引っこ抜き、町の子ども全員を並ばせて、ナイフで女の肉片を切り落とさせるべきだ。その後、女は生きたまま焼かれるべきだ。[7]

激しい議論のなかで、母になった後悔の声を上げる女性たちへの非難が殺到した。しかし一方で、母になったことを後悔し、そんな人間は自分ひとりだと考えていた母たちから、救われたという証言も数多く寄せられた。他にも、多くの女性や母たちが、

＊複数の研究から、後悔には認知的要素（想像力、記憶、判断、評価など）と感情的側面（悲しみ、哀悼、痛みなど）の両方が含まれていることがわかっている。私は、この2つに明確な線引きをすることは、恣意的かつ不正確になりがちだと考える。したがって本書では、後悔を感情的なスタンスに関連づけることによって、後悔を「気持ちを感じた原因」または「理由づけられた感情の経験」とするジャネット・ランドマンの説明に従う（Janet Landman, *Regret: The Persistence of the Possible*, New York: Oxford University Press, 1993）。

母または子どもの主な養育者になる義務感の苦痛を公表することで、後悔という感情が持つ重要性を表明してくれた。育児のブログやSNSにコメントする何百人もの女性は、これをきっかけに、社会からの厳しい決めつけや批判を避けるべく心の奥にしまっていた感情を（再び、またはようやく）声に出すことができた。

母であることについての感情には大きな振れ幅があり、それらを表立って論じることが望まれているのは明らかだ。母であることに関する公の言説には、まだ何か深く欠如しているものがある。何かしら言うべきことが、舌の先に残ったままなのだ――母になったことを後悔することが、根深いタブーである限りは。

⚘

2008年から13年にかけて行った私の調査では、暗黙のタブーであるこのトピックに居場所を作ることを目指し、そのために、母になって後悔しているさまざまな社会集団のさまざまな年齢の女性に話を聞いた。すでに孫を持つ人もいた。本書では、これらの女性が母になるまでにたどった多様な道筋をふり返り、子どもが生まれてからの知的・感情的な世界を分析し、誰の母でもいたくないという願望と、子の母であるという事実との間の苦しい葛藤について探究してゆく。加えて、こういった葛藤について、さまざまな女性がどのように認識し、どう対処しているのかについても調査する。

とはいえ、私の関心は、母になった後悔の存在を認識することだけにあるのではない。それでは、社会を責任から解放することになってしまうからだ。もしも後悔を、母になることに適応できない女性の失敗だと個人化するなら（それゆえに、そのような女性はもっと努力するべきだというなら）、多くの西洋社会が女性に母になることを熱心に勧めると同時に、その説得に応じた結果としての孤独を受け入れさせようとすることに対して、目をそむけたままになってしまうのだ。

後悔とは、いくつかの公開討論で示唆されたような「特別な出来事」ではない。「変わり者の女」が「感情を吐露する見世物」ではないのだ。感情を、権力のシステムに対抗する手段だと捉(とら)えるなら[8]、後悔は一種の警鐘である。母親がもっと楽に母でいられる必要があると社会に警告を発するだけでなく、生殖をめぐる駆け引きと、母になるという義務そのものを再考するように促しているのである。後悔が「選ばなかった道」を浮き彫りにするように、母になった後悔は、社会が女性に選ぶことを禁じている他の道が存在することを示している。「母にならない」のような代替の道が**先験的に**消去されているのである。後悔が、過去と現在の間、実体と想起の間の架け橋となるように、母になった後悔は、女性が何を覚えておくように求められ、何をふり返ることとなく忘れるように求められているのかを明らかにするのである。

後悔は、自分が下した決定の結果に対する一般的な感情的反応であり、他者とのさまざまな関係の中に見出（みいだ）すことができる。そして、母になった後悔は、母性が神聖な役割と捉えられ、多くの人間関係のひとつとしては扱えないことに光を当ててくれる。その意味において、後悔は、母が常に他者への奉仕を目的とする――わが子の幸福をそのまま自分の幸福に結びつける――「客体（オブジェクト）」である、という概念に反論する一助となる可能性がある。後悔は、母を「主体（サブジェクト）」として認識し、母が自分の体と思考、感情、想像力、記憶の所有者であって、これらすべてについて価値が有るか無いかを評価する能力を持つと見なすのに役立つのである。

後悔について話すとき、私たちは何について話しているのか

多くの場合、母になった後悔を論じようとすると、興味深いことが起きる。後悔についての議論が、即座に母の**アンビバレンス**（相反する感情を同時に持つこと）についての議論へと移行するのだ。後悔が、母として経験するさまざまな葛藤の中に位置しているのは確かだ

が、後悔とアンビバレンスは同一ではない。後悔には母であることについてのアンビバレントな感情が含まれる可能性があるが、母であることのアンビバレンスは必ずしも後悔を意味するわけではないのだ。相反する感情を経験しながらも母になったことを後悔していない母もいれば、母になったことを後悔しているが母であることに相反する感情を持たない母もいる。

私は、母になった後悔を議論の中心としてとどめるべきだと主張している。それは、アンビバレンスと後悔が混同されているためである。この2つが同じものであるかのように扱われ、母になったことを嘆く女性の声に耳を傾ける可能性をなくしてしまっているのだ。母であることの苦難の議論になだれ込むと、後悔という概念が与えるはずのものが打ち消されてしまう。私たちは、自明の理とされていることを再考する必要がある。世界中のすべての母が、母であることを価値ある経験だと認識しているという大原則について、もう一度考え直すべきなのだ。さらに、この2つを混同することは、現状維持につながる。なぜなら、複雑性とアンビバレンスという言葉を使うことによって、私たちはまたしても、後悔の核心から生じる重要な疑問に対処することに背を向けてしまっているからだ。その疑問とは、**母になることそのもの**である。女性が主体として行動できる余地には限りがあるが、その中で女性自身が、出産して子育てをしたいかどうかを自分で検討し、決定するのである。

　後悔に焦点を合わせることは、後悔はしないが母であることに苦しんでいる女性を理解するためにも間違いなく役立つ。時折「母」という役割を人生の記録から消してしまいたいとぼんやり考えながら、そのような「禁じられた」願望を履歴から完全に削除するように求められている女性が存在するからだ。このように、後悔に焦点を合わせることは、社会的構成概念の影響に直面するすべての母に役立つのである。

⚘

　母としての経験がこのように幅広いことを踏まえ、私の研究で「後悔」を定義するための最初の基準は、後悔しているという**当事者である女性による自己認識**があることにした。そういった女性は、「親になった後悔」と率直なタイトルを付けた研究に最初から積極的に参加してくれた。* 研究に興味を持ち連絡をくれた母のうち数人については、母としてのアンビバレンスや葛藤を経験したものの、**後悔している**という自己認識がなかったため、この研究に彼女たちの経験的データは含めなかった。

　さらにもう2つの基準が、母である難しさやアンビバレンスを、後悔と区別するのに役立った。ひとつめの基準は、「今の知識と経験を踏まえて、過去に戻ることができるとしたら、それでも母になりますか？」という質問に対してノーと答えること。2つめの基準は、「あなたの観点から、母であることに何らかの利点はありますか？」という質問にノーと答えることだ。一部の女性は**「ノー」**と即答した。2つめの質問への答えがイエスであるとき、つまり、インタビュー対象者が母であることにいくつかの利点を見出す場合、私はさらに「あなたの観点から、利点は欠点を上回っていますか？」と質問をした。これに否定的な答えを出した女性は研究対象に含めた。

これらの基準を満たす女性は、後悔の念を持続させているということになる。妊娠以来という女性もいれば、出産後という女性も、母になって数年後から、と報告する女性もいるが、それが現在まで続いているのだ。この基準が明確にしていることが2つある。それは、「どうすれば私が母であることの困難を受け入れることができるのか」という質問が、**母になることが間違いだった**という経験と同一ではないということ

＊2008年から2011年にかけて、34歳から78歳までの数人の父親（祖父を1人含む）への詳細なインタビューも行った。インタビューが始まってから4年後、母であることと父であることの類似点と相違点を十分に深く掘り下げることができなかったため、母になった後悔に焦点を合わせて執筆を進めることに決めた。

と。そして、「私は母であることに苦しんでいるが、わが子の笑顔は私にとって世界のすべてと同じぐらいの価値がある」と言うことが、「私は母であることに苦しんでいて、それを価値あるものにするものは世界に存在しない」と言うことと同一ではないということだ。

研究について

社会学的研究が始まり、その研究のトピックが非難される内容であったり、ごく少数派の人々を対象にしたものである場合、研究者は話し相手がいないことに気づくかもしれない[9]。私は、母になって後悔することがどれほど一般的なのかを知らないし、どの程度そうなのかを決めつける立場にもない。しかし、それは確かに非難され、タブーと見なされている。そうした理由から、研究の一環として後悔について話をすることをいとわない女性に出会うのは簡単なことではなかった。そしてやはり、研究期間中に、母になったことの後悔を表明して連絡をくれたにもかかわらず、インタビューの日時を決める前に連絡が途絶えてしまうというケースが数件あった。わずか1日前にインタビューをキャンセルした人も数名いた。それまで自分の中に留めていた非難の対象となる感情を表に出すことを恐れたからである。
　これらの女性（および最終的に研究に参加した女性）との接触は、4通りの方法で行われた。ひとつめとして、親子関係や家族に関連するイスラエルの複数のオンラインフォーラムに通知を出した。2つめは、私自身が母になりたくない女性という立場であり、以前にイスラエルで意図的に親にならない人々に関する研究を行い、先駆的な本を出版していたため、さまざまなメディアや講演でこの研究プロジェクトについて話したり書いたりした。[10] 3つめは、非公式の口コミを使った。そして4つめとして、すでに参加したいという希望を表明した女性が、母性について同じような気持ちを共有する他の母たちと私をつなぐという「芋づる式」に頼った。

⁂

　調査結果を執筆する前に、調査に含まれる23人の女性（2年以上前にインタビューをした女性も数名いた）のひとりひとりに、引用する際に使う名前を選んでもらった。彼女たちの経歴と社会人口統計学的特性の一部は次の通りである。

年齢：女性の年齢は26歳から73歳。うち5人は祖母でもある。

国籍と宗教：女性はすべてユダヤ人。うち5人は無神論者、12人は非宗教的、3人は多様な宗教セクターに属していると定義し、3人は混合の宗教的アイデンティティを持つと分類されることを拒否した。

社会階級：母親のうち7人は労働者階級、14人は中産階級、2人は上位中産階級であると自己申告をした。

教育：インタビュー対象者のうち11人は大学の学位を取得し、8人は高校を卒業し、3人は専門資格を取得し、1人はインタビュー時に学士号を取得するための勉強中だった。

有給雇用：インタビュー対象者のうち20人はある時点で雇用されており、一部はインタビュー時に雇用されていた。3人は雇用されたことがなかった。

子どもの数：5人の女性に1人の子ども、11人に2人の子ども（うち1人には双子）、4人に3人の子ども（うち1人には双子、別の1人には三つ子）、3人に4人の子どもがいた。子どもの年齢は1歳から48歳までの範囲だった。インタビュー対象者の子ども51人のうち、18人は10歳未満、33人は10歳以上。51人はいずれも身体障害を持っておらず、5人は特別支援が必要と定義された（自閉スペクトラム症と注意欠如・多動症の傾向）。5人の女性は妊娠するために生殖補助医療を利用していた。

性同一性：1人のインタビュー対象者は、自分自身を男性と関係を持っていたレズビアンと定義し、男性との関係を通じて子どもをもうけた。他のインタビュー対象者は、性同一性については特定せず、異性愛者であることに言及した。

婚姻状況：女性のうち8人は既婚または長期的なパートナーがおり、14人は離婚または別居していて、1人は未亡人。10代の頃に母になったり、最初からシングルマザーであった人はいなかった。子どもの父親と離れて住んでいた14人のインタビュー対象者のうち、3人は子どもと一緒に住んでいなかった（子どもは父親と同居）。

後悔に関するほとんどの研究は定量的であり、実験室である仮説に基づく環境を設定して心理実験を行い、男女に、同じ状況下でどのように感じ行動するかを評価することを求めるものである。この種類の調査は後悔の理解に多大な貢献をしてきたが、参加者を個人の歴史から切り離し、後悔をより広い社会的文脈から切り離している場合が多い。[11] それゆえに、母になった後悔を研究するにあたり、私は綿密なインタビューなどの**定性的な**方法を使うことを希望した。この方法なら、言葉の一語一句や涙や声の抑揚、皮肉な口調、笑い、話の間(ま)や沈黙に耳を傾けることで、情報の幅を広げることができる。感情を表に出すことは、感情そのものの入り口であるだけではなく、それぞれの女性の個人史や、より広い社会的な物語(ソーシャルストーリー)の中にそれらの感情の居場所を見つけるための入り口でもあるのだ。

わずか23人という母親の数の科学的価値について疑問に思う人もいるかもしれない。しかし、この研究と本書は「**そういう母**」についての一般化を可能にする代表的なサンプルを提示することを意図したものではない。それどころか、当初からの目的は、さまざまな社会集団に属する母が**自分自身の居場所を確認できる**複雑なロードマップを描くことだった。主観的にさまざまな経験をする母親たちの存在を認めるためである。そのため、本書では全体的に、一般的な母親の内面世界を決定づけることから意図的に距離を置く一方で、位置づけの判断を女性自身に任せている。

私自身が母になりたくない女性であるという事実は、研究に参加した何人かの女性に重要な意味を持った。インタビュー中に、私が母であるかどうかを何度も尋ねられ、研究を科学的であると定義するためのかつての一般的なガイドラインに反して――研究者として個人的な質問に答えてはいけないのだが[12]――返答していた。答えないことが、研究に参加している女性たちへの不公平になるというのが私の理解だった。彼女たちには、話を打ち明けている相手の素性を知る権利があったし、一方的に情報を提供することを期待されるべきではないと考える権利もあった。また、私にとっても不公平だと理解した。私自身も、主体として存在する権利を持つ人間として、自身の判断に基づいて会話を運びたいからである。

だから私は答えたし、「母ではなく、母になることを望まない」という返答が、母になった後悔についての陰影の深い議論を続ける一助となった。ただし、これが痛々しいフラストレーションや嫉妬(しっと)の発言につながることもあった。というのも、誰の母でもない私は、後悔する彼女たちにとって憧れ(あこが)の姿の体現であったからだ。母ではないという私の身分が、選ばなかった道を思い出させるのである。また一方で、私の答えと、私がイスラエルで女性にその件について決断する権利があることを主張する活動家として知られているという事実のおかげで、参加者の女性たちは、インタビュー中や終了後に私から批判を受けることはないと判断できた。さらに言うと、あくまで想像だが、もしも私が母だったとしたら、彼女たちのように後悔している可能性が高いと思う。この理解があったことが、ほんの一瞬でも、たとえ部分的にでも、彼女たちとの間の共通言語を作ったのかもしれない。

母と非母（ノンマザー）の間に類似点があることは、家族構成が必ずしも多くを物語らないことを示唆している。本書の中で示されていくのは、実際の家族構成が、**母の性向**と**非母の性向**の間に位置する感情的な態度を覆（おお）い隠す可能性があるということだ。この意味で、母ではない女性（例えば、健康上の理由によって）は、母になった女性と同じように出産と育児への深い欲求を感じるために、母の性向があるかもしれない。一方で、母である女性であっても、誰の母でもいたくないという深い欲求を、意図的に母にならなかった女性と同じように感じるために、非母の性向があるかもしれない。

すべてを物語るレッテルとされる「母」と「母でないこと」のステータスをバイパスする十字路を認識することにより、社会的に二分類されたカードをシャッフルできる。母と非母をライバルとして二分するのではなく、本書が示唆するように、潜在的な味方同士として位置付けるのだ。

本書のロードマップ

1章では、女性が母になることに対する、西洋社会の出産を奨励する社会的期待について取り上げる。この期待は2つの言語で語られる。ひとつは「自然の摂理」という言語であり、それによると、女性は母になる以外の選択肢を持たず、それが生物学的運命なのである。2つめは、新自由主義、資本主義、ポストフェミニストの言語であり、それによると、現代の女性は人生を決定する際に多くの選択肢を持っており、これほど多くの女性が母になっているのなら、それは自由意志に従った証拠であるというものだ。母になった経緯について、女性本人の話に耳を傾けることで、母になるまでの道筋が、もっとはるかに複雑であることが見えてくる。この多様性が、母になることが女性の望みなのか、「たまたま」起きたことなのかが、必ずしも明確ではないことを教えてくれるだろう。

2章では、母性を統治する厳格な社会的ルールについて扱う。母がどうあるべきか、どのように行動し、考え、見て、感じるべきかを決定するルールである。アメリカの社会学者アーリー・ラッセル・ホックシールドが「感情のルール」[13]と呼ぶものと、母の実際の感情的スタンスとの間にありそうな相違は、母であることとの後悔を探究し、後悔とアンビバレンスにさらなる区別をつけるための出発点になるだろう。

3章では、「後悔」という一般的に物議を醸し、とりわけ母にとっては「道徳的に許されない」感情について詳しく見ていく。この章では、後悔が社会的に利用され、出産しないと将来的に後悔すると脅すことによって、女性に子どもを産ませることについて説明する。また、社会は、母というものは過去をふり返らず前だけを見るものだと期待している。女性には、進歩する女性像のイメージが与えられており、時がくれば必ず母であることに適応するとされている。しかし、ここで見ていくように、母は実際には**ふり返る**のである。

4章では、子どもを持つことで女性が「欠如した状態」から「完全な状態」へと変容するという社会的な保証について説明する。ただし出産後の母は、「完全」を感じる代わりに、母であることを欠如やトラウマと感じる可能性がある。さらに、永遠に母でありつづけるという無限の感覚が、子どもが成長した後でさえつきまとい、これが後悔の一部になる可能性についても見ていく。この章では、母でありながら誰の母でもいたくないという葛藤から生じるいくつかの状況について詳しく説明する。たとえば、子どもを持ちたくないという望みと、実在する子どもへの愛情が（おそらく）

衝突すること。子どもまたは女性自身を家族から取り除くことを空想すること。居住形態を変更すること。後悔に照らして子どもを増やすかどうかを悩むこと、などだ。

5章では、公の場で母である後悔を話すことにまつわる緊張関係を検証する。また、不満を持ち、混乱し、幻滅する母の声が、どのように制限または非難されているのかを検証する。この章では、後悔する母が、母になる価値についての思いを子どもに話すか沈黙を貫くかを決める際に克服すべき事柄についても検討する。

6章では、母になる選択を却下しないときに、母になった後悔が示唆する2つの意味合いについて扱う。この章では最初に、母という立場に適応し満足を得るかどうかは、子どもを育てる環境条件に左右される、あるいは少なくとも大きな影響を受ける、という一般的な仮定について説明する。この仮定は、この研究に対する一般的な反応から、じゅうぶんに実証されている。つまり後悔を、子どもを産むか、社会支援をほとんど受けずにキャリアを追求するかを選択せざるを得なかった結果と見なす傾向があるということだ。私の調査結果は、この仮定が疑わしいことを証明している。

さらにこの章では、母になった後悔を理解し、母全体の居場所を豊かにするために、母であることをもはや役割として扱うべきではなく、多様な人間関係のひとつとして理解するべきであると提案している。母は「公共圏」とそのロジックに限定されるべきとされてきた。しかし、母とは、関係性のなかで自ら吟味し、比較検討し、評価し、バランスを取る主体なのである。

⚘

本書と、ここに意図的に膨大な数を記した女性たちの声が、私たち自身の居場所として機能することが、私の望みである。その居場所は、もう苦しむのはやめ、変化を引き起こす議論を生み出そうと主張する女性と母たちのためにある。それは私たちが当然得るべき場所なのだ。

1章　母になる道筋

社会の指示vs女性自身の経験

一般的な真実つまり想定として、私たち全員が子どもを欲しがっていて、子どもがいなければ幸せにならない、という認識があります。そう、私はこういった認識を持って育ちました。でも、そんなに単純ではありません。シンプルではないのです。私には3人の子どもがいます。シンプルには行きません。社会から受け取るメッセージと実際に感じることには、とても大きな隔たりがあります。

——ドリーン（5〜9歳の3人の子どもの母）

「ウーマン・マザー（Women mother）」[1]。この2つの単語が簡潔に示しているのは、人類の歴史の黎明期（れいめいき）から、すべての文化に共通する事実として認識されてきたこと、つまり女性は子どもの主な世話人であるだけではなく、自身の中に**母**を内包している、ということだ。

　このあり方は、常に証明されているように見える。実際に大半の女性が母になっているからだ。しかしこの事実は、女性を母へと導く多様な道筋については何も教えてくれない。また、母へと移行する前後において、子どもを産み育てるという概念との関係性が女性によってさまざまだということも何も教えてくれない。たとえば、母になることに感情的に興味がなく、子どもと縁を持ったり日々関わったりすることを避けたいと思う女性がいる。また、母にはなりたくないが子どもと関わることに興味があり、子どもを扱う治療や教育関係の職に目を向けたり、甥や姪といった親族の子どもと時間を過ごしたりする女性もいる。養子縁組はしたいが出産はしたくない女性もいる。母になる願望はあるが、妊娠や出産への恐れが大きく、母になることを避けたがる女性もいる。地域の社会的制裁を理由に、母になる以外に選択肢がない女性がいる。母になることを望まないが、それによって何かを得たいと願う女性がいる。母になりたくないが、パートナーからの親になりたいという願望を受けて引き続き検討中である女性がいる。ふり返ってみて、なぜ母になったのかがわからない女性がいる。

　女性を母へと導く多様な道を知ることが、後悔を研究する出発点であるべきだ。後悔とは、女性が内面から誰かの母になるという思い込みを疑わせる感情的なスタンスである。それにより、母になった女性ならば、母になることを望んでいたに違いないという、女性を母への道に誘(いざな)うためによく使われる一般的な仮定を再考できるかもしれない。これから述べていくように、母を目に見える部分で捉(とら)えただけでは、女性が母であるという状況に対して示す多様な態度が明示されているとは言えないのだ。

「自然の摂理」または「選択の自由」

すべての女性は出産すべきであるという社会的前提は、一部には、女性とその肉体との間の緊密で基本的な相関関係に端を発している。女性が、自然界の要素と同一視されるのは、妊娠・出産と母乳育児という動物的と見なされる能力を持つためだ。[2] したがって、私たちの体は、妊娠できるかどうかによって評価される。つまり出産能力こそが、私たちの生命の本質であり、そのことが存在を正当化すると考えられるのだ。*

---

*女性であることと出産能力との間に根本的な相関関係があるという仮定は、トランスジェンダーの女性を「本物の女性」から除外し、そういった女性が社会の道徳的秩序を脅かしているという疑いをかけるために使われる正当化のひとつである。

女性は「すべての生命の母」と認識され、生命の泉であり、人間の生存意欲に深い関わりを持つとされる。女性に対するこの評価基準は、女性を自然界の網に閉じ込めている。というのも、この問答無用の仮定によって、解剖学的に生殖できる**可能性**があるというだけで、女性は母になることを**義務付け**られているからだ。私たちは**他の選択肢**を与えない宿命論者の指図によって、支配され、受け身にならざるを得ない。言い換えれば、さまざまなフェミニスト作家が指摘するように、歴史的および文化的概念が、生物的な性に従った選択の欠如という錯覚のもとに、女性を罠にかけようとする。社会は「自然界の言語」を使って私たちに妊娠して出産するように説得するのだ——ときには、それが生物学的な制約と言えるほどまでに。[3]

同時に、もうひとつの対照的な仮定が存在する。それは、すべての女性が母になることを希望し、したがって**自由な選択**によって母になるというものだ。この仮定のもとで、女性は積極的に、賢明に、合理的に、解放された自由意志をもって、母への道を目指す。「泣き言はやめなさい！　自分で選んだ道なのよ——向き合いなさい！」とは、辛さを相談した母親がよく耳にする言葉だ。

すべての女性が自然の流れの結果として母になるという考えの根底にあるのは、遺伝子決定論（遺伝子が身体的、行動的形質を決定するという理論）という古めかしい用語である。すべての女性が内なる意志の結果として母になるという考えは、近代性、資本主義、新自由主義政治からの影響も受けて形成された。そのなかで、自身の肉体や意思決定や運命を所有する権利があることが、女性の間で次第に認識されてきたのだ。現代では、より多くの女性が教育や有給の仕事を得ることができ、恋愛関係を築くかどうかや、恋愛対象を誰にするかを決める能力が高まっているため、女性は、自分のライフストーリーを紡ぐことができる個人と見なされることが多くなっている——まるで私たちが自立した立場で、賢い消費者のように多数の選択肢から自由に選んでいるかのように。

そんな空気のなかで、私たちは、母になることが完全に女性の望みであり、女性がそう望むのは、自分の肉体や人格や全人生を、以前よりも好ましい新たな方法で体験したいからなのだと推測する。次に挙げるのは、母になるメリットとして、社会が女性に約束していることの一部である。

・母になることで、正当化された価値ある存在へと導かれ、必要性と生命力が確証された立場になれる。
・母になることは、あらゆる意味でその人が女性であることを本人に確信させ、世界に知らしめる——生命を創造することによって自然界に借りを返すだけではなく、生命を保護し育成する道徳的な人物として。
・母になることは、自分の母と祖母、太古の昔に出産した女性たちへと、世代の連鎖をつなげる。脈々と続いてきた伝統に対する忠誠心を物理的に具現化し、今度はそれを将来の世代に伝える立場になることができる。
・母になると、何かを所有する権利が認められ、これまで文化によって否認されていた特権を取り戻すことができる。世界の支配力に服従するだけではなく、子どもに対する権限を持つようになる。
・母になると、実家を離れて自分の家族を築くことになるため、女性として成熟する方向へと切り替わる。忘れていた子ども時代を思い出して、自分だけの遊び場のように、そのなかを思い切り駆け回ることができるようになる。
・母になると、パートナー（もしいれば）と、子どもを通じて親密な同盟関係を結ぶことができる。
・母になると、何かに献身し、苦しみに耐え、要求を満たし、見返りを期待することなく利他的な優しさを示すことができるようになる。そのことが孤独を取り除き、自尊心と充足感、無条件の愛、進化するための居場所を与えてくれる。
・新しい家族を形成するなかで、母になることが、過去の怠慢、貧困、人種差別、嘲笑（ちょうしょう）、孤独、暴力の記憶を破り捨てることを可能にし、以前の現実を置き去りにすることによって、新しい避難所が与えられる。

・母になることを通じて、より良い未来についての無限の可能性を想像することができる。加齢や継続性が尊重され、目的のない現在からの脱出が保証されるからである。

青年期と成人期の女性に、ほぼ毎日与えられる社会的な約束がいくつかある。これらの約束は、裏を返すと、母ではない人々に対する決定的な裁定である。妊娠・出産できない女性は、本来与えられたはずの有利な能力を使わなかったとされ、欠陥や損傷があると見なされがちなのだ。母になりたいが状況的な制限を受けている（独身、パートナーが親になることを望まない、経済的な事情、身体的または精神的障害がある）女性もまた、否定的なステレオタイプにさらされる可能性がある。さらに、イスラエル*など多産な国の多くでは、妊娠・出産を望まない女性と育児を望まない女性は、哀れみや疑念の目を向けられやすく、利己的、快楽主義的、子どもっぽい、不名誉、健常ではない、危険、正気が疑わしい、といった印象を持たれがちである。母になりたくない女性への標準的な反応の一例を以下に挙げる。

「〔彼女たちは〕ナルシシストで、自分の自由時間だけを考える女性だ。欠陥のある魂の治療法を見つけるためにセラピーに行きなさい」「夜遊びの時期はすぐに終わる。帰りを待つ子どもたちの笑顔の代わりに、目の前にパソコン画面がある生活が待っている。未来の幸運を祈る」「あなたは女性でしょう。子どもが絶対に必要です！」「冷酷で無情な人ですね」「でも、あなただって子どもだった頃があったでしょう？」「精神科の診療を受けなさい!!」[4]

これらのメッセージは、決定的な裁定だけでなく、運命の予言についても述べている。それは、母になることを進んで放棄する女性は、空虚で退屈で孤独な、後悔に満ち、意義と実体が欠如した苦しい人生を自らに課してしまうということだ。

この観点からすると、健康で正気であるとされ、今や自分の人生を自由に選択できるようになった女性が、母にならないと決定することはとんでもないことのように思われる。それどころか、進歩し満たされるためには、非母(ノンマザー)の人生から前進する義務があり（自然の摂理として）、その意思がある（選択の自由として）と考えられているのだ。

それでも、フェミニスト作家たち、たとえばアンジェラ・マクロビー、ロザリンド・ギル、リッキー・ソリンジャー、キネレット・ラハドは、この選択の幻想を暴い(あば)てきた。これらの作家によると、「自由な選択」は自由、自律、民主主義、個人的責任の原則を想起させるものの、最終的には幻想なのである。というのも、不平等、強迫、イデオロギー、社会統制、権力関係が無視されているからである。私たちは、不幸や悲劇を含め、自分の人生の筋書きの唯一(ゆいいつ)の著者であるかのように、個人的な物語を自身の選択の産物だと解釈すべきだと告げられている。これにより、私たちの生活と下す決定が、文化的規範や道徳や差別や強力な社会的勢力によって大きく影響されるという事実が、見えにくくなっているのである。[5]

妊娠して母になることに関しては、すべてを包括する選択というレトリックに疑問を投げかけることが重要である。自由に選べるのが**社会が女性たちに望む選択**だけだ

*イスラエルでは、母になることは、前国家時代から公の言説で名誉ある位置づけを与えられてきた。母になる義務は、「実り豊かになり、子孫を増やす」など宗教的な戒めにおいても存在し、世俗的な軍国主義、ナショナリスト、シオニストのイデオロギーにも見られるメッセージである。イスラエルの合計特殊出生率は、不妊治療技術のおかげもあって、先進国のうちで最も高い。イスラエルは不妊治療技術を他のどの国よりも多用している。

としたら、実際にはどれだけの策を講じる余地があるだろうか？　女性が社会の意志とそれが私たちに与える優先順位と役割に従って決定を下す限り——たとえば、異性愛者と愛のある関係を続ける、善意ある献身的な母である限り——私たちは、自由で独立した自律的な個人という社会的地位を獲得し、欲求を満たすための制限のない能力を手に入れることができるのだ。しかし、私たちの選択が社会の期待と衝突するとき、たとえば美容に手をかけることや、子どもを持つこと、男性との（概ね）愛のあるパートナーシップを維持することを拒否した場合に、問題にぶつかる。行動を非難されるだけでなく、孤立して社会的地位を失う結果に直面するのだ。なぜなら、「それはあなたの選択ですよね！」（「悪い選択」と付け加える人もいるだろう）と、いうわけだから。[6]

　このように、現代では以前よりも母になるか否かを決めることができる女性が増えているものの、全員とは言わないまでも大半が「正しい選択」をすることを期待されている。それは常に子どもを産むことであり、常に「正しい」人数が期待されているのである。しかし、英国の経済学者スーザン・ヒメルワイトは、私たち女性が、子どもを産むことについて——特定の人数の子どもを持ちたいか、母になること自体に関心を持たないかについて——の決定を下す状況の「選択」を必ずしも持っているわけではないと主張している。[7] 現実には、私たちの多くは、今でも多くの社会的制約のもとで、子どもを持っている——または持っていない——のである。抑圧された民族や階級（またはその両方）の女性はしばしば、避妊について誤った情報を与えられたり、避妊へのアクセスが制限されたりし、自身の決定を下す資格がないと見なされる。レイプの結果として、妊娠し、出産し、子どもを育てる女性もいる。また、他からの圧力や、必ずしも自分自身のものではない決定のために妊娠を中絶する（または継続する）女性もいる。精神的または身体的に障害のある女性に、出産や母になることを思いとどまらせるというケースは非常に多く、貧しい女性は、大家族を計画する権利を奪われることがしばしばだ。

それに加えて、世界中の女性が、「国に利益をもたらすために子宮を捧げよ」というメッセージからの攻撃に依然としてさらされている。そのひとつの例がオーストラリアである。2004年、財務大臣（当時）のピーター・コステロは、少子化と年金費用の増加を理由に、オーストラリアの女性に国のためにもっと多くの子どもを産むようにと呼びかけた。「『1人は母のために、1人は父のために、そして1人は国のために』。〔彼は〕『家に帰って、愛国的な義務を今夜果たすように』と指示したのだ」。[8] 女性が子どもを産む（またはさらに数を増やす）ことへの奨励は、国家による出生率政策とインセンティブによって、さらには子どもを持たないという決定が権威者によって踏みにじられていることによって支持されている。たとえば2015年に教皇フランシスコは、これに利己的な選択だという裁定を下した。

　女性が子どもを産むか否か、いつどのように出産するかを「選択」するにあたり、この種の条件付きの自由が存在することは、多くの母親の証言からも明らかである。たとえばイスラエルの有名なモデル兼女優は、このように述べている。「私はプレッシャーをかけられています……3人目を産むようにと！……あらゆる人が私に言います。イスラエルでの〔ユダヤ人とパレスチナ人の〕紛争のため、安息日(シャバット)の夕食には少なくとも3人の子どもが必要であると[9]」

　また、あるドイツ人のブロガーは、こう発信している。


　2015年になっても子どもを欲しがることを期待されている女性として……女性と母にまつわる社会構造は深く根付いているため、多くの女性がいつかの時点でこのプレッシャーに（無意識に）屈服して子どもを産む……子どもが欲しくないという発言はタブーだ。私はほぼ毎日このタブーに直面している（なぜなら体内時計が刻々と過ぎている年齢だから）。あらゆる方面から尋ねられる。友人も同僚もかかりつけの医者も――誰もが私に、いつなの、どうするの、どうしてまだなの（!!!）と質問するのだ。[10]

要するに、子どもは必ずしも「自然の摂理」や「選択の自由」によって生まれるとは限らない。時には、私たちがそれ以外の道を持たない／見つけられないという理由で生まれてくるのである。[11] アメリカのフェミニスト哲学者ダイアナ・ティージェンス・マイヤーズは、これを想像力の植民地化と呼んでいる。それにより、私たちは母になることが唯一の道であるという概念を吸収し、他の利用可能な選択肢を想像できなくなり、想像できる唯一の決定が「純粋な空間」からやって来たような印象を持つのである。[12]

この植民地化は、女性が母になるまでにはさまざまな経路があることが多くの場合隠されていることからも起こる。これは、母になることは本能的な欲求だという名目で語られる「自然界の言語」と「選択のレトリック」を維持するための隠蔽（いんぺい）である。このあと見ていくように、すべての道が子どもを産みたいという願望から始まるわけではないし、少なくとも願望が明白なわけではない。たとえば、私の研究に参加した母の一部は、あまり考えずに、流れにまかせて妊娠したと話していた。数名が、自分の社会集団に溶け込みたいなど、子どもが欲しいという以外の理由で母になりたかったと説明した。また、妊娠する前に（時には自分が子どもの頃から）子どもを産みたくないとわかっていたが、明確な、または内在的な圧力のために母になったという人も複数いた。

流れにまかせて

妊娠と出産をすることが、女性にとって「普通の」人生の典型であり、母になることが人間関係において最重要であると認識される場合、子どもを持つことは、しばしば当たり前だと見なされる。当たり前すぎるために、多くの母が、産んだ理由や産みたくなかった理由を挙げにくいと感じるのである。そのため、自身の欲求を見定めて、その欲求の形成における社会的規範の役割を理解するところにまで、手が届かなかったというわけだ。

サニー　4人の子どもの母。2人は5〜9歳、2人は10〜14歳

――26歳より前に、子どもを持つことについて、どう考えていたかを覚えていますか？

私は何も知りませんでした。とてもシンプルです。何も知らなかったのです。赤ちゃんを抱いたこともありませんでした。

赤ちゃんが欲しかったか？

結婚する前は、子どもに興味がありませんでした。子どもを見ると嫌な気分になりました（笑）。〔赤ちゃんが〕苦手だったんです。まったく興味を覚えなかった。でも、結婚した後、子どもに対する感情を想像してみました。〔夫の〕親族に子どもがいたので、その家族を見て、子どもがそばにいる心の状態になじもうとしたんです。どういう感じなのか、さっぱりわからなかったけれど。

――では、あなたが子どもを持った理由は？

準備ができたと感じたからです。ある時点で、次のステージに向かう時期だと思いました。それに、私は他のみんなと同じようになりたかったんです。それが正しいことだと思ったし、自分の結婚のためにも、私自身のためにも良いことだと思いました。実際にどうなるのかを知らなかったのです。

ニーナ　2人の子どもの母。1人は40〜44歳、もう1人は45〜49歳。祖母

——（母になることを決心した）当時、子どもは心の中にいなかったと言いましたね。なぜ第一子を産む決心をしたのですか？

そこには、世間の声が多く関わっています。その年齢だった当時、私はとても不安定で……何が普通なのかわかりませんけれど。私には家族がいて、愛のある関係を持ち、パートナーがいるのだから、子どもも持とう、と。計画したわけではなく、「私たちは決めました」ということではありません。自然にそうなったのです。それで構わないのですが、適切な時期であるとか、待つべきだとか、早くすべきだとかいう決定によるものではありませんでし

た。わざわざ話し合うことは一度もありませんでした。とにかくそうなって、子どもが生まれた。計画の手を加えることなく。〔……〕私にその勇気があったのかどうか……自分は他の人とは違うから意識的に子どもを持たない、と決断する勇気があったのかどうか、わからないのです。

ティルザ　2人の子どもの母。1人は30～34歳、もう1人は35～39歳。祖母

私の周りの全員が出産しています。みんな若い女性で、母乳育児とベビーカー、赤ちゃん、おむつ〔……〕――そういったものばかり。私はそんな環境にいたのです。それに、当たり前のことであり、神聖な、そう、最高に神聖なことだったのです。とにかく無理でした……〔子どもを持つことに対する疑念を〕口にするなんて。キブツ（イスラエルの集産主義的協同組合）には、異性愛者の中で母でない女性はひとりもいませんでした。結婚した女性、離婚した女性、未亡人になった女性はいても、子どもがいない女性はひとりもいません。そのような生き物はいなかったのです。当然のことなので、それについて考えること

さえありません。その方向の**考え**を抱く選択肢がまるでなかったのです。私の意識の中にありませんでした。これっぽっちも。

⚘

母への移行が「自動的」だった母にとって、母になることは、事前に結果として起きることを比較検討することなく、子どもを持つか否かの意味を考えずに**身の上に起こったこと**なのだ。インタビュー対象者には、この点から、次のような意見を表明した人もいた。「私はそれについて一瞬も考えなかった」「意図せずに起こったことだった」「気づかないうちに行動に駆り立てられた」「私は何の意見も持たなかった」

スカイ　3人の子どもの母。2人は15～19歳、1人は20～24歳

それについて何の考えも持たず、悩むこともありませんでしたし、子どもを世に生み出すことの意味を理解しようともしませんでした――自分に折り合いがつけられるのかどうかも。私に準備ができている（のかどうか）。私に

合っている（のかどうか）。自分がどんな母親になれるのか。そういったことは、まったく考えませんでした。今私が何よりも驚いているのは、あのときの自分が何も考えていなかったことです。

子どもを望むかどうかや、その結果を考慮せずに母になることは、「自由な選択」とは言いがたい。「自由な選択」の概念には、必然的に、その選択のコスト、利益、結果についての考察[13]と、制裁や罰を伴わない他の選択肢の存在が含まれている必要がある。こうした女性の経験は、「受動的な意思決定」と説明するほうが的確であろう。「単純に『流れにまかせて進』み、行動がもたらすかもしれない結果については、すでに周知のものとして、十分に考慮していない可能性があるからだ[14]」

非母（ノンマザー）から母になる際のような、受動的な意思決定または「自動的な」移行は、吟味やためらいを必要としない、当然のものとして規範が経験されるときに、しばしば起きる。規範があらゆる場所から隠され見えないために、気づくことが不可能なのだ。[15]

ニーナの言葉を借りれば、「とにかくそうなって、子どもが生まれた。計画の手を加えることがなかった」のである。母になるという文脈において、こういった目に見えない規範のひとつが、女性の人生のイベントには「自然な」通り道があるということである。

シャーロット　２人の子どもの母。１人は10〜14歳、もう１人は15〜19歳

24歳のときに息子を出産しましたが、恐ろしいことでした。そうなった経緯を説明します。宗教的な社会では、人は結婚して子どもを持ちます——これは、誰もがたどる道筋ですが、私はそのことについてまったく考えたことがなかったのです。〔長い沈黙〕とにかく社会的圧力によるものでした。みんながそうしているからです。宗教的な社会では、誰もが子どもを持ちます。だから私は考えもせずにその選択をしたのです。

ローズ　２人の子どもの母。１人は５〜９歳、もう１人は10〜14歳

――お母さんになる前に、母になることについてどう思っていましたか？

何も考えていませんでした。〔……〕私が〔21歳で〕結婚したとき、先のことは見ていなかったのです。結婚して「すでに」2年半が経ったので、私たちはあまり考えずに、親になる時が来たと判断しました。

――では、母になった理由は何ですか？

考えたり検討したりする余地があることを理解せずに、自動的にそうなりました。先ほど言ったように、結婚して2年半が経っていたので、私には「必要なこと」と感じました。夫はそのことについて私に相談したり強要したりしませんでした。私の決断でした。当時の私は幼く、素朴で、未熟だったのです。

これらの説明は、「自然の摂理」と認識されているのは必ずしも**母になること**ではなく、むしろ**人生の軌道に沿って前進すること**であることを示している。

女性にとっての「自然な」「普通の」人生の軌跡が存在するという概念が、母になるのが自然な道だという遺伝子決定論の文化的概念に力を与えている。しかしこれは、異性愛規範の文化的論理に大きく依存している。つまり、基本的に一連の進歩的な段階の積み重ねであり、すべての人が従わなければならないロードマップに学校、仕事、交際、結婚、親になるという節目が入っているという考え方が、男女の両方に教え込まれているのである。この「自然」で「普通」の道についての規範的な物語[16]が、具体的に語っているのは、「正しい」ライフコースとは何か、「正しい」時期に、「正しい」ペースで「正しい」軌道をたどるために必要な行動は何かについてである。

正しく進歩的なライフコースを守り続けると、節目ごとに「正しい感情」を押し付けられていると感じることが多くなる。たとえば、時間の流れが、母になる**欲求**を目覚めさせるというもの。以前はそのような欲求を持っていなくても、時間と共にそうなるのだ。さらに、欲求は、女性のライフコースに沿った適切な時期に訪れると考えられている――結婚後やカップルになって数年後、または女性の年齢と「体内時計」によってである。ドイツのジャーナリストで作家のサラ・ディールは、映画『恋人たちの予感』の一場面に不満があると説明した。女性のグループが「カチカチと刻まれる」体内時計と、家族を育むのに適した男性を見つけなければと話し合っている場面だ。「登場する女性たち全員が、子どもを産む能力が有限であるという恐れによって一元化されている。理由は、女は母になりたい。以上だ。現在私は30代半ばだが、まだ自分の体内時計がカチカチと刻まれる音が聞こえてこない。〔……〕私の体も精神も今がその時だと告げていない。告げているのは社会だけだ。そして社会は永久にそれを続け、しかも声は大きくなるばかりだ[17]」

時期と感情についての指図が混ざり合って、母になる**時期**と子どもの**数**の問題に結びつくのだが、母になる欲求が**あるか否か**と**その理由**については触れられない。そういった条件下で子どもを持った女性は、母へと移行したことをふり返って、孤立感や自己の欠如があったと説明することがしばしばだ。ダイアナ・ティージェンス・マイヤーズは、これを無頓着と無計画の法則と呼んでおり、母へと移行した必然的な結果として自己の喪失が見られると述べている[18]。そもそも子どもを産むという決定について、明確なコミュニケーションを（他の人と、そして自身の中で）取ることなく、「流れにまかせて」出産と子育てをすることは、規範的であるだけではなく理想的だと見られる傾向にある[19]。まるでそこには語るべきストーリーがないかのように。

しかし、研究に参加した母たちは、語るべきストーリーが**ある**と主張しており、そのストーリーによって苦しめられている。

子どもを持つ隠された理由

前に述べたように、出産を奨励する社会の多くには、母になることが「約束」として——母になるとそれ以前よりも必ず人生が向上するという——組み込まれている。そのため、女性とティーンエージャーは、自身を新しい世界のなかで再生するために子どもを産む場合もあるだろう——貧困や虐待、人種差別、同性愛嫌悪、性的暴力、売春、ホームレス、投獄、アルコールや薬物依存などの不利な生活環境から身を守るために。[20]ティーンエージャーは、実家にはない自由を手に入れるために結婚して若い母になり、精神障害のある女性は、それまでの人生から解放されるために母になるかもしれない。私たちの多くにとって、母への移行は橋を渡るようなものだ。反対側に渡ることで、妊娠して出産する前は排除されているように感じたり、居場所が見つからなかったりしたコミュニティに受け入れてもらえることを願うのだ。ある母はこう報告している。「〔……〕出産前は、子どもがいないので自分の居場所が見つからないように感じていました。午後に仕事から帰っても、友達がいる公園には行かずに、自宅で過ごしました。今は公園に行くようになりました。〔……〕なぜって……見たいものがあるし、見せたいものがあるからです」[21]。また、デブラはこのように述べている。

デブラ　10〜14歳の2人の子どもの母

私は〔……〕親になることには多くの利点があると思います。それが選択の結果によるものかどうかはさておき、どんな分野であっても、部外者（アウトサイダー）になるのは辛いものです。子どもがいれば、たとえ他の面で社会からはみだしていたり少数派であったりしても——ある程度の仲間入りができて、人生が楽になるのです。〔……〕この社会では、「子どもをいつ産むの？」という質問が常に待ち構えているので、〔母になれば〕その義務を果たしたため、もう最前線で闘う必要がなくなります。これ以外の項目をクリアしていなくても構いません。このひとつをクリアすればいいのです。

孤独や退屈を乗り越えたいという願いから、または、人生にもっと重要性と意味を与えたくて、母になろうとする女性もいるだろう。

こういった理由は深く理解できる。想像であれ現実であれ、女性の選択肢が限られている社会であればなおのことだ。同時にこれらの理由は、多くの女性の母への移行が、必ずしもそれ自体のため、つまり子どもの母になるために行われるわけではないことを示している。むしろ、母になることを**通じて**自分の立場を改善したいという欲求に端を発しているのだ。子どもを持つことが、それを達成するための唯一の実行可能な方法だと思える場合は特にそうである。

たとえばソフィアは、母になることを、実家で経験した暴力や虐待からの脱出ルートであり、違った家族のストーリーを生み出す大人の女性へと変貌（へんぼう）するチャンスであると考えた。

ソフィア　1〜4歳の2人の子どもの母

――不妊治療の前は、子どもが欲しいと思っていましたか？

ええ、とても。私は辛い子ども時代を送りました。実家では、身体的暴力とネグレクトがあったのです。私はセラピーに通っていました。子どもの頃はとても苦しんでいたので、自分の子どもは持たないだろうといつも思っていました。その後、高校生の時と兵役時代（イスラエルでは原則として男女共に兵役義務がある）に、子どもたちと徐々に関わるようになりました。実を言うと、その間ずっと、何とかして自分の子ども時代の思いを癒したかったのです〔……〕。この分野に魅力を感じ、私は母になれる、素晴らしい母になるという確信を持ちました。高校生の頃から決めていた人生なので、とても強い願望でした。人生を選ぶということは、私にとって、自分の子どもを持つことでした。なんの疑問もありませんでした。なんの疑いもなかったのです〔……〕。

――子どもを欲しがっていたときのあなたにとって、子どもは何の象徴でしたか？

私にとってすべてを意味しました。私に意味を与えてくれ、私にとってある種のセラピーや矯正であり、私が持っていなかったあらゆるものを私の方から与える対象でした。子どもは私が経験できなかった子ども時代を送るのだと思っていました。とんだたわごとですね。

⚘

ソフィアとは異なり、ジャスミンは自分の過去を正そうとはしていない。自分の**現在**を癒す方法を探していたのであり、母になることを、自分の祈りに対する答えのように思った。ジャスミンが指摘するのは、節目から次の節目へと進歩的に移行するには、女性の年齢によって決定される適切なタイミングが必要だという社会規範が存在することだ。このことが、子どもを産むことで自分の望む平穏を得たいという、彼女自身の希望と絡み合っていたのだ。

ジャスミン　1〜4歳の1人の子どもの母

――子どもが欲しいという意識はありましたか？

ええ、とても欲しいと思っていました。

――いつからそう思っていたのかを覚えていますか？

それはもう……今振り返ってみて、子どもが欲しいと思っていたのかさえわかりません。まるで、社会から指示されているような感じです。女学生だった頃でさえ、学校でこう質問されました。「いつ結婚するつもり？」と

――それが始まりです。「私は26歳までに必ずお母さんになる」。この時点から始まるのです。それとは気づかないまま、誘導されるのだと思います。〔……〕振り返ってみると、私は、そうすることで自分が完全になり、穏やかになり、足りないものが埋まるのだと思っていました。家庭に手が届いたという感覚です。自分には子どもがいる！と。私たちは皆、学校に通い、軍隊に加わり、学位を取得し、就職して、働いて、お金を手に入れる――結局すべては、子どもを持つためなのです。それが社会通念です。〔……〕だか

ら私も、「だったらわかった、子どもを持って、心の平安を手に入れましょう」と思った——ところが、そうはならず、もっと混沌(こんとん)とした事態になってしまいました。

母になることで事態が悪くなるかもしれない、ということを脇(わき)によけて、母になることで欠けていた何かを埋めたい、というジャスミンの願いに、多くの女性が共感することだろう。この願いは、ジャスミンが言うように、社会からの指示に影響を受ける部分もある。しかしここには、私が「制度化された意志」と呼ぶ、自分の願望と社会的期待の両方によって形作られた意志も反映されているのかもしれない。女性が心から母になりたいと望むとして、その感情は、女性の本当の望みである心の安らぎ、受容、完全性を得る唯一の手段として母を描いたイメージやメッセージの内面化によって芽生える場合が多いのだ。これらのイメージは、母になることが女性の人生をより良く変えるための唯一の入り口であるという考えへの反論を妨げ、そうでなければ女性に開かれていたかもしれないドアを閉ざしているのだ。

意志に反して母になることに同意する

出産を奨励する社会においては、女性が、母になりたくないことを認識したり認めたりするのは、たとえ口に出さなくても、難しいかもしれない。主な理由のひとつは、自分の中の社会規範に適合しない部分を拒否すべきだという要求だ。たとえ女性が母になりたくないと気づいたとしても、声を上げて言葉にしにくいと感じるかもしれない。誰の母でもない自分でいることは、どんな文化や社会集団においても、すべての女性に平等に手に入る権利ではない。たとえば、子どもを望まないと公に宣言する女性は、白人で、教育を受け、宗教の縛りがなく、中流階級であることが多い。これらの要素はすべて、反対の態度を前面に出すための社会的条件を与えるものだからだ。一方で、さまざまに入り組んだ形の疎外と抑圧を経験する人には、厳しく罰せられることなく同様の欲求を表明する余地が限られているかもしれない。言い換えれば、どの社会集団の女性も、母になりたくないと**感じる**かもしれないが、それを**表明して、その気持ちに従って生きる**自由を持つことについては、社会的特権が多い女性のほうが有利かもしれないのだ。ただし、多様性のある社会集団に属する女性は、母になりたくない願望を表明できたとしても、しばしば自分の立場を変えざるを得ないと感じている。

リズ 1〜4歳の1人の子どもの母

若い頃から、絶対に子どもを持たないとはっきり思っていました。迷いのない気持ちがありました。〔……〕母になるという決断は、完全に合理的なものでした。私の子宮は、母になりたいと叫んでいませんでした（笑）。出産しなくても欠けているものがないと感じていたし、この世での役割は子どもを持つことだとは思っていなかった。私は幸せで、すべてが順調に進んでいたけれど、人生の別の側面を体験すべきだと思ったのです。だから私は〔そのことを〕ある種の冒険だと思いました。〔……〕「自分の子どもだと違うものだよ」と言う人がいますが、そんなことはないです。私にはあてはまりません。言わせてください、以前私が感じたことを。私はずっと欲しくない理由を知っていて、その点は変わっていないのです。

オデリヤ　1〜4歳の1人の子どもの母

私は子どもが欲しかったことが一度もありませんでした。〔……〕覚えているのは、ごく幼い頃……おそらく6、7歳のときでさえ、なぜか……子どもと一緒に過ごしている人のことが〔……〕、私にとっては悪夢、恐怖〔のように思えたことです〕。好きじゃない、自分には合わないんです。子どもの頃から、自分に子どもができたらどうなるだろうと恐れていました。でも、子どもを持たないという選択は、胸をよぎったことすらなかったです。

リズとオデリヤは、方法は異なるものの、共に若い頃から母になりたくなかった気持ちを述べている。2人とも今は母であるという事実は、何かが2人を、母になりたくないという自身の元々の立場から方向転換させたことを物語っている。彼女たちの言葉は、母になりたくないという主観的な願望が、社会的指示と衝突したときに何が起こるかを示している。社会的指示によれば、誰の母でもないことは、壊滅的な損失であり、生涯にわたって女性を悩ませ続ける（または選択肢に入れることさえできない規格外の）ことなのだ。幼い頃の非母（ノンマザー）への欲求は、少女が社会に受容される女性になるために選ぶ道から大きく逸脱していると見られる。それは、時とともに変化して修正されるものだと見なされがちなのだ。そして確かに、非母への欲求は、社会的期待の圧力のもとで侵食され、ぼやけ始める。それでも、母たちの間に後悔が存在するということは、非母への初期の欲求が完全には消されていないことを意味していると言えるだろう。この意味で、後悔は、女性の初期の欲求と自意識の継続を示すのかもしれない――これから検証していくように。

一部の女性は、母になりたくないという初期の欲求から、自分の意志も手伝って離れていくのに対して、配偶者に直接的に介入されて母になる女性もいる。もちろん、愛情のある関係を持ち人生を共有するカップルには、共同の未来と、親になることについて意見が違う場合もあるだろう。意見の違いが、離別という両者合意の決定につながることもある。しかし時には、夫婦の家が脅威と強制の場に変わり、生まれてない子どもが権力と交渉の道具になる――そして、関係を維持するために子どもが生まれる場合もある。女性と男性のパートナーシップは平等で均整が取れているという考え方が強まっているにもかかわらず、この当然とされるバランスは、必ずしも現実に反映されてはいない。つまり、パートナー間でしばしば形成される異なる権力構造——顕在的または潜在的な、もしくは目に見えないもの——が子どもを持つといった決定の審議に関して存在することが、ジェンダーの不平等が続いていることの証拠となっている。[22*]

例を挙げると、ドリーンとエディスは、母になることを放棄したいという願望を変えようとする**顕在的な**力にさらされた。一方、デブラは**潜在的な**力にさらされており、それは公然の対立ではなく、パートナーの要求と希望が2人の間の優先事項になるという形で表現された。関係を危険にさらさないために、子どもを産むことで、まだ始まっていない交渉から抜けだしたのだ。

---

*重要なことを述べておく。それは、私がインタビューした後悔している父親の10人に8人が、子どもをまだ持ちたくなかったが、母になりたがっていた配偶者との関係を維持したかったために同意したと話していることだ。彼らと女性たちとの説明の違いは、男性には「脅威を感じる」という説明がなく、最愛のパートナーから離れたくないという自身の内なる願いについて語ったことだった。

ドリーン　5〜9歳の3人の子どもの母

結婚した日から、彼はひどい圧力をかけ続け……それが止まりませんでした。ついには「いいか、子づくりしてみて妊娠しないなら、離婚するぞ」と言い出しました。〔……〕私は「わかったわ、離婚は望まないから、そうしましょう」と答えたのです。でも、ずっとそれが……間違っているように感じていました。私は、母になるのが理想の姿だという幻想を持ったことも、それが女性らしさだと思ったこともありませんでした。これっぽっちもありません。

エディス　4人の子どもの母。2人は25〜29歳、2人は30〜34歳。祖母

私はしくじったんです。そして子どもを持ちました……というのも、結婚した当時、私は医学部に合格していたのに、夫にこう言われたんです。「いいか、お前が医学を勉強するつもりなら、私たちは離婚だ。私は子どもが欲しいんだ」。離婚ってどういうこと？　だったらどうする？　いいわ、医学の勉強はしない。たいしたことじゃないわ……愚かにも、そう考えました。〔……〕結婚という檻（おり）に閉じ込められた気分でした。私の意見など関係なく、彼の命令に従うだけなのです。〔……〕私の仕事は主人を喜ばせること。〔そうすれば〕結婚生活が良くなるのです。〔それなら彼が〕愛してくれるかもしれない。子どもが生まれるたびに、彼は世界一の幸せを感じていました。その瞬間が恵みになりました。

デブラ　10～14歳の2人の子どもの母

望んだわけではありません。関係のために払わなければならなかった代償でした。〔……〕私の記憶の限り、家族や母になるというテーマに興味を持ったことはありません。自分にとって非常に異質な、自分の世界の一部ではないものとして見ていました。私の願望ではありません。自分の世界からかけ離れたところにあるのです。

配偶者からの圧力が、顕在的か潜在的か、もしくは目に見えないかにかかわらず、それによって性差に区別のある現状が維持され、他の家族（配偶者や女性の両親など）の欲求が優先されている一方で、母になることを放棄したいという女性の欲求は認識されないままなのだ。[23]

ドリーンは、最初から子どもを望まなかったが、パートナーの圧力に応じた。彼女は、自分の願望を認識していなかったことを述べ、自分が受けた圧力をレイプという言葉で表現している。

ドリーン　5～9歳の3人の子どもの母

それが正しいことだとはまったく思いませんでした。2番目も私は欲しくなかった。双子だとわかったとき、完全に道を踏み外した気分でした。レイプされたような、恐ろしい気分。まさにレイプです。レイプ。私はされるがままに、レイプを許してしまったのです。

❦

えんえんと続く説得と絶え間ない威圧によって母になることを強制されるという経験は、多くの女性にとっての現実であるが、見逃され続けている。そして「実際の」レイプ、つまり物理的な力による強制的な性交によって妊娠したのではない女性は、欲望に従って自発的に妊娠したと一般的に考えられている。それでも、ドリーンの話が私たちに伝えてくれるのは、女性が**同意をするが意志に反して**子どもを産む場合があるということだ。数知れないほどの女性が、悪い選択肢（誰の母親にもなりたくないのに子どもを産む）と、さらに悪い選択肢（離婚、家から追い出される、家族やコミュニティから非難される）のはざまで、現実的な決定を下すことを余儀なくされているのだ。

「同意」と「意志」の違いを指摘するのは、私が初めてではない。セクシュアリティの分野の研究者たちは、セックスに**応じること**はセックスを**望むこと**と同義ではないため、望ましい性行為および／または性的関係を説明するための「同意」という表現を使うと、女性がセックスを拒否するよりも同意することで危険を回避するさまざまな状況を無視してしまいがちであると論じている。

たとえば、解雇や離婚を避けるために、本当は望んでいなくてもセックスに同意する場合がある。こういった状況では、同意することが、パートナー間の権力の不平等について多くを語り、女性の内なる欲求については、語られる部分が少ないか、全くないことになる。[24] ドリーンが性的トラウマと、子づくりの暴力と言える状況の間のつながりを指摘したように、もしも私たちが、母になりたいという意志がないのに母になることに同意する女性の気持ちを理解したいのであれば、「同意」と「意志」の区別に注意深く目を向けるべきなのだ。

⚘

まとめると、女性が母になる道筋はさまざまであり、自分がどんな道をたどっているのかが自身にさえよくわからないこともある。母になったのは自分の願望だったのか、それとも「自然にそうなった」のか、もしくは強制されたのか。私たち女性が（新自由主義と資本主義の社会で約束されているように）自身のライフストーリーをどの程度描いているのかが、明確でないのである。選択と非選択という区別は一見シンプルに思えるが、疑念、ためらい、混乱、矛盾、複雑な感情、運、成り行き任せといった主観的で混乱した経験によって、境界があいまいになる。[25] さらに、「女性が母へと移行する理由は自身の願望以外にない」という一般的かつ正反対の仮定があるために、女性が母になることを奨励されるという悪循環が保たれるのである。

2章　要求の多い母親業

母は、どのように見て、行動し、感じるべきか

私は間違いなく、素晴らしい母です。本当に良いお母さんなのです。口に出すのは恥ずかしいのですが。つまり、私は子どもたちを大切に思っている母です。子どもたちを愛し、本を読み聞かせて、専門家の助言を受け、より良い教育を与えて、たくさんの温（ぬく）もりと愛情を注ごうと、最善を尽くしています。〔……〕なのに、私はやっぱり母であることが**嫌い**です。母であることが**嫌い**。この役割が嫌です。境界線を引く立場になるのが嫌いだし、叱（しか）る役割を引き受けるのが嫌いなのです。自由がなく、自発的に行動できないのが嫌です。実際に〔私は〕制限を受けていて、もはやこれまで、と思うのです……。

——ソフィア（1～4歳の2人の子どもの母）

母になる物語の核心には、一見単純な事実が存在する。それは、地球にいるすべての人は、女性から生まれたということだ。[*]
すべての人間は確かに女性から生まれるが、女性は生まれつきの母親ではない。つまり、女性は人間の子孫の保因者であるが、だからといって、そのことが女性に、世話や保護や教育やこの関係性が要求する責任を負わせることにはならないのだ。生物学上の母が母として機能できない場合、（男性とは違って）他の女性に取って代わられる必要はないのだが、そうすることが当然と受け止められることがしばしばある。
女性の産む能力と育児の必然性を合致させるという考え方は、いまだにかたくなに支持されている。さらに、母になる義務が「女性の本質」であるという表現は、生まれてきた、または養子に迎えた子どもの育児と世話をする先天的な母としての本能と生物学上の能力を、男性よりも女性のほうが備えているという考えを容認するためにも使われる。イスラエルの学者タマール・ハガルは、女性に母になることを強いる

＊この事実は美しい分岐を遂げている。トランスジェンダーの男性も子どもを産む可能性があり、トランスジェンダーの女性は、たとえ社会が女性として受け入れなくても、子どもが生まれたときの感覚と同じくらい女性らしいと感じる可能性があるからだ。

人々が、子どもを産めば女性の「本質」が内面からわきあがるものだと保証するにあたって、多くの場合、次のように説明すると述べている。「学習する必要はない。子の世話をし、思いやり、親しみを寄せることは、あなたの一部として刻み込まれているのだから。今感じていなくても、妊娠や出産と共にわかることであり、責任感も愛情も自然に感じるようになり、あなたの優先順位は突然変わる。人生が様変わりしても、大したことだと思わなくなるだろう」[1]

この厳格な、性別による親の労働の分担は、産業革命後の19世紀に、家と家族のとらえ方が変化するにつれて明確になった。「公共圏」の特徴は、合理性、進歩、有用性、競争力(通常は男性に帰する資質)だが、対照的に、家族である「私領域」は、愛、利他主義、思いやりといった感情や、世話(女性にとって「自然」と見なされる性質)と関連づけられていた。男性には家の外の有給の仕事が割り当てられ、中流階級の女性[*]には、愛する人のために安全な港を維持すべく、献身的な妻や母として無給の家事労働を行うことが期待されていたのである。[2]

19世紀以来、ナショナリスト、資本主義、異性愛規範、家父長制のイデオロギーが手を組んで、性別による分業を維持してきた。なぜなら、母や主婦としての女性の無給労働がなければ、このシステムが崩壊するからだ。[3]この分業が「自然の摂理」であり、それゆえ永続し、そのことが世界をより良くし、女性自身にも子どもにも利益をもたらすのだと強調されてきたのだ。[4] しかし、これから見ていくように、女性は単に母になるだけでは不十分だと見なされている。母の**あり方**を規定する、厳格で普遍的な規則に従うことが求められるのだ。だが、子どもの養育や保護、子育ての環境は人によってさまざまであり、さらには母がそのような世話をする必要があるとは限らない。[5]

「良い母親」と「悪い母親」：彼らは常に「母親像」を追いかけている

母になることは私的な事業ではない。際限なく徹底的に公的である。[6] 女性たちは日常的に、自然かつ本能的に子育てを上手に行うツールを持っているのだと吹き込まれ、「良き女性」「良き母」と見なされるために**どのように**子どもと関わるべきかを常に指

*貧困生活を送る女性は、長年にわたって、「公共」と「私的」の領域と労働の種類の間を行き来せざるを得ない状況に置かれている。この場合、家族への経済的供給もまた母親に期待されている。この社会的差別化については6章で再び触れる。

示されている。主流の母親像として、養育は、完全に子どもを中心として、感情的にも認知的にも関与し、時間をかけて行うべきだと謳われている。西洋社会では、一般的に、育児はほぼ完全に母の責任だとされる。母は、そもそも自己犠牲的で、際限なく忍耐強く、自分の人格や欲求を忘れるほどまでに他者の世話に献身するというイメージなのだ。[7]フェミニスト作家のロジカ・パーカーはこう述べている。「子どもは、多少の困難を伴いながら、母から離れた一個人であるという感覚を増大し続けるが、女性は母という概念のなかでアイデンティティを進化させる。赤ちゃんの頭を支える母から、ベビーカーを押す母へ、手を振る母へ、差し出す手を握るのを待つ母へと。しかし、常に母である。子どもが母から離れて『垂直方向に』成長するのに比べて、水平方向へと伸びていくのである」[8]

すべての母が厳密にこの通りの道をたどるという意味ではない。個人差もあれば、婚姻状況や民族性、階級といった社会的差異、心身の障害など、有意な違いがあるからだ。多くの西洋社会において、このような違いがあるにもかかわらず、母には単一の厳しい規範が求められており、[9]母は気高い存在として偶像化されたままなのだ。

さらに、かつての「良い母親像」には、聖母マリアのような純粋さと無性愛の具現化が求められたが、1980年代以降の理想のイメージとして、性的存在でエロティックな対象としての母（特に中流階級の若い白人の母）の描写が強まり、たとえば「MILF（Mother I'd Like to Fuck＝性的欲望を駆り立てる母親）」「Yummy Mummy（うまそうなママ）」「Hot Mama（セクシーなママ）」「Momshell（ダイナマイトのようなママ）」などの用語で表現されるようになった。こういった新しい母親像は、社会が母の肉体を完全に魅力の対象として扱うことを意味するものではないにせよ、母が性的空想の対象として望ましいという考えが強まる一方で、母は「すべてを手に入れた存在」とする神話的な空想を助長している。[10]ガブリエレ・モラーは「現代では、女性は母である『だけ』では足りないのかもしれない」と書いている。「認められたいのであれば、職業を持ち、わずかな自由時間に幼稚園や学校での活動にいそしみ、もちろん疲れ切っていたとしてもセクシーである必要がある。『私はビッチ、私は恋人、私は子ども、私は母親、私は罪人、私は聖人』――メレディス・ブルックスの曲は、相容れないものを一緒くたにしているのだ[11]」

この点で、現代の理想とされる母親像は、女性の肉体に――妊娠中、出産直後、その後何年もの間――美とセクシュアリティの神話が女性一般に課すのと同等の異性愛規範に応じるように期待されていることの表れだと言える。彼女たちの肉体は、維持と美の追求から、そして、性的な存在感を示すことへの衝動から、片時たりとも解放されない。それは、性(セクシュアル)的または性(アセクシュアル)と関係のない女性としての自身の経験からおそらく切り離された形で、ひとり歩きしている。[12] つまり、母もまた性的欲求を持つかもしれないが、それが自分自身ではなく他人に役立つ場合にのみ、そのような扱いが許されることを意味しているのだ。

　この母親像は、母の行動や見られ方を規制するだけではなく、アメリカの社会学者アーリー・ラッセル・ホックシールドが「感情のルール」と呼ぶものに従って感情的な世界を規制することまで要求している。これは「感情が与えられた社会的状況に適切であるかどうかに関するルール」であり、その見返りとして名誉、尊敬、受容といった社会的報酬が頻繁に提供されるのである。[13] そのため、子どもが母に抱く感情はひとつではなく、母の感情は、子どもの行動や時間、空間、母が利用できる支援に応じて、一日の間にも長い年月の間にも、確実に変化する可能性があるにもかかわらず、[14] 期待されるのは、すべての母が同じ感情を、一貫して持ち続けることなのだ——母が「良き母」と認識されたいのであれば。[15]「良き母」は、たとえば、疑問や条件なしにわが子の一人一人を愛し、母であることに喜びを感じなければならない。もしも母の道にバラが飾られていない場合は、状況に伴う苦しみを楽しむことが課題となる。それは、人生に必要かつ避けられない苦痛なのである。

母の感情が規制されている例として、オンライン記事に残されたコメントを紹介する。母になった後悔を告白した女性に対する、ある男性の反応である。

グチるのはやめなさい。赤ちゃんみたいな泣き言はやめたほうがいい。感謝の気持ちを持って母であることを楽しんで。難しい？　だったら、乳母（ナニー）を雇うか、おばあちゃんに頼めないだろうか。驚くほど助かるはずだ。自分の人生を楽しんで、小さな王子に〔あなたを〕支配させないように。さもないと、あなたの泣き言は止まらないし、小さな王子の人生も台無しにしてしまうだろう。あなた〔の泣きように〕、甘やかされた子どもに育ってしまう。時間が経（た）てば大きな喜び〔をもたらすこと〕がわかるはずだ。辛（つら）さを忘れた頃に（みんなそうだ）、2人目が生まれるだろう。[16]

❦

もうひとつ、母になった後悔についてのオンライン記事への別のコメントを紹介する。

少なくとも彼女たちはあえて母になったわけなので、賞賛されるべきです。もちろん、疲れたり落胆したりすることもあるでしょう——おいしいことばかりではありません。でも、いつかは過ぎ去ります。後で人生をふり返って、誇らしいと思うはずです。私たちの世代にはもはや理解しがたいかもしれませんが、〔困難な時期を〕頑張って乗り切り、立ち向かって、そこから何かを得ること……それはいつまでも残りますし、〔彼女たちに〕幸福と満足感をもたらします。[17]

⚘

これらのコメントでは、母の感情を規制することが、時間と記憶を調整するという文化的な発想と結びつけて語られている。母は、どのような感情を持つかだけではなく、何を記憶し何を忘れるべきかまで指示されているのだ。どちらのコメントの主も、現在の苦労を脇によけておけば、時間の経過が未来の喜びをもたらすものだと、母を安心させようとしている。女性一般、とりわけ「良き母」が、現在の人生から悲惨な瞬間や記憶を消去して「ハードワークを続ける」——つまり多くの子どもを産み、「正しい」方法で育てる——ことで、社会は現在の出産と育児の伝統が最終的に女性に益をもたらすという幻想を維持しているのだ。

しかし、母であることに対する感情的な規制は、単に外部からかけられた圧力ではない。この規制の強力さは、母自身に内在化して働きかけるところにある。内在化が深く、働きかけが広範囲に及ぶことは、次の母たちの証言から見て取れる。彼女たちは、実際の感情と「母はどう感じて行動す**べき**か」とを対比して語っている。

ティルザ　2人の子どもの母。1人は30〜34歳、もう1人は35〜39歳。祖母

私は世話を焼いています。電話をしたり、心配したり、**もちろん**気にかけていますよ。質問をし、関心を持ち、訪ねて行ったり、休暇に招いたりして、家族らしいことをします。お芝居みたいに――でも、〔自分〕らしくないし、自分に関連づけができないのです。孫に会いに行くと、関わりを持ちますが、実はあまり興味がありません。自分らしくないことなのです。常に考えています。いつになったら終わるのかしら、ベッドに戻って本を読んだり、素敵な映画を見たり、ラジオの番組を聴いたりできるようになるのはいつ？　そのほうが、私にとっては興味深く、私に合っていて、私らしいのです。庭仕事をしたり、落ち葉をかき集めたり……そのほうが自分らしいんです。ずっ

とそうでした。

スカイ　3人の子どもの母。2人は15〜19歳、1人は20〜24歳

私の娘は、来たくなれば、電話をかけてから来ます。私はいつもこんな風〔に喜びます〕。「ワーオ、素晴らしいわ。あなたがいなくて寂しかったの。会えるのが待ちきれないわ」。でも、違うんです……私は一種のショーを見せているだけで、〔本心とは〕違います。フリをすることさえできないのです。

ナオミ　40〜44歳の2人の子どもの母。祖母

普通のことはしています——毎週家に来るので夕食を作りますし、誕生日の贈り物を届けますし、時々様子を見に行きます——私は標準的な人間なの

で、標準的なことをするのです。おばあちゃんがやることであれば、いくらかはこなしています。でも、大きな**必要性**があるとは感じていません。私の、標準的でありたいという必要性は、祖母や母であることの必要性よりも強いのです。

ティルザ、スカイ、ナオミは、「お芝居」「ショー」「フリ」「らしい」などの言葉を使っている。良き母と認識されるために、「母に求められる感情とそれに応じた行動」を**実行してみせる**必要があるということだ——すべての母親が真似（まね）しなければならない、単一の母親像が存在するかのようである。彼女たちは、母や祖母として自分に期待されていることに完全に違和感を持ちながら、義務感から規範的な母の感情や行動を模倣していると説明している。模倣とパフォーマンスという、後悔していない母も後悔する母も実践する戦略は、女性の育児の話題では考慮されない傾向にある。それは主に、母が育児をするのは自然であり、母らしい行動は女性の本性の一部と認識されるからである。しかも、母になるだけでは十分ではない。母の「正しい」子育てを、行うだけではなく、見せる必要があるのだ。[18]

フランスの哲学者フランソワ・マリー・シャルル・フーリエによれば、抑圧的な政権が支配するところには必ず、虚偽がある。[19] 実際、私の研究対象の母たちの告白は、母親像に厳しく求められる感情の規制に自分を合わせるために、「正しい」母親の感情や行動を演じていることを示している。これについて、バリは次のように表現している。

> バリ　1〜4歳の1人の子どもの母
>
> 「お母さんになった気分はどう?」とたずねられると、私は無理に笑顔を作ります。だって、私に何が言える? 自分が惨めだと? 大変だと? 自分にママが欲しいと?

⚘

個人的なレベルでは、波風を立てないために虚偽を自己防衛機制[20]として使うことができるかもしれない。しかし社会的レベルでは、そうすることで、母としての「自然」な感情や行動についての幻想を是認してしまうのだ。[21]

マヤ　2人の子どもの母。1人は1～4歳、もう1人は5～9歳で、取材時に妊娠中

娘が生まれた直後、おじやおば、子どもがいる友人全員が、〔子育ての〕難しさややりがいについて話し、私に向かって「でも、嬉しいことだよね？」と言ったのを覚えています。私は、「ええと……はい……素晴らしいことです……本当に……」と答えました。〔……〕私の気持ちは、誰にもわからないでしょう。私は立派な母ではないかもしれませんが、母として子どもたちの世話をしています。栄養と愛情を与えています。子どもたちは、感情的なネグレクトを受けていません。だから、誰にもわからないのです。私の気持ちを知る人がいないのだから、他の人の気持ちを知ることだって不可能です。

母としての行動を感情的に規制することは、「良き母」の「正しい」イメージの忠実な番人として機能する。なぜなら、この幻想は、誰もがそれを共有する場合にのみ存在するからだ。対照的に、ルールに従わない人は、あらゆる人のイメージを粉砕するリスクがある。[22]このルールに従ったパフォーマンスが「良き母」のイメージを形作るため、同時に「悪い母」の輪郭が定められ、女性の間に分裂が生じるのである。

母がこのモデルに規定された道徳的基準に従って行動しない場合——不可能であれ拒んだのであれ——たちまち「悪い母」のレッテルを貼られる可能性がある。道徳的にも感情的にも問題のある無法者と見なされるのである。母は、産後の有給の仕事の再開が「早すぎる」と「世話をしない」とされ、職場復帰が「遅すぎる」か一切仕事をしないと「自分をあきらめている」と断じられ、母乳育児をしなくても、母乳育児が「長すぎ」たり「大っぴらすぎ」たりしても、責められる。子どものホームスクーリングを行っても、母が（ひとり親であろうとなかろうと）家の外で長時間働かざるを得なくなっても、ネグレクトだと非難を受ける。シングルマザーや生活保護を受ける母、移民の母やレズビアンの母（状況やアイデンティティはしばしば重複する）は、さらに強い批判を受けがちだ。これらの批判を可能にするのは、医療、教育、法律、精神科の医療施設、広告業界、大衆文化やメディアの存在である。とりわけやり玉に挙げられるのが、未婚の母、家の外で職に就いていない母、公的支援に子育てを頼る母だ。[23]

このように、母は、何をする・しないだけではなく、どんな人間で、どんな状況で生活しているか次第で、世間から「悪い」というレッテルを貼られる。貧しい／教育を受けていない／肉体的または精神的に不健康な女性であるという条件に当てはまり、なかでも複数が当てはまる場合は、厳しい目が注がれる。そんな母たちの子育て能力は疑問視され、決定が公の監視下に置かれる。彼女たちは、自分の子どものみならず、社会全体に対して潜在的に有害であると判断されてしまうのだ。

多くの国では、おむつや離乳食の広告を見れば、どんな女性が「良き母」と見なされるかが一目瞭然だ。そして広告に登場するのは、ほとんどが白人女性である。たとえば、2015年、イスラエルのSNSで話題になったのが、「ママに最も近い存在」というキャッチフレーズを掲げ、（アシュケナジム系ユダヤ人の）白人女性のみを取り上げ、エチオピア系ユダヤ人、ミズラヒム（中東・カフカス以東に住むユダヤ人）、パレスチナ人の母たちが登場しない粉ミルクの広告キャンペーンである。言い換えれば、こういった広告は、商品だけではなく、「正しい」女性のイメージをも宣伝しているのだ。それはつまり、社会が「健康」であると定める方法で子どもを育てる能力を持つ女性である。

しかし、これまで見てきたように、「正しい」母性として社会的に確立されたイメージは、母の行動やアイデンティティを超えて、母の感情的な世界にまで及んでいる。「良い」母親には、母である喜びと満足を感じることが期待される。同じように、怒りと失望と欲求不満を感じて表明する人は、きちんとした母という「本来の運命」にたどり着けない、問題を抱えた女性と見なされる傾向がある。たとえば非常に多くの母たちのブログやＳＮＳの投稿に書かれているように、ある程度の困難と苦痛を伴うのが普通だとする陰影のある母親像に遭遇することが多い現代でさえ、一般的な子育ては、以前と変わらず、対人関係の葛藤を無視して、温かく優しいお世話に満ちた現場で行われているとの画一的な想像の中で捉えられている。

悪循環の中で、母たちは、高まり続ける「母への期待」に直面する。それに応じて、多くの母は、自分への期待を上げながら、罪悪感と自己不信とあらゆるニュアンスを持つアンビバレンスの影の世界にどんどん深く入り込む。[24] アンビバレンスはあらゆる人間関係に伴う感情と言えるが、社会が「母であること」について母に許容する唯一の答えは「私は母であることを愛しています」だけなのだ。[25]

母性のアンビバレンス

母であることに気持ちが揺れるのが普通だと私は信じているが、少しでも「ネガティブ」と解釈される可能性があることを書くときはいつでも、次の免責事項を付け加えるという痛々しい衝動に駆られてしまう――もちろん私はわが子たちを何よりも愛しています、と。[26]

女性は母になった瞬間から、全体的であれ部分的であれ、新しい現実に直面する。それは、彼女の肉体と人生が、他者の人生に責任を負い、その人生の長期的な結果が不確実であるという「シンプルな」事実によって、複雑な感情をたたえた相反する関係性の中心へと様変わりすることだ。[27] それに加えて、子どもの発達のステージ毎にほぼ刻々と発生する変化に伴う、葛藤に揺れる経験[28]が、搾取されているという感覚に連動することもある。「母は誰よりも知っている」と一般的に言われるが、同時に母は（父ではなく）、面倒を見すぎる、距離を置きすぎる、過保護だ、冷淡すぎるとして非難の対象にもなる。母は一般的に、子どもと共に過ごす時間が一番長いからである。[29]

または、そうでない場合、そばに**いない**ことについて、父に比べて、非難を受けることが多い。

こういった非難が、母の相反する感情を強める可能性がある。つまり、愛と憎しみ、調和と葛藤、近づきたいけれど離れたいという欲求を、同時に感じるのだ。アドリエンヌ・リッチが巧みに表現したように、「私の子どもたちは、私が経験した中で最も激しい苦しみを引き起こす。それはアンビバレンスの苦しみだ。苦い恨みと鋭いいらだち、至福の満足と優しさの間を殺人的に行き来する」のだ[30]。母は、アンビバレンスを自己認識することの正当性に疑問を持つかもしれない。たとえばそれは、生活している文化的環境が、そういった二重の感情を一貫して認めない場合である。ロジカ・パーカーは次のように書いている。

母性のアンビバレンスはひどく信じがたいものだ。このテーマについて本を書いている間でさえ、その存在そのものを、つい疑ってしまう。それは、子どもを憎む母のための根拠に乏しい言い訳にすぎないのか？　私は、アンビバレンスが個性的な子育てにひそかに貢献すると主張することによって、空疎(くうそ)な安心を提供していたのか？〔……〕わが子を愛すると同時に憎むことを本心から受け入れることが簡単だとは、誰も思わない。母性のアンビバレンスは、入り混じる感情が和らいだ状態ではなく、複雑で矛盾した精神状態である。それは、どんな母でもさまざまに持ち合わせていて、子どもへの愛憎の感情が並走している状態だ。しかし、遍在する母の罪悪感の多くは、母であることのアンビバレンスを経験することから発生する痛みを伴う感情を、乗り切るのが難しいことに起因している。その感情は、それを生み出す一助であったはずの文化によって、存在そのものを退けられているのである。[31]

そのような、母が理想主義的な期待と矛盾する期待の間に閉じ込められている社会では、自身に万能感がなく、母になったことが人生最高の出来事だと感じられない母は、正常ではないと見なされる。さらには、アンビバレントな感情は、精神障害もしくは生理的な倦怠感（けんたいかん）によるものだと片付けられてしまうのだ。

したがって、現代の精神分析から、母になることが多くの女性に葛藤を引き起こす可能性が認められているにもかかわらず、母の主観的な視点や状況を考慮しないまま、母のアンビバレンスがひとくくりに判断されてしまうこともある。たとえば、有名な精神医学者のヘレーネ・ドイチュは、アンビバレンスが母の感情的な世界と経験の一部である可能性を指摘したが、同時に、アンビバレントな母は「生来の女性のマゾヒズム」に苦しんでいると主張した。[32]

厳格に定められた感情のルールに従わない母に向けたこの種の批判は、産後うつ病（PPD）との関係に明確に反映されている。これが、出産後の女性が体験する（比較的）道理にかなった心の状態であると見なされるようになったのは、ごく最近のことだ。何十年もの間、女性たちは、出産後に感じるべきと期待されている以外の感情を認めることを恐れていた（今でもそうである）。そんなことをすれば、たちまち「悪い母」というレッテルを貼られることを知っていたからだ。

この投稿を書くのは、私にとって難しいことでした。自分の最も深くて最も暗い秘密を世界に明かすのは恐ろしいことです。でも、以前にもしましたし、再びするつもりです。先週私は、産後うつ病の症状があることを自覚しました。他人の診断に至る経緯を読んだのがきっかけでした。そこで私は、他の女性が私の物語を読むことで、症状を自覚してくれることを期待して、私の秘密を公表したいと思います。〔……〕他の人から、母親未満の弱い人間だと思われるのが怖いです。[33]

さらに、産後うつ病を経験する母は、自分は悪い母だと感じることがある。他人からそのようなレッテルを貼られることへの恐怖も理由だが、「**私は弱い。私は母親未満だ**」という感情のルールを自分の価値観として受け入れてしまうからでもある。

しかし、研究者、作家、母親、さまざまなタイプのセラピストが、産後うつ病の正当性を尊重していることに加えて、母性のアンビバレンスもまた、現在では、一部の人からは、母としての経験のなかで避けられない健康的な特徴であり、子どもと母性に対する複雑な感情の範囲内であると見られている。[34]

この相反する感情のスペクトルは、耐えられない・御しがたい母性のアンビバレンス（不健康）と、耐えられる・管理できる、それゆえ感情の成長につながる母性のアンビバレンス（健康）を区別する。後者の種類のアンビバレンスでは、愛憎が共存することによる母の苦悩は、実際に、この状態を乗り越えるための創造的な解決策を模索する原動力になるかもしれない。[35]したがって、母が、子どもや母性（またはその両方）に持つかもしれない愛憎の葛藤は、赤ちゃんとその欲求を理解するための、知的および感情的なツールを習得するのに役立つ可能性がある。それに加えて、わが子への愛情や思いやりや共感を、怒りや失望や欲求不満や無力感とともに、いかに体得するかを見出すことが、母としての成長に重要な意味を持つと考えられるかもしれない。というのも、それは感情的な許容量が拡大して豊かになることを示しているからだ。[36] フェミニストの精神分析医、アナット・パルギ・ヘッカーなど一部の研究者は、母性のアンビバレンスが実際に、母子の関係に改革と修復をもたらすことができると主張している。感情的な混乱や空想や母性に関する葛藤を経験して折り合いをつけることが、感情の柔軟さとダイナミズムを育む可能性があるのだ。[37]

さらに、母性について曖昧な感情を持っている女性であっても、母になる体験によって最終的に肯定的な場所に行きつくような前向きな物語を積み重ねていくかもしれない。将来的に成長すると信じて、困難を克服するストーリーを思い描くのである――「いつかすべてが解決する」のだと。[38]

「いつか克服できる困難」という形に母の葛藤を再編成することは、母が一日単位で生き延びるのに役立つかもしれない。それでも、母になることが期待外れであり、結局は価値がなかったと、ふり返って認めることが規則違反と見なされる社会においては、それは再び現れるかもしれない。言い換えれば、母が子どもを産んで後悔することが受け入れられない社会においては、アンビバレンスに焦点を合わせるほうが――

いつか折り合いをつけるという前向きなストーリーと組み合わせるとさらに——好ましく感じられるのだ。

後悔に目を凝らすことで私たちに見えてくるのは、時に母は、アンビバレンスとは一線を画すストーリーを抱えていることである。それは、母であることに否定的な感情を持つ母を病気扱いしてレッテルを貼ることや、将来的な解決を保証することでそうした感情を正常化することに疑問を投げかけるストーリーである。本書の研究に登場する女性たちは、母という経験に徐々に適応する女性像という直線的に前進するストーリーを拒否した。「それは自分じゃない」「すぐに、自分には向いていないことがわかった」といった発言や、母になって後悔しているという考えに「完全な心の安らぎ」を感じることが明確に表明しているのは、最終的に調和するという前向きな着地点や、自身の苦悩に目的を割り振ることで現状維持を続けることから**離れる**ことである。

このように、後悔は女性の別のアイデンティティを体現している。それは、母が文化的に期待される評価（子育ては順応できるため、元に戻りたいという願いには触れられない）から逸脱したアイデンティティなのだ。

3章　母になった後悔

誰の母でもない自分になれたら

子どもを持つのは間違いだった、私にとって大きな重荷だった、と口に出すのは、〔最初は〕難しいことでした。そんな言葉を口に出せるようになるまで、長い時間がかかりました。そんなことを言ったら、**頭がおかしい**と思われると考えていました。今でもそうです……。

——スカイ（3人の子どもの母。2人は15〜19歳、1人は20〜24歳）

後悔という心の状態には、しばしば途方もない混乱と苦しみが伴う。母になったことを後悔する女性は、耐え難い気持ちになることだろう。絶え間ない苦痛を抱えて生きざるを得ないだけではなく、それについて話す機会が事実上ないのである。というのも、母は後悔という感情とは無縁とされているからだ。

私たちが、母になって後悔する可能性を認識できないのはなぜだろう？　答えを探求するために、まずは「感情のルール」について詳しく調べることから始めなければならない。つまり、どんな社会的状況や領域であれば後悔を表現することが許され、さらには当然と受け止められるのか。または、それを抑制することが要求される状況とは何なのか。さらに、社会が時間と記憶をどのように扱うかについても検討する必要がある。というのも、後悔とは、過去と現在、そして実在と記憶の間をつなぐ心の状態であるからだ。

時間と記憶

資本主義と産業のイデオロギーを基盤とする現代の西洋文化では、時間は直線的であり、基準であり、絶対的であると考えられている。後戻りできないルートに沿って進む破壊不可能な矢のように、不変の過去と歴史から離れて、広く開かれた継続的な未来へと前進するのである。多くの人は自分が毎朝目を覚まし、次のステージへと入って最終目標を目指すのだと思っている。たとえばそれは、仕事で昇進したり、お金を稼いだり、何らかの方法で自分自身を改善したりするようなことだ。この時間の概念のルーツは、ユダヤ教とキリスト教の伝統に見られるものであり、そこでは、世界の起源と終わりが直線的な進歩の始点と終点になっている。そのことが、人生に救いと贖い(あがない)の物語を与え、旅の終わりに深い意味が明らかになるという流れを生み出すのである。[1]

この直線的な時間感覚が、各個人が誕生してからの人生経験を構成する。それは、過去から現在へと連続する出来事によって綴(つづ)られる日常生活に深く埋め込まれている感覚であり、時計の針――本来、私たちの外に存在するはずのリズムと方向性――に合わせて刻まれているのだ。したがって、ほとんどの人は、初めてのセックスや結婚、子どもを持つことといった、「満たさなければならない」目標や節目となる出来事には、それぞれに「適切な時間」があると深く信じている。

ただし、この歴然としたルールがあるにもかかわらず、時間を直線で認識することは甚だしく偏狭に思える。私たちの主観的な時間の認識は、それよりもはるかに多様で変化に富んでいるからだ。たとえば、地図と領土の感覚が違うように、時計と時間的経験は区別することができる。[2] 私たちは楽しい体験をしているとき、時間の感覚を忘れていることがあるし、何かを待っているときには時間が永遠のように感じられるものだ。忙しいときは時間の不足を感じ、暇なときには多すぎると感じる。また、記憶や空想や悪夢やフラッシュバックといった「意識の中に閉じ込められた時間」が、視覚的なイメージや香り、さらには音楽を聴くことによってよみがえることもある。この意識下のタイムマシンは、連続性の認識を打ち砕きながら、私たちを別の瞬間や日時に立ち戻らせることができるのだ。[3]

この主観的な時間の認識によって、私たちは、自分が過去、現在、未来の間を行き来するフェリーに乗っているかのような気分にさせられる。まるでそれらが実在し、行き来が可能なことのように──そして、くり返し修正することができるかのように。私たちは、自分の行動と意思決定の結果に直面したとき、異なる決定によって得られたであろう想像上の世界の青写真を記憶の中に描き出し、不変であるはずの現実とは別の現実を作り出す。[4] したがって、過去を再訪したり変更したりすることができなくても、過去は必ずしも失われるわけではない。米国の作家ウィリアム・フォークナーが言ったように、多くの点で「過去は死んでいない。過去でさえない」のである。

個人的な時間の認識は動的であるかもしれないが、私たちは過ぎ去ったと認識されていることへのこだわりを軽視しがちな社会に住んでいる。例外は2つある。ひとつは、喜ばしい過去への感傷的でノスタルジックな回想。2つめは、未来をより良くすることを目的とした実用的な回想である。後者の形のふり返りの正当性は、例えば、

「過去を覚えていない人は、過去をくり返す運命にある」という哲学者ジョージ・サンタヤーナの名言に見られる。文化的な正当化の例を挙げるなら、制度化された記念日（米国の9・11など）は、ふり返って記憶することで、過去に起きたことの将来的な再発を防止することを目的としている。ふり返りを正当化するもうひとつの例は、幼児期の経験が人生に深く影響するため、過去を解釈することが現在と未来に前向きな役目を果たすという信念に基づいた精神分析理論に見ることができるだろう。

しかし、トラウマ体験、機会の逸失、間違い、不満、不幸といった、未来を改善することを目的としない／保証しない過去の回想に関しては、私たちは距離を保つように教えられている——過去を沈黙させ、忘れなさいと。[5] この態度は、たとえば、セクシャルハラスメントに対する一般的な社会的反応に見られる。女性は、それについて忘れて前進するように求められるのだ。

文化的には、承認されないふり返りは罰を受ける可能性さえある——たとえば、旧約聖書『創世記』のロトの妻は、ふり返ってソドムとゴモラを見てはいけないと天使たちに警告を受けたが、従わなかったために、塩柱にされてしまった。また新約聖書においても、過去をふり返ってはいけないという戒めがある。イエスは弟子たちへの説教のなかで、こう述べている。「その日には、屋上にいる者は、自分の持ち物が家の中にあっても、取りにおりるな。畑にいる者も同じように、あとへもどるな。ロトの妻のことを思い出しなさい。自分の命を救おうとするものは、それを失い、それを失うものは、保つのである」（『ルカによる福音書』17：31‐33）

同様のことは、ギリシャ神話にも見られる。オルフェウスが死んだ妻エウリュディケを復活させるために冥界（めいかい）の奥深くに飛び込んだとき、死者の神ハデスは、オルフェウスが決してふり返らずに妻の先を歩くことを条件に、地上に戻ることを許した。しかし、オルフェウスはそれに耐えることができず、妻をふり返ってしまい、エウリュディケは永遠に冥界の闇（やみ）に溶け込んでしまった。

日常生活に意識的または無意識に寄り添う、こういった宗教的／神話的な物語や戒めに加えて、宗教とは関係のない科学的な時間の概念もまた、私たちの頭上に漂っている。アイザック・ニュートンの言葉にあるように、時間は「それ自体が絶対であり、真実であり、数学的で〔……〕それ自体の性質から、外部のものとは関係なく等しく流れる」と教えられているのだ。[6] そのような時間について、「元に戻す」という考えは不合理となる。英国の社会学者バーバラ・アダムが指摘するように、灰に火がついて丸太に戻ることや、落ち葉が地面から浮かんで元の枝に再び付くこと、古いさびた車がキラリと光るリムジンに戻ることは、ばかげていると見なされる。同様に、社会生活における可逆性（行動しなかったことにする、関係がなかったことにする、知らなかったことにする、など）は、想像力を結集させたとしても不可能なのだ。[7]

一方向に移動するという時間の見方に続いて、私たちは、過去と歴史は物理的に離れたところにしまい込まれているだけでなく、特定の出来事について「起きたことはしかたがない」と置き去りにする義務があるとも教えられる。こうして社会的な「記憶の作法」が形成される。再訪し、記憶し、記念や調査に値する出来事や瞬間が規定されると同時に、忘れて先に進むべきことについても定められてしまうのである。[8]

ふり返ることに総じて恐怖を感じる理由のひとつは、過去の経験を回想することが、改善や進歩の精神にそぐわない認知的・感情的な反応を引き起こすかもしれないからである。次のセクションで述べるように、後悔という心の状態は、過ぎさっていない過去への「問題のある」反応だとみなされるのだ。

後悔：取り消せないことを元に戻したいという願い

過去を思い出し、思案することは、追想にふけるだけに過ぎない場合もあるが、「もしも私が別のことをしていれば」といった考えを促すこともある。このような問いを投げかけることで、望ましくない結果につながった選択肢と、選んだ**かもしれない**もうひとつの道、つまりもっと肯定的な結果が得られたかもしれない選択肢とを比較するのである。もうひとつの道に関する「もしも」の考えは単なる想像であり、現在の選択肢を変更することを切望するわけではないこともある。しかし、こういった思いが、失望や悲しみや痛み、自己非難や恥ずかしい思いや罪悪感や後悔といった、後の祭りである感情を引き起こす可能性もある。「彼が死ぬ前にどれだけ愛していたかを伝えればよかった」「あの嫌な言葉を彼女に言わなかったら、どうなっていただろう？」などは、取り消せないことを元に戻したいという願望の例である。

他の感情と同様に、後悔は主観的な感情的スタンスであり、その人の価値観や欲求や決断や個人の歴史を反映するものだ。しかし後悔は、周囲によって形成され、社会によって形作られる部分もある。* そのため、後悔を表に出すこと・出さないことには、社会的意義も含まれている。たとえば法廷では、人は後悔を感じることが期待されて

＊後悔などの感情は、個人だけでなく、国や集団グループ内でも発生する可能性がある。例としては、以下を参照のこと：Jeffrey K. Olick, *The Politics of Regret: On Collective Memory and Historical Responsibility* (New York: Routledge, 2007)。

いる。それを表に出すことが、赦免や更生や社会秩序の維持の必要条件となるのである。裁判官は、訴訟の決定を行う際に後悔の感情を考慮する。弁護士は、クライアントに寛大な判決が下るように、後悔の感情を戦術的に使う。そして、受刑者が後悔の感情を伝えなければ、保護観察による釈放を拒否される可能性がある。

法的な文脈において、誠実に後悔を表明することは、自分の行動に責任を取り、被害者からの非難を受け入れて対処することだと見なされる。さらに、後悔は個人の責任感の表れと認識されるため、謝罪と同質のものだと捉えられる。状況によっては、謝罪をすることで罰する（または厳罰に処する）必要性が和らげられる可能性がある。また、後悔は痛みと悲しみを伴うため、自らを罰することだと解釈される。それに加えて、後悔を表明する被告は、現実をしっかりと把握しているだけでなく、再犯の可能性が低いと見なされる。逆に、被告が後悔を感じたり表明したりすることを躊躇すれば、思慮不足であると解釈され、さらには、行動の重要性を理解できないと見なされて、本人にそう思い知らせると同時に国民を守るために、厳しい罰が要求されるのだ。[9]

後悔のこのような機能については、さまざまな宗教分野でも明らかだ（「ふり返り」に対する宗教的な勧告に加えて）。一神教の3つの宗教は、後悔を個人的な責任を取る道徳的なスタンスと見なしており、したがって、後悔が不正行為に対する赦免をもたらす。カトリックでは、後悔は、懺悔室という告白をうながす建築的なシンボルを介して自分の罪を悔い改めるという形で現れる。ユダヤ教では、毎年、ロシュ・ハシャナ（ユダヤ人の新年）とヨム・キプル（贖罪の日）の間の「大祝祭日」または「悔い改めの10日」が、反省と告白と後悔の表明に充てられ、神と仲間の人々の両方に許しを請う。イスラム教の断食月であるラマダンには、自分の罪に対する後悔を伝えて悔い改める。アッラーの名前のひとつが、コーラン全体に11回現れ、「悔い改めを受け入れる者」を意味するアッ＝タッワーブである。解説者によると、アッラーは、行動を心から後悔し、許しを求めてくる人々の悔い改めを受け入れる。「タッワーブ」という言葉は、「しばしば戻ってくる者」を意味し、義務としてではなく、罪や悪行を真剣に悔い改めた人々をアッラーがくり返し受け入れることを指している。[10]

後悔が、犯罪や宗教的な罪以外のことから起きるときは、さらに物議を醸す可能性がある。後悔することが内面の誠実さの表れであり、道徳の証だと見られる場合もあるだろう。行動に対する後悔は、将来的に同様の状況が発生した場合に異なる行動をとる動機を与えるかもしれない。自分や他人に痛みを引き起こした行動をくり返さないようにしたいという思いである。たとえば、親にひんぱんに電話をかけなかったことを後悔していると友人に話すとしたら、それはやり方を変えたいと思っていることの表れとして評価されるだろう。つまり、後悔や悲しみ、苦しみや絶望、痛みや苦悩によって、（罪や犯罪だけでなく）規範に関するさまざまな種類の不正行為は認識できるということだ。後悔がなければ、私たちは自分の罪を知らないままかもしれないのだ。

しかし一方で、後悔は、進歩の精神に基づいた新自由主義の資本主義社会では「脱線」と見なされることがある。すべての行動は人生の課題を乗り越えるためだとする文脈において、後悔とは、価値観に違反する反抗的な行為なのだ。「Don't cry over spilled milk（覆水盆に返らず）」のような有名なことわざ（かつては慰めのメッセージであり、命令であった）が示しているのは、この種の後悔が、克服しなければならない感情的なスタンスと見られていることだ。自己啓発本には、「後悔の克服」「後悔を手ばなす」「後悔のない生き方」といったタイトルがあふれている。後悔を認めることは、実用主義と楽観主義の失敗を認めることであり、後悔は、激しい痛みを伴う自責の念と麻痺（まひ）させられた無力感だと見られている。そしてこの感情は、個人や社会全体を、終わった（はずの）過去と不動の（はずの）今の現実への執着へと向かわせるかもしれないのだ。

過去に苦しみ、あやまちから距離を置きたいと願う社会では、後悔を避けようとし、憎い敵や病気のように扱うようになった。この点で、後悔を呼び起こすことは、重い病理的な負担を伴う。過去に支配され、無意味にも見える過去のあやまちにとらわれる苦悩は、精神的に問題がある証拠とさえ考えられる可能性があり、支援グループや治療施設といった適切な場所で対処する必要があると見なされる。[11]

このように、後悔とは物議を醸す感情的なスタンスである。それにもかかわらず、人生のさまざまな状況において、犯したあやまちや逃したチャンスについて、後悔が感じられたり表明されたりしている。ある研究で、心理学者のニール・ロースとエイミー・サマービルが、米国の男女が後悔を表明する条件について調べたところ、いずれの年齢層、社会経済的地位、ライフスタイルにおいても、教育に関する人生の決断についての後悔が最も多いことがわかった。2番目は雇用で、次に恋愛関係、健康問題、親子関係が続いた。[12]また、他にもさまざまな人生経験、たとえばセックスや商品の購入、入れ墨や整形手術を施すなどの行為についても後悔することがあるだろう。

生殖と親子関係において、人が一般的に後悔しやすいことをいくつか挙げると、医療処置（卵管結紮術（けっさつ）や妊娠中絶など）[13]と、子どもを養子に出すこと、さらには代理出産協定の締結である。[14]また、出産のタイミングと間隔や、追加の子どもを持つかどうかの決断についても後悔を感じて表明することがある。複数の研究によると、子どもをひとりも持たないという決断[15]や、シングルマザーとして出産するという決断には後悔が伴う可能性がある。

家族関係になると、親は厳しいしつけと罰、特に身体的な暴力を伴う子育てと教育について後悔するかもしれない[16]。親、とりわけ母親は、子どもと十分な時間を過ごさなかったことについても後悔する可能性がある。家の外で働いていたことを後悔する母もいれば[17]、そう**しなかった**ことを後悔する母もいる。母でもある米国の作家は、次のように追想している。

子育ての折り返し点を越えた今、私は家にいるという自分の決断について疑念を抱いている。知り合いに、子どもと過ごした時間を後悔している親はひとりもいない——。とりわけ、すでに子どもが自立している場合は。私もそんな親のひとりだが、振り返ってみると、私の決断には欠点があるように思える。専業主婦であることは確かに贅沢（ぜいたく）であったと十分にわかっているが、空になった巣と、雇用の見通しが激減する現実を見つめていると、心から後悔を感じる[18]。

後悔する可能性のある決断は、他にもあるだろう。これらが明らかにするのは、間違いは人間関係の不可欠な要素であり、後悔は個人が決定を下し感情を持つあらゆる領域で経験し得るということだ。だとしたら、なぜ母になったことを後悔するという感情的なスタンスは、ありえないとされるのだろう?

後悔と生殖と母性のかけひき

私たちは、個人的に苦痛の一形態として後悔を経験するかもしれない。また、後悔は進歩と効率という社会的精神にそぐわないかもしれない。しかし後悔は、普及している社会規範としては依然として高く評価されることもある。たとえば、喫煙を悪習慣と考える社会では、長年喫煙した後悔を表明する人は、一切喫煙したことがないことを後悔する人とは、大きく異なる受け止め方をされる。いわゆる健康的なライフスタイルを尊重する社会では、運動しなかったことを後悔している人は、運動していることを後悔している人とは大きく異なる印象を与えるはずだ。

社会的期待から外れる行動について後悔することは、他者の尊敬を勝ち取るだけでなく、ある社会の価値を維持するために利用することができる。この観点から、後悔はヘゲモニー（覇権）の番人であり、各自を社会の善人に戻すことを目的とした正常化のメカニズムとして機能する。これが明確に見られるのが、母性の問題、とりわけ妊娠中絶に関してである。問題は、女性が中絶を受けたことを後悔するかどうかではない。後悔する人もいれば、そうでない人もいる。さらに、女性は生涯に複数回の妊娠中絶を経験する可能性があり、その中に後悔するケースとそうでないケースがあるだろう。したがって、問題はむしろ、出産を奨励し要求する社会において、**後悔がどのように利用されるか**、である。

　中絶を考えている女性を脅したり怖がらせたりして、中絶の代わりに社会的規範に沿って出産させるのも、答えのひとつだ。女性は、中絶をすると必ずその決断を嘆き、痛みを伴う後悔を経験すると告げられる。この社会的な物語（ソーシャルストーリー）によって、中絶後に女性が感じるかもしれない感情の余地がほとんどなくなってしまう。後悔ではない痛みを感じる可能性をほとんど排除してしまうのである。たとえば、中絶を望む女性は、それが正しい行いだと感じたとしても、社会の道徳的規範を破ったことを恐れ、恥ずかしいと感じるかもしれない。他のケースでは、女性は社会的不承認や批判や中絶という烙印（らくいん）、その汚名による重要な関係の喪失に対して苦痛を感じるかもしれない。妊娠中絶をめぐってパートナーとの意見の相違があった場合、耐えがたい緊張を経験する女性もいるだろう。同時に、女性は中絶という決断に安心を得るかもしれない。中絶することによって女性が**望まない**関係（母になること、愛情関係、結婚）や不可能だと感じる関係（たとえば、子育てにコミットできない場合）に入るのを**避ける**ことができるからだ。[19]

後悔はまた、女性は妊娠と本質的に**結びついている**という考えを裏づけるために使われる。そのことが、妊娠の結果の**回避を願う**可能性を否定するのだ。こうして、中絶を後悔することが、避けられない、確実な感情的反応であるという仮定が成立する。この運命の予言に照らして、将来的な後悔が、想像できる最悪のシナリオとして描かれる――望まない出産よりも悪いのだと。さらに、中絶と後悔が閉じられた回路になっているために、中絶後に女性が表明するかもしれないアンビバレンスの感情が、実際には前述したような別の要因によるかもしれないにもかかわらず、他人によって、誤って後悔だと解釈される可能性がある。後悔についてこのように仮定してしまうことで、さまざまな感情の重要性とそれらが語るかもしれない別のソーシャルストーリーを検討することを未然に除去してしまうのである。[20]

それに加えて、中絶の問題ではなくても、後悔は、母になりたくない女性を母の道へと追いやる脅しとしても使われている。社会規範の外で生きることは、それだけでも多くの女性にとって恐ろしいことであるのに、母にならない決断を嘆くのが必然であれば、さらに最悪の事態が待っているということだ。[21] この概念が浸透していることは、「子どもを望まない女性たち」というオンラインフォーラム[22]の次の投稿からも見て取れる。

私を信じてください、あなたは後悔するでしょう。５年以内に後悔し、他のみんな（またはほとんどの人）と同じように子どもが欲しいと思うはずです。子どもを仕事や経済的費用としてしか見ていないとしたら、あなたを気の毒に思います。子どもは経済的費用以上の存在です。いつか（数年先ではないにせよ）電車に乗り遅れたことを後悔するでしょう。

⚘

女性、とりわけ30歳以上の女性は、脅しと警告の心理戦に巻き込まれる。家族を作るタイムリミットが迫ってくるからだ。母になることに興味がないかもしれないが、それは間違っている。最終的に望んだときには、手遅れになってしまう。**あなたは後悔するはずだ。**

実際には、母になることと母にならないことについての主観的な経験は、はるかに複雑だ。それでも、母になったことを後悔する女性の声や、子どもがいないことを後悔していない女性の声は、ほとんど聞こえてこない。そういった女性は実在しないという前提になっているのだ。

1997年、社会学者のH・セオドア・グロートと同僚は、さまざまな社会集団の412人の米国人に、子どもを持つことについての見解を尋ね、肯定的な経験と否定的な経験についてのエピソードを集めた。そして、否定的なものについて、「後悔」というタイトルをつけて次のように要約した。「子どもの世話をする責任のせいで、自分の時間が取られすぎる」「子どもたちが引き起こすストレスと心配が多すぎる」「時々、親ではなかった時代に戻りたいと思う」「時々、親である責任に圧倒されてしまう」「最初の子どもを産む前に、もっと待てばよかった」[23]。これらの回答は、子どもを持った後悔を、親である困難として示しているが、本研究における母たちの発言の核心にあるのは、「持つべきではなかった」という率直な宣言である。

この種の決定的な発言は、日常生活にほとんど欠けている。なぜなら、後悔は一般的に物議を醸す感情的なスタンスであり、母であるという立場は多くの社会において神聖であるため、母になって後悔することは、母の感情の秩序的なルールにおいて、ありえない感情的スタンスと見なされるからだ。完全否定とはいかなくても、ルール違反であり、非難されてしかるべきであり、基本的には信じがたい人、という扱いになる。母になったことを後悔することは、反論として到底受け入れることができない、不可能な可能性なのだ。

「それはひどい間違いでした」

インタビューの中で、私は調査をした女性のひとりひとりに次の質問をした。「今の知識と経験を持って過去に戻れるとしたら、あなたは母になる／子どもを産むでしょうか？」

表現は異なるものの、全員が否定的な答えを出している。

スカイ　3人の子どもの母。2人は15〜19歳、1人は20〜24歳

今戻れるのであれば、子どもたちをこの世に生み出さなかったと確信しています。それは私にとって**完全に明らかなこと**です。

スージー　15〜19歳の2人の子どもの母

（スージーは、私が質問を終える前に答えた。）

間違いなく、私は子どもを持たないですね。〔……〕いつも言っていることですが、私は人生で3つの致命的な誤りを犯しました。ひとつは元パートナーを選んだこと。2番目は彼との子どもを持ったこと。3番目はそもそも子どもをもうけたことです。

ドリーン　5〜9歳の3人の子どもの母

（ドリーンは、私が質問を終える前に激しい口調で答えた。）

私は絶対に子どもたちを持たなかったでしょう。

——3人ともですか？

はい。口に出すのはとても辛いですし、子どもたちが決して私からその言葉を聞くことはないでしょう。あの子たちが理解できるとは思えません。たとえ50歳になっても——いいえ、その頃には……どうでしょうか、私にはわからないです。私は絶対に子どもたちを〔持つことを〕やめています。本当です。一瞬の迷いもありません。

カーメル　15〜19歳の1人の子どもの母

25歳のときに息子を産みました。自分と世間について、今わかっていることを当時の私が知っていたら、確実に産んでいませんでした。絶対にそうです。〔……〕ひとりしかいないことを感謝しない日は、一日もありません。「ひとりだけなのはラッキーだ」と言わない日は一日もないのです。その前に、私は〔心の中で〕言います、「ひとりいるのが残念だ」と。むしろいないほうがいいのです。

デブラ　10〜14歳の2人の子どもの母

あなたは、戻れるとしたらどちらを選ぶかと尋ねましたね——私は絶対に子どもを持ちません。素晴らしい子たちですし、驚くほどに寛大な性格です。そのことは評価します。あの子たちは私の人生に、子どもがいなければ得られなかった新しい深みを与えてくれました。彼らは私の人生に新しい次元を加えてくれます。でも、もしもなんの縛りもなく、罪悪感も持たずに戻ることができるとしたら？　私は今の道を絶対に選びません。

オデリヤ　1～4歳の1人の子どもの母

私にとって、これは間違いなのです。そう、間違い。これは義務です。私は自分の人生を生きたいし、たくさんの計画があります。〔……〕それが後悔している理由です。**自分にとって**意味のある他のことができたのに、と思うのです。

エリカ　4人の子どもの母。2人は30～34歳、2人は35～39歳。祖母

振り返ってみて、30年間苦しむ価値があったと、今あなたに言えるでしょうか？　**絶対に、間違いなく、確実に**〔激しい否定を強調するジェスチャー〕――**ノー**です。**ノー**。もう一度やりたいか？　**絶対にごめんです**。もしも今、選ぶことができるなら、そうですね、女の子か男の子、どちらでもいいので、ひとりだけにすると思います。

――同じことをくり返さないのはなぜですか？

どうしてか？　お話ししましょう。私は人生で楽な日が一日もありませんでした。決して家庭が困窮しているわけではありません。お金の問題ではないんです。子育てをしていて、楽な日は一日もありませんでした。一切です。

ブレンダ　20～24歳の3人の子どもの母

戻れるのなら、ひとりでさえ子どもは持たないでしょう。

バリ　1～4歳の1人の子どもの母

今の知識があれば、〔時間の〕車輪を元に戻したい。でも、車輪はすでに回っているので、変えられません。彼女の人生は彼女のものだからです。

――どういう意味ですか？

今、私は自分の楽しみのためだけでなく、誰かの世話をするためにここにいます。この責任を負わなくていいのなら嬉しいけれど、私はすでに引き受けてしまっていますから。

ジャスミン　1～4歳の1人の子どもの母

お母さんであることに**我慢できません**。この役割に**耐えられないのです**。〔……〕確信を持ってイエスだと言えます。もしも3年前に、今の知識があれば、私は子どもを持たなかった。絶対に産んでいません。

ヘレン　15～19歳の2人の子どもの母

最近、強く感じ始めているんです……オーリーは以前からしっかりして大人びた子でした……そしてエランは兵役に召集され……私は自由を感じ始めています。本当に。〔子どもたちが自立していることが〕何よりも良かったです。それでも、本当の本音を打ち明けるのであれば——私はむしろ子どもなしで生きたいと思っています。

ソフィア　1～4歳の2人の子どもの母

今日でもいいんです……小さなレプラコーン（アイルランドの伝承に登場する妖精）がやって来て、「あの子たちに姿を消してもらって何も起こらなかったことにしてあげようか?」とたずねられたら、私はためらうことなく「はい」と言います。

サニー　4人の子どもの母。2人は5〜9歳、2人は10〜14歳

私は同じことをくり返さないでしょうね。子どもたちには絶対に言いませんよ。あの子たちは、私が精いっぱいやっていることを知っていますし、私がいつも子どものために犠牲を払っていると知っています——でも私は……〔ほほえむ〕このプロジェクトを二度と引き受けません。とりわけ、後で離婚して、すべてが自分の肩にかかるとわかっているなら。特別支援が必要な子どもが2人いるので、なおさら大変なんです。

リズ　1〜4歳の1人の子どもの母

おそらくしないですね。多分しません。くり返しになりますが、断言するのは難しいです。というのも、将来的に改善するかもしれないし、変わるかもしれないと思うからです。でも、私はいつも、重要なのは言葉ではなく行動だと言っています。でも実際には、それが私には重荷なのです——いつも

「ママ、ママ、ママ、ママ」と言われるのが。私じゃないママのところに行って、私をひとりにして、と思います（笑）。私は**実際に**起きていることにしか目を向けていません。文化的、道徳的に正しいと思われること、つまり私がどれほど幸運であるかについては、目を向けていないのです……。

グレース 2人の子どもの母。1人は5〜9歳、もう1人は10〜14歳

えっ、それなら、あきらめます（笑）。今の不安も手放したいです。この緊張した感情を。これから先も続くと思うと――手放したいと思うのは確かです。でも、くり返しになりますが、あの頃の私に、今ある知識が欲しかったですね。

エディス　4人の子どもの母。2人は25～29歳、2人は30～34歳。祖母

「まさか」ですよ。ただし、たとえば私が医学研究を完了した〔後〕なら――**ありえるかも**しれません。キャリアなどのすべてを手に入れていたらね。でも、おそらくないでしょうね。何のために？　本当に時間の無駄です。完全に。楽しい瞬間はどれほどあるでしょうか。確かに、楽しい瞬間もあります。でも、要求される時間に比べると、どうでしょうか？

マヤ　2人の子どもの母。1人は1～4歳、もう1人は5～9歳で、取材時に妊娠中

（**マヤは私が質問を終える前に答えた。**）

私は子どもを持ちません。

ティルザ　2人の子どもの母。1人は30～34歳、もう1人は35～39歳。祖母

私は母になるのに不向きだと思います。申し訳ないですが……。友人と話すたびにこう言うんです。もしも私に、今の判断力と経験があれば、子どものかけらさえ作らなかった、と。何よりも辛いのは、時間は遡(さかのぼ)れないことです。無理なんです。修復できません。

❦

これらの女性の全員がきっぱりと答えを出した。中には私が質問を終える前に答える女性もいた。しかし、次に紹介する何人かは、答えを出すのに時間をかけていた。それは、想像上の状況についての仮定的な質問に答えるのを難しいと感じたからだ。母になることを本質的に望むべきと決定づけられている環境に置かれていれば、なおさらである。そのため、こういった母たちは、現在の知識や経験を**持たずに**時間を遡るとしたら、母にならない後悔を避けるために、まったく同じ選択をしたかもしれな

いと考えている。しかし、現在は母の気持ちについて個人的な知識と経験を持っているため、次のように答えた。

グレース　2人の子どもの母。1人は5～9歳、もう1人は10～14歳

くり返しになりますが、要因のひとつは、今ある知識をあの頃持っていなかったことです。私が逆の状況だったら——子どもがいないことをずっと後悔**するでしょう**。反対方向に戻れないのが人生ですから。でも、**もしも**ユヴァル（グレースの夫）と私に今の知識があれば、そうしたら——私たちは素晴らしい人生を送ることができたと思います。

ソフィア　1～4歳の2人の子どもの母

母になりたいと思っていましたが、今は違います。たぶん私は、フォーラム［イスラエルのオンラインフォーラム「子どもがいない人生を選択する」］の人

たちのようになりたいのです。でも、なれません。あなたが〔この〕立場にならないと、理解するのは難しいでしょうね。私の反応を知ってもらうのは、非常に難しいと思います――あなたには試してみることができないのですから。

ローズ　2人の子どもの母。1人は5〜9歳、もう1人は10〜14歳

その質問に答えるのはとても難しいです。子どもがいなければ、こういった気づきはありませんでしたから。でも、もしも私に今の判断力があれば(これを書くのは辛いです――自分の一部である子どもたちをあきらめるようなものだから)――でも……もしも私に先を見通す力と、こういった決断を受け入れて支援してくれる環境があるとしたら――私は子どもを持たなかったことでしょう。

ジャッキー　5～9歳の3人の子どもの母

私は今、自分自身の中で矛盾しているかもしれません。もし過去に戻っても、未来を見ることができなければ——まったく同じことをするかもしれません。きっと子どもを欲しがるでしょう。でも、もしも誰かが私に〔未来を〕見せてくれたら、絶対にしません。しないです。完全に。それに……。

——それに？

〔深く息を吸う〕前に話しましたよね。できることなら、人生からその部分を消したいのです〔……〕。〔……〕こっそりつぶやいています。目を覚ましたときに、あの子たちが消えていればいいのに、と。そんなこと、私は本当に……わかっています、そんなことを言うのが良くないことだと。でも……〔……〕体調を崩したときに、子どもを持ったのは大きな間違いだと気づいたのです。〔……〕人生がこうなってしまったことを、本当に後悔しています。それはつまり……〔長い沈黙〕私はぜひ過去に戻りたい、そして物事を変えたいのです。

⚘

過去に選べたはずの道を考えた女性もいれば、未来の「次の人生」をイメージして答えた女性もいた。たとえば、ニーナはインタビュー中に、母としての責任から解放されたいという気持ちと、またくり返してしまうだろう（ただし、違うやり方で）という気持ちの間を行き来していた。自分は「普通」が好きな人間なので、母にならないという規範からの逸脱は難しいと考えている。しかし結局のところ、彼女にとって、母になることは不必要な経験なのだ。

ニーナ　2人の子どもの母。1人は40～44歳、もう1人は45～49歳。祖母

私はしょっちゅう言ってます。階下のご近所さんと冗談を言い合うんです。次の人生には子どもがいらないわね、って（笑）。私たちは〔……〕子どもを持たず、互いに面倒を見るだけにしましょうね、と。

――いつ母親になりましたか？

27歳。24歳で結婚しました。

――では、今の知識と経験を持って27歳に戻ったとしたら？

それなら私は子どもを持つでしょうが、完全に優先順位を変えます。力を入れる部分や、心配することを変えて、まったく異なるアプローチを取ります。今ふり返ると、私は人生に先導されるがままで、自分でルールや道筋を設定しませんでした。ただ引きずられるままに動いていたのです。〔……〕でも、私に勇気があるかどうかわかりません――決める勇気がないのです。他の人とは違う決断を下し、意識的に子どもを欲しがらないと決める勇気が。

――「27歳に戻れるなら子どもを持つ」とおっしゃいましたが、「次の人生に子どもはいらない」ともおっしゃいました。このつじつまをどう合わせますか？

　もしも私が、今ぐらい成熟していて、何が重要でどのように達成したいかを率直に口にすることができるなら、きっと違っただろうということです。総じて子どもたちは本当に……性格が良くて、善良で、道徳的ですから。そういうことです。

――子どもがいない次の人生の空想は、どんなイメージですか？

　自由なイメージです。他人の責任を負わず、自分だけの責任を負うという自由。他の人のことを心配する必要がなく……自分が正しいと思うことをして、誰にも責められず、不満がない――正直に言いますが、もう私には荷が重すぎるのです。〔与えるための〕体力がなく、〔孫の世話をするために〕助け続けることはできません。週に一度、あっちの孫、こっちの孫と過ごしています。それに、お金のこともあります。お金です。とにかくお金。これで**全体**像が変わります。ナニーを探すのを手伝ったり、直接手伝ったりもできますが……やはり、面倒を見るのが自分の責任だと思い続けていて、まだそこから抜け出すことはできません。もう自由にしていい年齢に達した、といくら考えてもだめなんです。これが私の人生であり、私の選択です――いまだに自分の責任だと感じてしまうのです。罪悪感ではありません。自分を責めてはいないのです。

――研究のためにインタビューしたあなたの友人が、「ニーナと話すべきよ。あなたの研究テーマがこれなら、ニーナと話してください」と私に言ったのはなぜだと思いますか？

（笑）。私たちが、子どもを持つ必要はない、としょっちゅう言い合っているからですね。子どもは必要ありません。

さまざまな女性によるこういった発言が示しているのが、母であることに対する個人の見解が、期待されているものとは違うということだ。母になったことを後悔することによって、彼女たちは、別の筋書きを思い描いている。それは、遅かれ早かれすべての女性が母であることを慈しむようになるという約束に誤りがあると主張する筋書きであり、母になれば、母らしい方向性に自分の感情を添わせるようになり、「母」のアイデンティティに向かって前進し、母としての経験に適応するという筋書きではないのである。

ニッキー・シェルトンとサリー・ジョンソンによる、母としての困難とアンビバレンスに直面している女性に関する研究において、母たちが表明したのが、統合的な母としてのアイデンティティが「ハッピーエンド」へと向かうという期待である。[24] 対照的に、私の研究に参加した女性の大多数は、過去、未来、次の人生に想像する筋書きを考えた後でさえ、将来が前向きに展開することを期待していなかった。彼女たちは、現在の母としての経験を不快であると感じ、それが継続するであろうと予測した。母である期間が10年未満であろうと30年以上であろうと、彼女たちは母であることに安心できる約束の目的地に到着しない――そして将来的にもそうだと予想しているのだ。

後悔は母になったことであり、子どもではない

私がインタビューした女性の大多数が、母としての気持ちと子どもたちに対する気持ちに違いがあると強調していた。この区別については、ジェシー・バーナードの1974年の著書『母性の未来（*The Future of Motherhood*）』において文書化されており、この本で著者は、子どもを愛しているが母であることを嫌っていると「思い切って」認めた労働者階級と中産階級の母について言及している。[25]私の研究に参加した母にとって、この区別は、後悔は母になったことであり、出産した子どもについては後悔していないということを明確にするのに役立っている。

シャーロット 2人の子どもの母。1人は10〜14歳、もう1人は15〜19歳

話は複雑なんです。私は母になったことは後悔していても、子どもたちについては後悔していません。その存在も、性格も。あの子たちを愛していま す。あんな愚かな人と結婚したけれど、後悔していません。なぜなら、他の

誰かと結婚しても、別の子どもを産んで愛していたでしょうから、本当にややこしい話です。子どもができて母になったことを後悔していますが、得られた子どもたちは愛しています。ですから、きちんと説明できることではないのです。もしも私が後悔するなら、あの子たちがいなければいい、という話になります。でも、あの子たちがいないことは望みません。私はただ、母でいたくないだけです。

ドリーン 5〜9歳の3人の子どもの母

そう口に出すのは、私には難しいです。なぜなら、あの子たちを愛しているから。心から愛しています。でも、いなくても私は……。長い間、精神分析医にかかっていました。それが、おかしなことに、私が完全に〔はっきりと〕感じる何かがあるとすれば、それは〔この〕感覚です。母になるプロセスは完了していないけれど――ここで発言していることを完全に〔明確に〕感じています。それは、子どもがいて、その子たちを愛しているけれど、いなくてもいい、という全く重ならない2つの考えを持っているということ。だから、質問に対する答えはこうです――もしも私が別の道を選べるのだとしたら、そうするでしょう。

リズ　1〜4歳の1人の子どもの母

ちなみに、後悔は親としてのことであって、子どもの存在のことではありません。そこは私にはとても大切な区別です。**素晴らしい**子なんです。信じられないほど優秀です。私自身が子育てに辛さを感じているので、そのことは幸運でした。〔……〕もし息子がこれほど優秀ではなかったらと思うと――私の子育てがこうなので優秀になるしかなかったのでしょう。こんなことを言うのははばかられますが、もしも息子が、特別な支援を必要としたり、標準的でなかったりする子なら、今でさえ子育てに苦しんでいるのですから、さらに大変だったことでしょう。息子のことはとても大切なので、区別をしたいのです。息子は愛すべき人間です。彼の中身や世界観、性格を知れば知るほど、そう思います——あらゆることにしっかりした意見を持ち、自信をもって表現できる子なので、私も嬉しいです。だから息子のことを深く愛しています。でも……ここははっきりと区別したいのですが、本当に愛していて絆を感じる人の存在について——生まれてきて残念だとは言えません。息子がいることを残念には思っていないのです。後悔は、親としてのことであって、私自身が〔母になる〕必要を感じなかったのに、こうなってしまった、という事実にあります。でも、とても合理的な決断だったのです。今になって思うと、親としてのさまざまな課題があるため、自分が心から望む場合にのみそうする〔親になる〕べきだと思います——その方が私にとって良かっただろうと思えるのです。

カーメル 15～19歳の1人の子どもの母

イドが**大好き**です。手のかからない子ではないけれど、素晴らしい子です。生まれた日からいくつか問題があり、これからも常にあるでしょう。でも、私たちは素晴らしい関係を築いていて、とても仲がいいですし、素晴らしい息子です。〔私の後悔は〕そのこととは何の関係もありません。完全に無関係です。

デブラ　10〜14歳の2人の子どもの母

今言っておきたいことがあります。それは、私の子どもたちが**素晴らしい人間**ということです。素晴らしい子どもであるだけではなく、素晴らしい人間です。人として驚くべき可能性を持っていると思います。魅力的で、才能があり、美しく、善良で――そのことと〔私の後悔に〕は、何の関係もありません。〔母であることは〕私がなりたい立場ではないのです。〔……〕私にとって、母であることは正しい選択ではないと思います。私にとって親であることは、合理的で、理にかなった、適切な選択肢ではないのです。母になれないからではなく、自分に合わないからです。私らしくないのです。デブラはどういう人？と尋ねられたら、母ですとは言いません。母であることに触れる前に、多くのことを言います。普段から、子どもがいるという話はまったくしません。最終的には言わざるを得なくても、すぐには言いません。それは私の定義ではないのです。私はデブラという人間を、母や女性とは見ていません。デブラは経営幹部で、デブラは学歴を持ち、デブラはアメリカ系イスラエル人であり、デブラは妻であり、デブラは思想家であり、デブラは無宗教です――そういったすべての立場の後に、デブラが母であるという話になるのです。少し申し訳ないですが。そういう意味では後悔があります。自分の人生と日常の機能の中で、自分らしくない場所にいるからです。でも、子どもがいることは後悔していません。なぜなら私は、本当に素晴らしい素敵な人間である2人の子どもをこの世に連れてきたからです。素晴らしい人間、素敵な人たちを。

私の研究に参加した女性の大半は、後悔は母になったことであり、子どもがこの世に存在することではないという区別を明確にしていたが、これは、子どもを生きる権利を持つ独立した別の人間と位置づけていることを示唆している。同時に彼女たちは、子どもの母になったことと、その人生に責任を持つことに後悔を感じているのだ。

したがって、母でないことへの憧れは、一般的な意味での子どもの不在を必然的に含むことは明らかだが、それは必ずしも、権利があって人として生まれた**実際の**子どもたちを消したいという願望を伴うわけではない。母になったことの後悔と子どもを愛することとの区別は、ほんの一瞬でも、子どもたちとの間の想像上のへその緒を切り離し、「母」と「子」のアイデンティティを超えた関係を持つことを求めているのだ。

しかしこの願いは、現在の社会秩序においては通常は叶えられない。母は母であり、常に母としてのふるまいが求められ、そのアイデンティティから逃れることはできない。この基本的な信念の源のひとつが、20世紀に治療院に端を発し人気の論説へと発展したジークムント・フロイトの哲学である。フロイトの研究は、母はそれ自体が人ではないと主張するだけでなく、母自身はそのことについて何もできないと明確に主張している。彼の研究では、母は他者の機能としてのみ存在する。母子の関係においての母自身の経験は常に消されているのだ。母を主体と見なさないことは、母を子どもの感情的発達の中心的で本質的な役割に充てるとともに、子どもの人生の背景にすぎない存在と位置付ける。母は、存在すると同時に存在しないものなのだ[26]。

　したがって、母になったことの後悔とわが子の誕生を後悔することの違いを主張することは、後悔についてのみの話ではない。主体であると見なされるために、与えられた機能から自身を分離しようとする女性の根本的な闘いをも映し出しているのだ。

　主体性を要求するのは、後悔する母に限ったことではない。何十年もの間、学者や作家は、あらゆる母が主体として――他人の人生に溶け込んでアイデンティティを失ってしまうのではなく――認識される道を切り拓こうと努めてきた。そうすることは、多くの女性が出産を経験し、母になることを根本的で触媒的な自己の危機として経験する社会的現実においては困難である。[27]女性は得てして他人の人生に溶け込むことが**正しい母の道**だと言われるのでなおさらだ。タマール・ハガルは次のように書いている。「この社会的期待を知識としては認識していたが、出産後の最初の数日の間に気がついた。今後私は、痛みや感情や欲望や願望を持つにもかかわらず、無制限の期間、自分自身を脇に置いて、自分自身を衰弱させ、姿を消し、抹消されることが期待されるのだと」[28]。この文脈では、母になったことを後悔する女性の物語は、そのパズルに追加されたピースと見なすことができる。彼女たちの後悔は、母が考え、感じ、欲望し、夢を見て、記憶する主体であるということを社会が忘れることを許さないのだ――この点については、6章でさらに詳しく説明する。

実現の瞬間

後悔するのは「子ども」ではなく「母になったこと」だという洞察がさらに明確になるのは、私の研究に参加した女性たちが、母になったのが自分にとって間違いだったと理解した瞬間について語ったときである。子どもが生まれて数年後にこの瞬間に到達した女性もいれば、妊娠中や出産直後に気づいた女性もいる。つまり、何人かの女性は、生まれてくる子どもの性格や育てるのに何が必要かを知る前に、後悔を経験したということだ。

オデリヤ　1〜4歳の1人の子どもの母

妊娠中、すでに後悔を感じていました。これから起こること、つまりこの生き物の誕生は——私にとって……違うのだと……絆を感じないだろう、そういう気持ちにはならないだろうと……間違いだったとわかったのです……そう、余計なことだと。私には余分なことだったのです。手放したいと思いました。

――生まれる前にそのように感じた理由を思い出せますか？

彼が泣くかどうか、私が怒るかどうか、それを容認するかどうかは関係なく、自分の人生をあきらめることになるのだと理解しました。あまりにも多くのことをあきらめることになる、と私は感じました。

ヘレン　15～19歳の2人の子どもの母

――いつ気づいたか覚えていますか？

本当に最初の瞬間に。**即座にです。**

――何が起こったのですか？

ええと……そうですね、〔子どもを持つことが〕実際に私にとって簡単なのは明らかでした。方法的にも物理的にも、全く問題がなかったのです。でも、すぐに理解しました……どう説明すればよいのかわかりませんが……子どもたちが生まれる前から私は……欲しくなかったのです。まるで、その理由を知っているかのように……理由があるけれど、すべてが起きて初めて正しい場所におさまるような感覚です。そのときになって理解するのです。〔子どもが〕生まれた瞬間から、理解する……それ以前であっても、わかっている……それは明らかです。はっきりとわかるのです。なぜなら、実際には……彼が生まれる前に、わかっていました……望まないことを……そうです、たちまちわかりました……。

ソフィア　1～4歳の2人の子どもの母

出産後、とてつもなく大きな間違いを犯したと感じました。頭からある思いが離れなくて、こんな思考がくり返され続けるのです。「あなたは間違いを犯した。今、その代償を払わなければならない。あなたは間違いを犯したのだから、その代償を支払いなさい」。どうしてこんな間違いを犯したの？　なぜ私はこんなことを？〔母になる〕以前に、悪いことでもしたの？

ティルザ　2人の子どもの母。1人は30～34歳、もう1人は35～39歳。祖母

――母になって後悔していると感じた・理解した、またはその両方を経験したときのことを思い出せますか？

赤ちゃんが生まれて数週間後から〔それを感じたのだ〕と思います。災難だ、と口に出しました。大惨事です。たちまち、自分には向いていないと気づきました。向いていないだけではなく、私の人生の悪夢だったのです。

一見すると、出産に伴う不安は、産後うつ病の症状や心痛として安易に解釈できる。現在、産後うつ病については2つの異なる考え方がある。ひとつ目は生理学とホルモンに焦点を合わせた医学・心理学的アプローチであり、出産後の化学物質のバランスの乱れが、悲しみやうつ病につながる可能性があるとされている。このモデルはまた、精神分析の概念を用いて、子ども時代のトラウマの経験（特に機能不全の母に養育された）などによって産後うつ病を説明したり、産後うつ病に苦しむ女性が出産し母になることに非現実的な期待を持っていることを示唆したりする場合がある。[29] いずれにせよ、このアプローチは、母の感情的な世界が、深い社会的ルーツを示すものではなく、私的で個人的なものであると見なしている。

産後うつ病の2番目の説明には、これらの感情を母への移行という現実に対する論理的反応とするフェミニストモデルを使う。そこでは出産管理の医学的コンテクストと、赤ちゃんの世話という家庭的・家族的コンテクストが扱われることが多い。言い換えれば、このアプローチは、産後の困難な感情は必ずしも出産自体に関連しているのではなく、それを取り巻く関係性の困難に関連しており、出産は（とりわけ）家族の状況や社会経済的な緊張にまつわる既存の苦悩を表面化させる可能性があることを示唆している。[30]

しかし、これらの産後うつ病の説明の出発点は、女性は産後うつ病をいとわずに母になることを望むということだ。一部の女性にとって話が異なることが考慮されていない。母になりたいと望む女性の多くが、出産後の数日、数ヶ月、時には数年にわたって、産後うつ病を経験するとしても、それは必ずしも、すべての母の困難についての正しい説明にはなっておらず、女性自身の声を無視している可能性があるのだ。

デブラ　10〜14歳の2人の子どもの母

自分が落ち込んでいるとは思いませんでしたが、これが私の望みではないことは明らかでした。生まれてから〔初めて〕気づいたわけではありませんでした――以前から気づいていました。だから、私にとって新しい情報ではありませんでした。

カーメル　15〜19歳の1人の子どもの母

息子を抱いて病院を出た日にパニックになりました。その日、自分がしてしまったことを理解し始めたのです。その気持ちは何年もの間に強くなっていきました。〔……〕息子を病院から家に連れて帰ったあの日——産後うつ病や病気のようなものは何もなかったのですが——アパートに入ると、経験したことがないような、不安の発作を起こしました。丸1週間、病院に連れて帰りたかったのを覚えています。私は思いつきました……赤ちゃんが病気なので、病院に連れて行くべきだと〔人々を〕説得しようとしたのです。当時からすでに始まっていました。思えば、あれが始まり〔だったの〕ですが、今も続いています。

——その瞬間に何に気づいたと思いますか？

もう後戻りできないということです〔長い沈黙〕。いいですか、これは奴隷化なんです。奴隷。退屈な重労働なのです。

ドリーン 5〜9歳の3人の子どもの母

ずっと、何かが私に迫ってくるのを感じていました。産後うつ病はありませんでしたし、すべては大丈夫〔のはず〕でした。でも、今では理解しています――望んでいなかったと。シンプルなことです。でも、おわかりでしょうが、私たちが育つ環境では、〔こういったことを理解するのに〕しばらく時間がかかります。〔……〕体と魂が、こんなにも……〔体は〕知っているんです。私は〔医学的に〕不妊の問題はありませんが、3人の子ども、正確には2度の妊娠にあたり、不妊治療を受けていました。妊娠できなかったのです。実際には望んでいなかったから。シンプルなことです。信じられない。素晴らしいことなのに。私は望まなかったのです。

デブラとカーメルとドリーンは、母になった後悔を産後うつ病に結びつける考えに反論している。彼女たちに加えて、私の研究に参加する他の女性にとって、危機は、周期的に訪れるものでも、ホルモンの影響や心理的なものでも、社会経済的な家族の状況に厳密に関連するものでもない。産後うつ病の臨床的・社会的診断は不十分であり、そのような診断が母の経験の範囲を狭め、後悔についての議論を妨げるのだ。産後の苦痛を抱えるすべての母が、母になって後悔しているわけではないかもしれないが、少なくとも、その可能性の存在は認められるべきである。私の研究に参加した女性の一部は、妊娠・出産後の母の困難な経験を説明するにあたって、新たな社会的解釈を追加することを求めていた。つまり、単に母親になりたくないという理由である。

ジャスミン　1〜4歳の1人の子どもの母

産休で家にいる限り、〔息子と過ごすのが〕とても楽しかったです。その時期の子どもは、多くを要求しません。寝て、食べて、ウンチをするだけです。私は〝Hop Horim〟〔イスラエルの子育てのテレビ番組〕を観ていました。学ぶことが多く、まるで学生時代の長期休暇のような気分で楽しんでいました。問題が始まったのは、職場に復帰したときでした。自分の時間が、**私だけの**

時間が必要だと感じたのです。

――それは気づきの瞬間でしたか？

ええ、そうです。子どもがいない生活のほうがいいと口に出すのは、私にとって辛いことでした。当初はそんな気持ちとは**ほど遠かった**のですが、すでにお話ししたように、私はその感情にとても苦しめられました。自分の何が悪いのか、わかりませんでした。

リズ　1〜4歳の1人の子どもの母

――母になって後悔したと、いつ気づきましたか？

特定の瞬間というのはなかったと思います。それよりも、最初に手がかりがなく、何もわからなかったこと、そして〔私の〕人生の客観的な状況がひっくり返ったせいで、苦労が多かったのです。私は「いいわ、一時的なものだから」と言い続けていました。そして1年が経ち、2年が経って、周囲からは「すべて一時的なものだ」と言われ続けています。ああ――思い出しました、そのような瞬間があったことを。あれは……〔私の赤ちゃんに〕ゲップの問題や、寝ない時期があったとき、周りの人たちは「大丈夫。数ヶ月ですべてが変わるから。光がさしてきて、すべて良くなるから」と言っていました。数ヶ月が経ちましたが――だめでした。相談すると、友人はこう言いました。「聞いてちょうだい。3ヶ月でゲップ。1歳で歯が生える。そのうちティーンになる。それから兵役がある。あなたには子どもがいるのよ、おめでたいことに。そのことは変わらないの。年齢ごとに問題や課題がある。じっと座って変わるのを待っていても意味がないのよ」。それがダメ押しになったと思います。彼女との会話でひどく落ち込んで、突然……心底気分が悪くなりました。あのときですね、おそらく〔……〕私が気づいたのは。決定的でした。大打撃でしたよ。もちろんです。

リズは、時間の経過が母である困難を和らげるという社会的約束に反論している。乳児が子どもに成長し依存度が低下するにつれて、「大丈夫。数ヶ月ですべてが変わるから。光がさしてきて、すべて良くなるから」とはいかないのだ。リズは、わが子が人生の道に用意された通過点を移動することは認識しているが（3ヶ月でゲップ。1歳で歯が生える。そのうちティーンになる。それから兵役がある）、自分自身には停滞した未来しか想像できない。自身は同じ地点に継続的にとどまり、成長していく子どもの人生を背景に、瞬間や空間が変わっても同じ困難と感情を経験してゆくと考えている。多くの母は、出産直後の困難を乗り越えると安心するが、後悔は、時が経っても変化も改善もしない、母であることへの感情的なスタンスを表しているのだ。

私の研究に参加した女性の多くは、母になりたくなかったと気づいた後に、この感情を理解しようとした——場合によっては、自分の正気を疑ったり、世の中の親たちが共謀して口をつぐんでいる可能性を考えたりもした。

ブレンダ　20〜24歳の3人の子どもの母

子どもを産んでまもなく、半年ぐらい後でしょうか、自分が落ちてしまった穴が何なのかを理解し始めました。〔……〕夜だけではなく日中も、幸せや満足感や〔自分の〕「再生」を必死に求めて途方にくれました。誰もが話していることなのに、私にはこういった感情のかけらも見つからなかったのです。私は考えました。自分はどこかがおかしいんだ。〔なぜなら〕自分の考えは、こういった歓喜の説明にほど遠いから。それとも、私以外の全員が無意識に身を守る能力に長けていて、上手に現実を否認できるため、同じ状況にあっても、何も言わないのかもしれない、と。

ローズ　2人の子どもの母。1人は5〜9歳、もう1人は10〜14歳

最初の出産後、自分に何か問題がある、〔まだ〕準備ができていない、治療が必要だと思いました。それでセラピーに行き、痛み〔を伴う感情〕に対

処しましたが、問題の本当の原因を見逃していました――私の苦しみは親であること〔自体〕だということです。2度目の出産で、矯正されると思っていました。私自身も成長し、治療を受け、周りの人（主に夫）がきめ細かく協力的に接してくれるので、今度は違ったようにできるだろうと〔思っていたのです〕。私は理解していませんでした。問題が自分にあるのではなく、親になるという決断にあったということを。

スカイ　3人の子どもの母。2人は15～19歳、1人は20～24歳

すごくピリピリしてストレスを感じていましたが、どうしてなのかがわからず、いつも、自分に問題があるのだと言い聞かせていました。〔……〕ようやく理解し始めたのは、治療を始めてからです。〔……〕正直、治療した数年間のうちに、何かが自分の中で変わることを望んでいました。子どもたちと絆を持つことができ、自分の一部のように感じることができ、想定された自然なものだと思えるようになりたいと。そうすれば、子どもたちと一緒

に楽しんで、そばにいないときは会いたくなり、あの子たちに……ごく自然な方法で私自身を与えられるようになるからです。〔……〕治療を始めて1年も経たないうちに、私は理解しました……それが、私の側の悲劇的な間違いであったということを。問題は私の側だけなんです。〔……〕そのことが、治療のときに非常に私を苦しめました。初めは、**それを認める**ことがとても難しかったのです。治療が始まっても、私はいつも自分自身を守ろうとしていました。

ブレンダ、ローズ、スカイは、母であることの不安から最初に、「私に何か問題がある」「私は正常ではない」という考えに行きついた。ローズとスカイは心理的治療に目を向け、実際に感じていることと、感じるべきであることとのギャップを狭めることを望んでいた。ローズはさらに、もうひとり子どもを持つことが、彼女の「問題」の改善と矯正につながることを望んだ。しかし彼女たちにとって、この危機は、時間の経過とともに個人の成長につながる「成長的」なものではなかった。彼女たちの危機は、母になるのは間違いだったという感情を、理解して表現するための言語を持たなかったという事実にあったのだ。

マヤ　2人の子どもの母。1人は1～4歳、もう1人は5～9歳で、取材時に妊娠中

最近は、よく考えて初めて理解できることがあります――つい最近になって、腑に落ちたんです。〔あなたの〕記事*のおかげで解決しました。考え続けて、そこから私の物語を完成させたのです。今は自分の感情を理解しています。混乱はありません。〔……〕はっきりと指し示すことができます。

――つまり、あの記事があなたの感情に「名前を付けた」ということですか？

＊研究の初期段階に、イスラエルの大手新聞社から連絡を受け、タブーの感情的スタンスを研究する「舞台裏」についての記事を書くように依頼された。記事が2009年6月に掲載された後、母になったことを後悔している数人の女性から連絡があり、マヤはそのひとりだった。

ええ、まさにその通りです。 なぜなら……そもそも私は……記事を読む前、友人と話しているときに……〔母になって後悔していると〕初めて言葉に出したのですが、受け入れてもらえませんでした。そして怖くなって後戻りをしながら、自分を理解しようとしたのです。でも、記事を読んだとき、納得がいきました。

⚘

フェミニスト学者のキャサリン・マッキノンは、女性は個人的な経験を奪われているだけでなく、それについて話すための語彙（ごい）も奪われていると主張した。[31] この時マッキノンは女性のセクシュアリティについて話していたのだが、先ほどのローズとスカイとマヤの発言は、母であることもまた、女性が自身の経験を説明する言葉を欠いている領域かもしれないことを示している。母になった後悔を明確に表現する言葉がないとき、女性が感じる激動の感情は、ひと通りにしか解釈されない。つまり、問題はその女性自身にあり、後悔を感じる母は、治療によって母としての不安を解決する必要があるということだ。

しかし、こういった母たちの感情を理解するために別のアプローチを取ってもよいだろう。イスラエルの社会学者エヴァ・イルーズの研究に従い、感情を、定義された相互作用の中で「自己」を特定する一種の指標として見ることができる。それにより、特定の状況の中で自分たちがどのように、どこに位置するかを簡潔に説明できるのだ。[32]このやり方で、母になった後悔を、母の感情のロードマップに欠けている場所に追加することができる。さらに、後悔する母の話を聞くことで、母の感情的な経験が、とりわけ次のことに関わりがあるとわかる。それは、社会のなかでの母である女性の位置づけであり、社会全体が考える母であることの恩恵であり、母であることが女性のアイデンティティと他者との関わりに影響を与え、ときには定義さえする可能性があるということだ。私の研究に参加した複数の母たちが、母であるメリットとデメリットを論じることによって、これを明確に述べていた。

母であることのメリットとデメリット

「時間を遡ることができたとして、それでも母になりますか？」という質問に否定的な答えを出しながら、母になって**後悔している**とは考えない女性もいるだろう。また、質問に前向きな答えを出しながら（これまで見てきたように、それ以外の道が想像できないという理由から）、母になって後悔していると自己認識する女性もいる。そのため、私はインタビューの中で、後悔の別の側面についても質問した。それは、それぞれの母としての主観的な経験から見た、母になることのメリットとデメリットである。加えて、最終的にどちらの方向に傾いたのかも検討してもらった。

多数の母にとって、母になる主な利点は、成熟した感覚を持てることと、子どもとの健全な関係を築く道徳的能力を証明できたという感覚にあるようだ。それによって、自身と自分の家族、コミュニティや国との関係に秩序が生まれる。自分が暮らす場所に対する所属感を得ることは、彼女たちの視点では、母にならなければ不可能だったのだ。

デブラ　10～14歳の2人の子どもの母

主なメリットは、イスラエル社会での生活に関することだと思います。部外者（アウトサイダー）になるのは――どういった立場で部外者になったとしても――辛いことですから。たとえ他のすべてにおいて社会規範に従わず、主流派の外側にいる人であっても、自分の選択かどうかはさておき、子どもを持てば、ある程度は主流派の仲間入りができます。すると、それなりに人生が楽になるのです。

だから〔それが〕メリットなのか？　多分そうです。あらゆる面で闘う必要がなくなります。〔……〕〔もはや〕「家族の前線」で闘わなくてすみます。なぜなら、常にイスラエルのユダヤ社会では「いつ子どもを産むつもり？」「子どもはひとりでは不十分よ」といった言葉が飛び交っているからです。その役割は果たしたのだから、その点では闘わなくてよくなるのです。他に**まだ**果たしていない役割があっても問題はありません――この点においてはチェックボックスに印が入ったのです。

友人に関してもそうです。社会的な付き合いの面で……私たちは、年齢と共に、さまざまな社会集団に出入りします。最初は高校の友達、次に軍隊の友達、そして大学の友達、それから友人の配偶者――次の段階になると、カップルに子どもができます。すると共通の話題の焦点が変わり――大学で何を勉強しようとしているのかではなく、妊娠の進み具合やその過程、子どもの成長、歩き始めたかどうかといったことが中心になります。そして、その社会的な輪の中にいないと、それまで所属していたグループとの関わりが薄れ、〔友人たちとの〕やりとりが失われていきます。私はあまり社交的ではないので、それほど気にならなかったのですが、そういった空気はありました。周りの人たちはこのグループに入り始めました。〔……〕〔母になることは〕社会への入場券のようなものです。これがあると、とても簡単に仲間に入ることができるのです。

⚘

ブレンダもまた、他の人が母になることに紐(ひも)づけているメリットが自分に恩恵をもたらしていると認識しているが、そういったメリットは「自分が願う夢ではない」と考えている。

ブレンダ　20〜24歳の3人の子どもの母

私の意見では、母であることにはいくつかのメリットがあります。出産後は、圧倒的な幸せを感じます。子どもとの親密な関係、帰属意識、自分への誇り――夢の実現です。それは私ではなく他の人の夢ですが、認識することはできます。

⚘

研究に参加した他の女性は、母になることで以前よりも成熟し、愛情深く、寛大で、思いやりを持ち、忍耐強く、共感できるようになったことに、満足感を持ったと話した。

ドリーン　5～9歳の3人の子どもの母

ええ確かに、恵みを感じる瞬間や、小さな幸せ〔の瞬間〕があるんです。

本当に、すごく……。

――たとえば、どのような？

ええと……〔……〕わかりません。たとえば先週、ロイはモーセ五書のテストがあり、一緒に勉強してほしいと頼まれて、1時間半ほど一緒に座っていました。息子が勉強し、私も一緒にやりました。大人も楽しめる内容だったので楽しかったです。実りのある時間でした。それが私には良かったです。とても。

――つまり、あなたにとって、母になったメリットがひとつあったということですか？

（笑）。**母になったメリットがひとつ、ですか？** お話ししましょう。メリットはいくつかあります。メリットは、人間に……〔ため息〕深みが出ることです。私は、物事をより深く見る能力を得ました。〔……〕思いやり、妥協、共感という立場から、ものごとを理解できるのです。完全に自分を譲るときや、誰のためでもないようなことに自分を捧(ささ)げるときに、それが**自分の**

ためになると考えます。すると、別人になれます。おかしなことかもしれませんが、そういうことかもしれません……〔母になることで〕善人になれるとは言いませんが……受け入れる力はつきます。そんな感じです。

マヤ　2人の子どもの母。1人は1〜4歳、もう1人は5〜9歳で、取材時に妊娠中

とても興味深いことを発見しました。母になり、母として機能する過程において、後悔を持ち、さまざまな否定的な感情を持っているにもかかわらず――自分が以前よりも善人になったのです。多くの愛情を持って子どもを育てる義務があるので――愛情と善意に満ちた子どもを〔……〕、善人になるように〔……〕私が手本になる必要があります。そして、手本になるとしたら、少なくとも私にとっては、表面的ではいけないのです。そこで私は、常に自分を良くするために、自分が変えたいことに取り組み、それを子どもたちに伝えるようにしています。なぜなら、子どもは教えられたことからでは

なく、実際に見たことから学ぶからです。私が座って説明しても、何にもなりません。子どもは私の行動やふるまいから学ぼうとするのです。すべてがバラ色で、すべてがうまくいくとは言えません。惨(みじ)めに失敗する瞬間もあります。でも、くり返しになりますが、それもまた、私を良い人間にしてくれるのです。

⚘

あるいは、ナオミの言葉を借りれば、「それは、改めて自分を育て直しているようなものだ。間違いなくパワフルな体験である」。

それでも多くの母が、母になることの否定的な側面を認識していることを、メリットの物語に織り込んでいる。

ジャッキー　5~9歳の3人の子どもの母

――母になることに何かメリットがあると思いますか?

そうですね……小さな娘を見ると、今はとてもしっかりして、おしゃべりをします。娘が自己表現をして、地に足をつけて育っているということが
――私にとって何の役にも立たないとは言えません。それに、オフェクは成長して、男の子らしくなり……はっとする瞬間があります。でも、そういった瞬間があるからといって、これまで経験してきた**すべてのこと**に価値があるとも思わないのです。ただし、子どもたちが「ママ」と呼んでキスをしてくれるとき、「経験したすべてのことに価値がある」と言われているように感じます。

エディス　4人の子どもの母。2人は25～29歳、2人は30～34歳。祖母

――母になることに何かメリットがあると思いますか？

もちろんです。子どもが与えてくれる愛は男性の愛とはまったく違います

から。その愛はとても楽しくて、子どもが幼いときは、無条件の愛です。何にも代えられません。成長してくると、難しくなります。自立を望み、複雑で、違ってきます。〔……〕時に、それは短剣のように心に刺さります――それから……もちろん逆転することも〔……〕。恐ろしい痛みを感じます。最初はいつも抱きしめたくなります。楽しくて、本物の絆が感じられる〔……〕。きっと、子どもに必要とされているからですね。〔……〕でも、子どもはすべてを奪います。あなたから**すべてを**奪うんです。

ニーナ　2人の子どもの母。1人は40～44歳、もう1人は45～49歳。祖母

メリットですか……〔長い沈黙〕。あの……どんなメリットですか？　物理的な？

――なんでも感じたことを。

私は……私は本当に〔わが子を〕抱きしめるのが大好きです。一番は……そうですね、勉強しに行きたくて、キブツが承認か不承認かを決めるときに、乳児ケアを勉強させてほしいと頼みました。でも、メリットといえば……多分それは、特定のグループ内でお付き合いができることです。学校に入ると、もっと友人との出会いが増えますけれど……。友情を育んで、知り合いが増えます。メリットですよね？　どんなメリットがあるのか私には見えません。個人的なエゴを満足させるだけです。実際のところ、〔唯一のメリットは〕**大きく**異なる道を選んだことを謝罪する必要がないところです。自分はみんなと同じだと思えるようになります。ええ、私はいつも人と違うことを恐れていました。はみ出ないようにと。これもまた、恐れであり、不安なのです。でも、実質的なメリットがあるか？　私はそうは思いません。

母になるメリットを考えているにもかかわらず、研究に参加したすべての女性は、母になる明確な**デメリット**の話題に何度も立ち戻った。何人かは、母になるメリットを全く見つけることができないと話した。

リズ　1〜4歳の1人の子どもの母

〔メリットを〕探したのですが、素晴らしい子どもを持てたこと以外には……ありません。なぜなら、すべての分野において〔……〕私は以前よりもはるかに気分が悪いからです。〔……〕ないですね。深く考えているのですが（笑）。まだ見つかりません。思いついたら必ずお知らせします。

スカイ　3人の子どもの母。2人は15〜19歳、1人は20〜24歳

正直なところ、私にはメリットが見つかりません。本当に**何もない**のです。この件についてみんなが話しているすべてのことに、まったく共感ができません。次の世代〔の重要性〕や、年を取ったときの〔子どもの世話になる〕話を聞いても、意味が理解できない。そういうことが、さっぱりわからないん

です。〔メリットについての〕話が理解できません。私自身は？　ないです。私にとっては耐えがたい負担ですから。リラックスできないんです。……子どもたちがいると、リラックスできません。今みたいに、そばにいないときでも、完全にはリラックスできません。なぜなら、もうすぐ戻ってきますから。でも、あの子たちがもうすぐ戻るからというだけじゃなく……あらゆる小さなことに絶え間ない罪悪感がつきまとうのです。だから……ないんです……なにひとつ、自分の人生にとって本当に良かったということが。今となっては、**完全に**、確実に明らかなのは、今の知識を持って、選択肢があるとすれば——子どもがいなければ、自分の人生がずっと良くなるということです。そのことに疑いの余地は**ありません**。私の状況で、メリットなんて考えられません。

母であることのメリットとデメリットの両方を答えた母に、「プラスマイナス」を尋ねると、最終的な比重はデメリットのほうに傾いた。

エリカ　4人の子どもの母。2人は30〜34歳、2人は35〜39歳。祖母

一日の幸せのために、一瞬の楽しみのために、何年も苦しむ必要がありますか？　そして苦しみが終わらないこともあります。それは、終わりのない苦しみの感覚です。それの何が良いのですか？

サニー　4人の子どもの母。2人は5〜9歳、2人は10〜14歳

私の投資は実を結んでいます。たくさんの果実が実ったことを、神に感謝します！　私はずいぶん前から、それを味わい始めています。

――でも、あなたの見解では、果実には十分な価値がないのですね？

「価値がある」とはどういう意味ですか？　わかりません。何の価値がある

と？　比較には意味がありません。「子どもの笑顔は何にも代えがたい」と言っているようなものじゃないですか。それはでたらめです。真実からかけ離れています。それとこれとは無関係です。まるで、ナイフで人を切りつけておいて、その人に微笑（ほほえ）むようなものです。笑顔に価値はありますか？　関係ありません。なぜそのために苦しまなければならない？　このマゾヒズムは何なのでしょう。いいえ、「マゾヒズム」はもっと楽しい状況かもしれませんね。無関係です。私には、子どもの笑顔のために苦しむ理由は見当たらない。笑顔を見たければ、通りを歩いている子どもを見ればいいんです——妊娠と出産と悪夢その他の経験を踏まなくたって。私はそんなナンセンスとは無縁です。

⚘

それぞれの女性が、母になることで報われたと感じるかどうかは、個人的な経験の結果かもしれない——各女性の認識や価値観やニーズや状況の産物かもしれないのだ。
しかし、私の研究に参加した複数の女性から、母は有利であるという側面が、女性を母になるように説得するために利用されているという声が上がった。たとえば、母になることを正当化する一般的な理由として挙げられるのが、子どもが親の世話をすることで「きちんとした老後」を保証されること、そして、世代の継承に貢献する人間として認められることである。研究に参加した女性の多くが、この考えに疑問を投げかけ、この前提を拒否し、時にはあざけりさえしたが、それでも彼女たちの母親像にはある程度こういった側面が含まれていた。言い換えれば、彼女たちは、社会が有利であると告げた内容と向き合いながら、同時にそれを受け入れたり取り消したりしたのである。

⚘

彼女たちの母としての経験と後悔についての説明を見ていくと、明らかになるのは、彼女たちが今の知識と感情に基づいて、誰の母でもない状態に戻れるとしたら、違った方法を取ったということだ。異なる決定をしたかったと願うのは、まさしく後悔の感情だと言えるだろう。しかし、そのような感情を受け入れることを困難にしているのが、苦悩をふり返ることを思いとどまらせる社会的な感情のルールである。それゆえ、母になった後悔という感情は、いまだにほとんど認められないままなのだ。その理由としては、母としての感情の法則に反すると考えられていることに加えて、一般的に（母に無関係であっても）後悔という感情が、文化的・心理的に問題があると見なされているためである。後悔に「悪評」がついてまわるせいで、将来的には間違いなく改善されるという概念を受け入れる以外の選択肢が多くない。同時に、「もしも」や「～でさえあれば」という未解決の問題を避けなければならないのである。

4章　許されない感情を持って生きる

母である経験と後悔の表現

5時に仕事から帰ってきましたが、へとへとで余力がありません。そうですね……座って本を読みたい気分です。天井を見つめて考えにふけりたい——でも、できません。そのことが私を苛立(いらだ)たせます。それは早くも2時に始まります。あと数時間で〔息子の世話という〕「セカンドシフト」が始まるのを知っているからです。何をして時間をすごそうかと考えます。もしも母が一緒じゃなくて、私が息子と二人きりなら……息子を追いかけるのが私ひとりだとしたら、と考えると、不安になります。いつもそうなんです。こういった感情と毎日闘っています。

——ジャスミン（1〜4歳の1人の子どもの母）

これまで見てきたように、母になったことを後悔するという感情的なスタンスは、信じがたいと見られがちで、病気を疑われることさえある。したがって、女性に母になったことを後悔する**理由**を尋ねる人は、公然とまたは潜在的に、ある種の大惨事が家庭で起こっているに違いないと思い込む傾向がある。それ以外に、母になって後悔しなければならない理由が見つからない、ということだ。

しかし、これから見ていくように、この憶測には根拠がない。私の研究に参加した女性たちが共有した母としての経験は例外的ではないからだ。また、書籍やSNSや世界中の個人のブログなど、母たちが日常的に公（おおやけ）にしている子育ての困難についての記述は山のようにある。ただし、そういった話のほとんどは、「母になることにはそれでも価値がある」と結論づけている。一方で、私の研究の女性たちは別の感情的な結論に達している――母になったのは間違いだったと。

過去の私と今の私

多くの文化において、誕生と死は密接に関連していると信じられており、女性の生殖能力がこの両方の状況に結び付けられている。例えば、ナオミ・ウルフによると、ベナンのバリバ族のことわざでは、妊婦が「死にゆく人」と表現されている。また、ある民話によると、昔は妊娠中の女性のために墓が掘られ、無事に出産を終えても、40日間開けたままにしてから、女性を入れずに封印されたという。[1]

生きている女性でさえ、母になることがある種の死を体現すると考えられがちだ。以前の自己が死んで、新しい別の自己が創造されるのだと。かつて女性が持っていた「誰の母でもない」アイデンティティは、「母」になるために死ななければならないのだ。

フェミニスト理論家のリュス・イリガライは、美しい例示として、出産することが以前の自己の象徴的な死につながることを、娘としての自身の視点から書いている。

そして、一方は他方なしでは活動しない。しかし、私たちは一緒には動かない。一方が世界に入ると、他方が地下に潜る。一方が生命を運ぶとき、もう一方は死ぬ。お母さん、私があなたに望んでいたのは、次のことである。私に命を与えても、あなたはまだ生きていることなのだ。[2]

多くの女性が、初期の身体経験と以前の情熱の喪失に直面したときに、「命を与えることによって命を失う」という深遠な経験を共有している。恋愛関係と非恋愛関係の両方におけるいくつかの特性の喪失、世界における以前の存在感の喪失、創造性の喪失、さらには言葉さえ喪失することがある。レイチェル・カスクは、こう書いている。「私は母になったとき、人生で初めて、言葉がなく、私が生み出した音を他の人が理解できるものに翻訳する方法もない自分自身を見つけた[3]」

マヤもそのように説明している。

マヤ　2人の子どもの母。1人は1〜4歳、もう1人は5〜9歳で、取材時に妊娠中

私は自分の努力を評価していますが、疲弊しています。エネルギーが奪われて、体と心と魂が疲れています。他のことをする余裕が一切ありません。以前は文章を書いて、彫刻をつくり、絵を描いていました。創造するのが大好きでした。でも、何も残っていません。インスピレーションも活力もまったくないからです。

先に述べたように、この本には私が行ったインタビューのすべてが含まれているわけではない。その理由は、母であることが非常に難しいと感じながらも後悔をしていない女性もいたからだ。たとえばロテムは、母であることへの思いを後悔とは定義していなかった。それでも、次の彼女の発言は、マヤの発言に似ており、出産後に自己を喪失することについて、より広い意味で理解するのに役立つだろう。

ロテム　5〜9歳の2人の子どもの母

娘たちを出産した後は、まったく自分のことに構いませんでした。限界に直面したのです……子どもを持ったことで。もうおしまい。もはや何も……することができない……世の中は思い通りにならないのだと。人生の中に、自分にとってすごく大切なスペースがあります。そのスペースが恋しいです。以前は閉塞感を感じたことがなく、スペースを持てないと感じたことはなかったのに。子どもがひとりのときは、まだやりたいことができたけれど、娘が2人いると——無理です。私のスペース、私の視野、私の進歩は閉ざされてしまいました。私には一種のフェミニスト的な悟りがあります。〔……〕ぜひこのメッセージを伝えてください……それから、以前にも書いたように、研究を文章にして、この声を出版してくださる方がいることを、心から喜んでいます。私には関係ありません——すでに子どもが2人いますから——でも、娘たちには、選択肢を持たせたいです。

大局的でフェミニスト的なアプローチを使って言いますが、女性は、いったん子どもを産むと、多くのことを捨ててしまいます。男性はそうしないのに。女性は決断をするときに、そのことを考慮に入れるべきです。〔……〕これまで私は、フェミニスト的な考え方ではありませんでしたが、親になってがらりと変わりました。突然、私たち女性はフェミニストになるべきだと気づいたのです。それまでの私は「大したことない！　何の問題もない！私は何でもできる、やりたいことは何でも」と考えていました。〔……〕当時は、すべての選択肢が確かに開かれていたのです。でも、〔母になってから〕もはや開かれていないと理解しました……女性は、しっかりと足場を固めるべきです。私たちが暮らす文化システムが、私たちを踏みにじっているからです。なりたい姿になることが許されません。それはおかしなことです。母になると、望むことが何もできなくなる。私たちは、そのことと闘うためのシステムをこしらえなければなりません。

⚘

マヤとロテムは、研究に参加した他の女性たちの感情を言語化している。自分の経験を「薄れていく」「消えていく」「完全に消え去った」と話し、以前の自分のほうが満たされており、完全だと感じられたと述べているのだ。この自己像は、社会的通念とはまったく相反している。つまり、母ではない女性は不完全で不満足な空っぽの人間で、子どもを得て母になることを待っており、それによって女性の完全な姿に近づくことができる、という社会的通念である。したがって、非母（ノンマザー）は社会によって総じて不完全で、時には「非人間（ノンパーソン）」とさえ見なされるが、研究に参加した母たちは、母になることで**不完全な人間に変貌（へんぼう）した**と捉（とら）えている。母になる前の経験のほうが、充実していて満足のいくものであったと考えているのだ。言い換えれば、「不足」から「完全」への動きではなく、「完全」から「不足」への動きだと言える。

研究に参加した女性の一部は、以前の（母ではない）自分を比較的ジェンダーレスであるとも捉えていた。なぜなら、女性らしさによる「劣等性」を意識することなく、概ねやりたいことができると感じていたためだ――先ほどロテムが説明したように。母になることが、女性の性別にどっぷりつかり、世界を渡り歩く自由がないという感覚を目覚めさせたのだ。社会は、母という「究極の」女らしさをポジティブに位置付けているが、研究に参加した複数の女性が、新たに体験する女性らしさと、それが家父長制社会の中で自分に課す制限を、母になった後に起こった最悪の事態のひとつだと説明した。それは、逃げ場のない罠なのである。[4]

母になる経験が、自己の多面的な喪失になることに加えて、母になることで、思い出したくない自己の一面が復活する可能性もある。しばしば起こることだが、母になることで、何年も埋もれていたその人の過去の痛みが新たに掘り起こされるのだ。そのため、母になることが、別の喪失を永続させる可能性がある――つまり、忘れる能力の喪失を。

マヤ　2人の子どもの母。1人は1〜4歳、もう1人は5〜9歳で、取材時に妊娠中

娘は、見た目が私に似ています。浅黒い肌に巻き毛の髪――〔白人が多い社会では〕珍しい外見です。私は、なんてこと！とつぶやきます。またやり直し。もう一度これと付き合うはめになるのか、と。子どもの頃の私は、30歳になることを夢見ていました。「すぐに大人になりたい。子ども時代も思春期も、くだらないたわごとも越えて、安定した人間になりたい」と。そして、30歳になった私は、再び同じことを経験している。〔娘が〕これから学校に入るので、不安なんです。受け入れてもらえるだろうか？　みんなとなじめるだろうか？　私のように惨めな思いをしないだろうか？　これもまた、私の苦しみなんです……どれほど胸が痛むか、わかりますか？　一緒にお風呂に入っているときに、3歳の娘が言ったんです。「ママ、色が落ちないの。ここはいいのに〔マヤは手のひらの白い部分を指す〕。ここは茶色すぎるわ〔マヤは手の甲を指してこする〕」。それからの2週間……自分がどうしたらいいのか、わかりませんでした。娘に何をしてあげたらいいのか。突然、子ども時

代の不安がすべてよみがえりました。〔……〕嫌な子ども時代をもう一度やりなおすことになるのも、私が〔母であることに〕良い気持ちが持てない理由なんです。

⚘

通常、子どもは、親が持つ記憶や伝統、価値観、特徴や外見の継承者と見なされる。こういった要素を世界に存続させることは、一般的に社会的に歓迎され、望ましいとされる。

しかし、マヤが明らかにしているのは、親の特徴と人生経験が永続化することが、人種差別や同性愛嫌悪（ホモフォビア）や貧困、その他の見ないようにしていた痛みを伴う経験を思い出させるかもしれないということだ。女性一般、とりわけ社会的に疎外（そがい）されたグループの女性は、母になることで、社会から受けた困難が永続化する可能性がある。人種差別的で敵対的な社会秩序に直面し、子どもに安全な場所をこしらえることを余儀なくされるからだ。[5] 母になったことで、マヤは再び人種差別的な社会で浅黒い肌を持つことの意味と結果に直面するはめになった。娘は、マヤが生涯、とりわけ子ども時代に経験した人種差別を永遠に思い出させる存在なのである。マヤがむしろ手放したい「かつての自分」の記憶の復活こそが、母になったことが彼女を苦しめる理由であり、必ずしも「生命の継続」や「第二の幼年期」の物語を祝福しない理由なのである。

　このように、母になることが、執拗なトラウマの輪郭を鮮明にし、強調する可能性がある。抑圧的な社会秩序が隠れた感情を生み、それが目に見えないところでじわじわ影響を与え、幻影のように精神と体の両方を悩ませ、自己の意識を脅かし続けるのだ。[6] 数え切れないほどの女性にとって、人生の記録から理不尽なページを破り捨てることは不可能だ。それどころか、マヤの記憶は、自分の素性や直面してきた問題を、過去のものであるはずの痛みを、追体験することを強制した。母になったことが、過去が過ぎ去っていないことを思い出させてしまったのである。

トラウマ的な体験としての母

　同様に重要な問題が、いくつかのインタビューから浮かび上がった。それは、母になることが執拗なトラウマの輪郭を鮮明にするだけではなく、母になること自体がトラウマ的な体験であるかもしれないということだ。

ソフィア　1〜4歳の2人の子どもの母

赤ちゃんを見ると不安になります。みんながしているように優しく接しますが、内心は……可愛いと思えなくはないのですが、恐怖を感じるんです。赤ちゃんを産むというトラウマを思い出してしまいます。これが伝染したらどうしよう、もうひとり赤ちゃんを産むことになったらどうしよう、と恐れています。

〔……〕私は、「子どもを望まない女性たち」というオンラインフォーラムの投稿を読んで、安らぎを見つけ、自分の気持ちを検証しています。私はすごく怖いんです。何が怖いのか？　子どもを望んだとき、それは理性的な経験ではなく、感情的で子宮主導の経験でした。それが再び起こるのではないかと心配しています。子宮が目覚めて、突然もうひとり産むのがいいと考えるようになるのが怖いのです。理性的になれないとわかっているので、怖いです。だから、どれほど辛くて悪いことかを思い出そうとしています。忘れるのが怖いです。トラウマが残っていてよかったと思います。それは、もうひとり子どもを持つことを防いでくれますから。

サニー　4人の子どもの母。2人は5～9歳、2人は10～14歳

――一番下のお子さんはすでに7歳ですが、夜に眠れないと話していますね。どういう意味ですか？

心的外傷後ストレス障害に苦しんでいます。ＰＴＳＤです。子どもが夜中に目を覚ますと、すべての記憶がよみがえるのです。あらゆることが。治療が必要ですね（笑）。

〔……〕私は以前、子育ての指導を受けており、セラピストに対して心を開いていました。でも、実際には役に立ちませんでした。そりゃそうですよ。あんな経験をしたのですから。それは消えません。犠牲を払い、傷跡が残った。どんな言葉も会話も、私が経験した大きな損失を補うことはできません

――いまでも〔経験は〕あります。埋め合わせはできません。まるで、テロ

リストに捕らえられた人を救出するようなものです。恐ろしい経験をして、解放された後に、対話をすることが、ためになりますか？　助けになりますか？　その人が失ったものを取り戻せますか？　奪われたすべてのものを？
　無理です。できることは何もありません。腕を失った人を治療に連れて行くようなものです。腕が戻ることはありません。私の場合は、失ったのは両手ではなく、年月です。何年もの人生、何年もの苦痛。〔……〕男性であろうと女性であろうと、命を落とし、死んだように生きるのは、あまりにも悲痛です。ただ歩き回って、立ち去ることができない場所にいる。〔……〕悲劇です。なのに、誰もが楽しい挑戦を経験しているように振る舞っている。ひどいことです。

⚘

　ソフィアとサニーにとって、母になったことは、自分を生涯にわたって傷つける出来事であった。サニーは母になったことが自分を傷つけたという事実を嘆き、ソフィアは母になったことでできた傷跡が、決して追体験したくないトラウマ体験を永遠に思い出させ、再び同じ過ちを犯すことを防いでくれることを望んでいる。

母になることが、女性の心身の健康を脅かす可能性があることは、すでに知られている。出産から数年が経っても、女性は病気、うつ病、倦怠感、感情の乱れ、肉体的損傷、社会的地位の喪失などを経験する。この認識はかなり以前から確立されており、受け入れが拡がっているものの、こういった説明が、「母になって最初は危機が訪れたとしても、最終的にはハッピーエンドにつながる」という全体的な希望的観測を弱めるには至っていない。母は母であることに順応し、受け入れるものと見なされているのだ。

この誤ったストーリーが流布する理由のひとつが、「トラウマ」が、ネガティブ（時には不道徳または犯罪的）な出来事や状況として広く認識されており、したがって、人生を変え、永続的にネガティブな影響を与えることを指すという事実にある。たとえば自然災害、交通事故、病気、戦争、特定の種類のレイプ*がそうである。しかし、母になることについては、困難であるという見方もあるものの、それ自体が否定的または有害であるとは見なされていない。そのため、トラウマ的影響を引き起こし続ける可能性があるとは考えられていないのだ——サニーやソフィアのように、逆の証言が存在するにもかかわらず。母になることは、後悔という人生経験の圏外に置かれているだけではなく、トラウマという経験からも遠く離れたところに投げ出されているのである。

⚘

ナオミ・ウルフは2001年に出版した母親についての研究書で、次のように書いている。「ひとりの子どもと新しい愛が生まれたにもかかわらず、私が話を聞いた新しい母親に内在する何かが亡くなっていた。女性たちは、ある意味、赤ちゃんへの喜びの裏で、以前の自分の一部を静かに悼んでいたので、その経験はより困難になった[7]」

ウルフの著書に出てくる母親たちは——最初の子どもを産んだばかりで——喜びの根底に象徴的な死を感じながらも、「赤ちゃんに対する喜び」を感じたのに対し、私

---

*「特定の種類のレイプ」という表現によって私が意味するのは、見知らぬ人による性的な暴行については、ネガティブで不道徳で犯罪的であると広く認識されているのに対し、たとえばデートレイプは物議を醸す傾向があり、レイプであるという判断について女性側の「責任」（例：女性の行動や服装など）が公の議論にさらされていることである。

の研究に参加した女性たちは、**母であることの本質として**、死とトラウマ的影響と喪失を語っていることに注目したい。2人目や3人目を出産しても、長年の月日が流れても、大多数の参加者は、母になることを通じて失ったものを悼むだけでなく、それらの喪失や傷に意味や目的がないように思われるという事実を悼んでいる。彼女たちが経験した痛みを覆ってくれる喜びのベールは存在しない。彼女たちにとって、無意味な喪失と傷こそが、後悔の主要な要素のひとつになっているのだ。

> 私に欠けているのは「母の遺伝子」です。もちろん子どもたちを愛していますよ。でも、率直に言って、当初から私は子どもたちをどう扱えばいいのかがわかりませんでした。[8]
>
> ――3人の子どもの母

母性愛の絆と束縛

現代社会において、母は、価値のある養育者であり道徳的な人間であると見なされるために、ある決まったやり方で子どもを愛することが期待されている。父の愛はもちろん歓迎され、大いに尊重されるが、それについては稼ぎ手としての主要な立場に追加される「ボーナス」として評価されがちだ。性別による感情の分配は、母に多大な圧力をかける傾向があり、母になったことを後悔する女性は圧力から逃れることができない。そんな女性たちは、この圧力を一層強く感じるかもしれない。というのも、子どもへの愛情を非常に明確に示すことで、奇怪であるという印象を避ける必要があるからだ。確かに、これまで見てきたように、私の研究のインタビューでは、ほとんどの母が、子どもへの愛と出産の経験をはっきりと区別していた。この区別は、彼女たちの後悔の方向性を示している。つまり、「子どもへの愛」と「母であることへの憎しみ」を区別するという方向性である。

ドリーン　5〜9歳の3人の子どもの母

家に小さな人がいて、そばで成長していくと——愛着が芽生えます。どうすることもできません。理解の範疇(はんちゅう)ではなく、何か、原始的なことなのです。ナショナル ジオグラフィックの自然番組に出演しているような気分になった時期もありました。なぜなら……最初の数年間は動物の本能のようなものだから。特に母乳育児はそうです。何らかの作用が働くのです。それは愛情であり、愛着なのです。それ自体は悪いことではありません。でも一方で、〔母であることは〕私にうまく合わないのです。〔……〕このようなこと〔母になって後悔している〕を言うと、さまざまな感情が呼び起こされます……〔他の人は〕たちまち跳び上がってこう言います。「待って、あなたは子どもを愛しているでしょう。手放すことなんてできないでしょう?」。できるかもしれません。でも、くり返しますが、それを口にすると、非常にややこしいことになるのです。

ジャスミン　1〜4歳の1人の子どもの母

母との会話を思い出します。「ママ、私は息子を愛しているわ。ただ、お母さんでいるのが好きじゃないの」。〔……〕息子が私を喜ばせてくれることは確かです。でも、それはさておいて、私は親になるのが好きじゃないのです。時には、大きないら立ちを感じるぐらい、嫌いになります。

愛という感情はさておき、母は、子どもを愛していると**口に出して**強調することを期待される。そうした声を要求する社会に住んでいるから、そして母になった後悔を自覚することが、母としての感情のルールに甚だしく違反していると見なされるからだ。そのため、他人に母になった後悔について話すとき、感情的な世界のすべてが「損傷を受けた」わけではない、と聞き手を安心させる必要がある。安心させる必要があるというのは、表明した愛の感情を実は経験していないという意味ではないし、信憑性(しんぴょうせい)を疑われているという意味でもない。感情的なスタンスとその表し方は、常に社会的文脈の中で考慮されるべきだという意味である。[9]

　子どもに対する親の愛、とりわけ母性愛の歴史的起源については、論争の的となっている。ある学派によると、この愛は普遍的でも歴史的でもない。母性愛は核家族と共に出現した現代的な発明であり、人口動態の変化と乳児死亡率の低下の結果として、「私」と「公」の領域を作り出したのだと言う。[10] 別の学派によると、子どもと親の関係がこれまでに感情的な進化を遂げたことはほとんどない。古くは聖書の子どもへの親の愛についての文言の指摘に照らしてみても、とりわけ妊娠と出産、子育ての経験を通じて自然に母性愛が呼び覚まされるのである。[11]

母性愛の概念の起源については歴史家の間で議論の的になっているが、どうやら、19世紀の間に西洋諸国で、愛の**社会的認識**に変化が起こったようである。この時期に、母性愛は、この愛の中にイデオロギーのプラットフォームを発見した社会的権威による厳重な監視と分類の対象となったのだ。つまり、母性愛を文化特有のシンボル、意味、慣習に結び付けることによって、母に特定の義務を課す**愛の構造**を作りだした。母は、子どもを愛さなければならないだけでなく、許容される狭い範囲内で愛情を示さなければならないのだ。[12]

母性愛の**社会的認識**の変化は――ロマンチックな愛の概念の歴史的変化（女性的な人工物（アーティファクト）への変化）と並行して――説明不可能で組織化されていない経験としての愛から、感情を体系的に分類して強制する**愛の構造**への転換につながった。さらに、「母性愛」は今や、社会的・政治的・財政的な力によって形作られているだけでなく、社会的秩序を維持するために**利用されている**。女性が「自然に」子どもを愛することによって――そして明確に定義され定められた方法で愛することによって――社会は、愛の確信を疑ったり、子どもとの関係を自問したりすることなく、女性が母であり続けることを確実にするのである。

したがって、母性愛の概念の**使用**は、抑圧の形を取るようになった。なぜなら、それは女性の感情的な世界と母子の関係を形成するにあたって、特定の要求を指示するからだ。母は子どもに対して無条件の愛を感じなければならず、その愛を「適切な」方法で表さなければならない。これらの要件を満たさないことは、母の不道徳の証拠となる可能性があり、母としての適性を疑われることにつながるのだ。

この見方からすると、母になったことを後悔するのは、母性愛がない証拠かもしれない。ドリーンが言うように、「〔子どもを〕欲しくない、または欲しくなかったのに持ってしまった人は、子どもを愛していないと、即座に決めつけられる」のだ。後悔は、母性愛の欠如と結びついている。愛があれば後悔はなく、後悔があれば愛はないというように、この2つは共存できないかのように語られるのだ。「私は子どもを愛しているが、母になったことを後悔している」という表現は、定義上不可能であると見なされる——母であることを消したいという願いは、愛する子どもを消したいと願うのと一緒ではないか、と。ところが、辛い恋愛関係の後に「私はまだ彼を愛しているが、彼に会ったことを後悔している」と発言するのは、逆説的とは考えられない。言い換えれば、母であることが神聖な位置に置かれているために、女性が愛すると**同時に**人生における幅広い愛の意味合いを認識するという状況が受け入れられにくいのだろう。

「どちらか一方」の二分法が内在することが、母に、母性愛の存在を強調させるのかもしれない。子どもへの愛が中心にあると強調することで、周囲だけではなく自分自身の印象として、後悔というルール違反の深刻さを軽減し、立派で道徳的な女性と見なされる権利を取り戻せるというわけだ。

さらに、母が愛すると同時に後悔するという主張は、私たちの内なる世界を二元的に組織化する社会的努力が成り立たないことを意味している。愛と後悔の二分法の水面下には、主観的な経験を融合し、統合し、創造する連続体としての物語が存在するからだ。愛と後悔の共存を主張することによって、これらの母は、自らの感情や自分自身の断片を置き去りにすることを強いるやり方でカテゴリー分けされることを拒否しているのである。

世話をする義務

後悔は、母の愛情の欠如だけではなく、子どもに対する有害な行動（無関心、ネグレクト、敵意、一種の暴力）と解釈されることがしばしばである。

スージー　15〜19歳の2人の子どもの母

ソーシャルワーカーと子どもの先生から子育ての指導を受け、そのこと（後悔していること）について話をしました……彼らは毎回ショックを受け、こう言います。「あなたを直接知らなければ、お子さんたちを引き離すところでした。お子さんたちは不幸だと思ったことでしょう……あなたを知らなければ」。〔……〕腹立たしく思いました。だから私はこう言ったんです。「逆に、〔母になって後悔していると〕言えるのは、状況の複雑さを認識しているからです。娘たちの子育てを放棄しているわけではありません」

他にも、母になった後悔を認めたときに同様の経験をした女性はいる。以下は、そんな女性からの私の研究に関する記事へのコメントである。

未熟だった私が、〔母になったことを後悔していると〕幼児センターの看護師に打ち明けると、その看護師が連れてきたソーシャルワーカーから、私の子どもを連れて行くと脅されて、強制的に、半年間にわたり「あなたの親としての機能を調べるために」と面会させられました。だから、このような研究は重要です。私たちに声を与え、女性が否定的な考えや感情を表現することを許されるために〔……〕罪人や悪魔のような扱いをされることなく。[13]

❦

場合によっては、母が子どもを殺す意図があると非難されることさえある。

恐ろしいことです。後悔は、子どもの命に責任を負わないことの正当化です……浴槽や海で子どもを溺死(できし)させてもいいわけです。[14]

❦

母になったことを後悔する女性には、愛情だけでなく、子どもとその健康に献身的に尽くすと「示す」ことが期待されている（人を愛することと世話をすることは必ずしも同じではないのだが）。彼女たちは、母であることに対する感情的なスタンスが、子どもの虐待を意味していないことを証明しなければならないのだ。*

子どもや他者に対する献身と責任の価値は、キャロル・ギリガンのケアの倫理に関する著作に現れている。ギリガンによれば、ケアの倫理は、間主観（共同的・相互的な形で成立する主観）的関係（高齢の親、子ども、愛する病人など）のネットワークに対する特定の――社会に「女性的」と識別される――懸念と、他者に対する道徳的責任（ニーズに関与し、適応し、注意を払うこと）を反映している。[15] ケアの倫理は女性の「本質」に関わるため、母性倫理もそれに従うべきだと考えられがちだ。つまり、母は「自然に」子どもへの多大な献身を感じ、自分のニーズや感情を消し去るほどの域にさえ達すると思わ

---

*調査に参加した女性のうち3人は、まれに子どもに暴力を振るった事例について言及した。2人は専門家の助けを得て、二度とくり返すことはなかったと述べた。私がこの件に触れるのは、この研究の主題のためではなく、子どもに対するいかなる暴力にも注意が必要だからである。「イスラエルの子どものための全国評議会」による２０１４年の研究によると、子どもに対する暴力の27・4％は家庭内で起こっている。この統計は――おそらく家庭内暴力の実際の数字を捉えていないとはいえ――後悔している母は後悔していない母よりも子どもに対して暴力的であると短絡的に結論づける必要はないことを思い出させるはずだ。

れがちなのだ。

多くの女性は、母になることでケアの倫理を表明することが**許される**と感じ、それゆえに自分が愛情と慈愛に満ちた人間だと実感する。しかし、この研究で話を聞いた母たちが、言葉は違えど主張したことのひとつは、すでに子どもが存在するために、責任を負い、献身する**義務がある**と感じているということだ。この義務は、しばしば不条理な経験として現れる。

オデリヤ　1～4歳の1人の子どもの母

私は息子を愛していますし、とても責任感の強い親です。〔……〕さらに、〔息子の父親の〕面会〔の権利〕に対して闘っています。なぜなら、祖父の家は安全ではないと感じているからです。だから、ばかげていると思っても闘っています。なぜなら、そのままではいけないからです（笑）。

――お子さんの父親について教えてください。

面会の約束は、週に一度、一晩です。父親は3時に息子を迎えに来て、翌朝〔息子を送りに〕来ます。今、一晩過ごすことに反対して争っています。〔……〕ばかげています。完全にばかげていますよ。

――ばかげているのは、望まないことのために闘っているからですか？

望んでいますよ、本当に。私は、今でも子どもが健康に成長することを望んでいるし、息子のためになると信じることをしてやりたいです。他の人にはできないことです。私が息子をこの世に連れてきたのですから――世話をするのは私の責任です〔……〕。それを放棄するつもりはありません。自分の能力の限りを尽くして彼を育てたいと、心から気にかけています。たとえ、間違いなく犠牲を払うことになるとしても。

ソフィア　1〜4歳の2人の子どもの母

〔子どもたちに〕腹を立てるときでさえ、そしてあなたに話したすべてのことにも反して——私は決して怠慢な母ではありません。とても責任感が強く、常にできる限りの最善を尽くしてきました。本当です……あの子たちが必要とした集中的な世話を。私は苦しんで泣きながら、手を動かしました。〔……〕本当に良い母なんです。自分で言うのは恥ずかしいですけれど。子どもたちを大切に思っている母です。子どもを愛し、本を読み聞かせ、専門家の指導を受け、最善を尽くして子どもを教育し、愛情と思いやりを与えています。子どもたちは私のことが大好きです。愛してくれています。あの子たちは、幸せな良い生活を送っていますよ。〔……〕ばかみたいですね。なぜって、私はあの子たちを望んでいないんです。本当に、欲しくなかった。なのに、あの子たちはここにいる。存在するんです。

サニー　4人の子どもの母。2人は5〜9歳、2人は10〜14歳

〔後悔を〕感じれば感じるほど、私は子どもたちに与えます。埋め合わせというわけではなく、むしろ……とても大切なことです、〔……〕自分の過去を、あの子たちにとっての良い経験に変えることは。自分の気持ちが、過去と現在の結果であると理解しているので、その影響を子どもたちに与えたくないのです。私は子どもたちに重荷を負わせたくありません。どんな人でも、子ども時代の荷物を持っていますよね。でも……私は子どもたちが、どんな形であれ〔この荷物に〕さらされることを望まないのです。子どもたちには幸せになってもらいたい。あの子たちが幸せなとき、私の心は落ち着いていいます。それによって、自分の子ども時代の苦難が何らかの形で閉ざされることになるのです。

私は、ひとりの人間としての自分と、母としての自分を区別しています。2つの異なる存在です。それによって、あの子たちを傷つけることがあっては決してなりません。〔……〕矛盾しているかもしれません。よくわからないけれど、私の中には2人の女性が住んでいるのかもしれません。でも、その2人が〔子どもたちを〕傷つけることを望まないのです。私の身に起きたことは、あの子たちのせいではありません。重荷を負う必要はない。あの子たちには、他の子どもと同じように、幸せであってほしいのです。

誰の母でもいたくない女性は、母としての二重の責任を感じるようだ。それは、母は子どもを注意深く育てるべきという通常の個人的・社会的期待に応える形で子どもの世話をする責任感と、そもそも子どもを産んだことに対して責任を取る感覚である。自分のニーズや感情を消し去るほどにまで、他人のニーズに気を配る義務を感じている母は多いかもしれない。しかし、女性が(どんな理由よりも)**母になったことを後悔しているから**という理由で世話をする場合、義務感はさらに強くなる。

サニーが言うように、そしてドリーンが「自分が2人いるみたい。統合失調症なのかと思うことがある」と付け加えたように、私の研究に参加した母たちが抱える、誰の母でもいたくないという願望と誰かの母であるという現実との間にある矛盾は、存在の分裂とアイデンティティのせめぎ合いを生み出すこともある。

母であること：終わらない物語

私自身のために、子どもたちには結婚して子どもを持たないでほしいと思うんです。恐ろしいです。自分の人生にそのことを望みません。孫ができたら、また仕方なく強制的にやりたくないことをせざるを得ません。〔……〕私にとっては、負担でしかないのです。

――スカイ（3人の子どもの母。2人は15～19歳、1人は20～24歳）

現代の西洋社会では、母が、子育てのさまざまな側面に、主たる、または単独で責任を負うことが多い。たとえば、母乳を与える、おむつを換える、子どもを寝かしつけて起こす、学校の送迎をする、料理を作る、食べさせる、着替えさせる、宿題を手伝う、教育をする、遊びに連れて行く、学校での行事やミーティングに参加する、病気のときに世話をする、などが挙げられる。こういったマザーリング（親が母性愛に基づいて、抱く、あやす、話しかけるなどの愛撫や世話を子にすること）の要素はすべて、子どものニーズと、成長するにつれてそれらのニーズにどのように対処すべきかについての一定の理解――文化や社会的階級によって決定される――に基づいたものだ。こういった行いの少なくとも一部は、ほとんどの母にとって日常的な活動である――しかし、途方もない困難と感じられる事柄もある。

ヘレン 15～19歳の2人の子どもの母

私はすぐに授乳を始め、沐浴を行い――あらゆるお世話をしました。だから、〔子どもの世話をするのが〕怖かったわけではありません。すべてが順調で、他の助けを必要としませんでした。ただし、散歩に行ったり公園に出かけたりするときに――私は耐えられない気持ちになりました。体が動かなくて、とにかくできなかったのです。毎週土曜日は〔夫が〕起きて子どもたちを連れて行きました。彼には問題なくできたのです。私が公園に連れて行くべきなのに――体が言うことをききませんでした〔話しながらテーブルを叩く〕。

オデリヤ 1～4歳の1人の子どもの母

最初の2年間は、やるべきことを形式的にこなしていました。着替え、掃除、整頓、幼稚園の送迎。必ずハグとキスを〔子どもに〕しましたし、子どもに必要だと思ったものは必ずすべて与えていました。でも、それは私にとって辛いことでした。後にセラピストにかかり〔……〕声に出せるようになりました――私に与えられることには限度があると。〔……〕でも、根底にあるのは、この年齢〔の子どもの世話〕が好きじゃないということ。主に義務感から行っています。それから、自分が苦しくなることは意識的に避けています――子どもを広場に連れて行きません（笑）。楽しくないですが、息子をカフェに連れて行くことはできます。〔……〕以前は、技術的な面に意識を向けていて、心をおろそかにしていました。〔……〕人形を持って遊んでいたとしても……同じような気分だったことでしょう。

社会が把握しているよりも多くの女性が、たとえ母になった後悔を表明していない人でさえも、このような困難を打ち明けている。母がこの緊張を和らげるための方法のひとつは、辛いのは期間限定のはずだという事実に安らぎを見出すことである。いつか、子どもを今と同じように養育する必要がなくなる。子どもが「自分の足で立つ」ことができ、独立するまでのことなのだと。

しかし、多くの母にとっての現実はまったく異なる。オデリヤが言う世話の「技術的」側面（授乳やおむつ交換）が不要になっても、子どもへの使命感や責任感は残る。多くの女性にとって、母であるという意識は常に存在する。ジャスミンは次のように表現している。「配偶者なら、少なくともそばにいないときは、ある程度の自由があります。でも、子どもの場合、そばにいなくても、常に心の奥に存在するのです」

多くの女性にとって、母性の存在は、特定の時間や場所に限定されない。それは、常に心の奥にある。子どもから遠く離れた休暇中でも、刑務所にいても、家族を養うために国外に移住しても、子どもが成長して自立しても――通りの向かい側に住んでいても、海の向こうに住んでいても。女性が子どもを亡くしたり、養子縁組のために子どもを手放したりと、実際に母として活動していない場合でも同様だろう。ことわざにあるように、「一度母になったら、常に母」なのだ。女性と胎児をつなぐへその緒は、子宮を遠く離れても存在する母子の絆の象徴である。[16]

ソフィア　1～4歳の2人の子どもの母

たとえ――縁起でもないですが――あの子たちが死んでも、いつも私のそばにいるでしょう。あの子たちを悼み、記憶し、耐えられないほどの辛い痛みが残ります。今あの子たちを失ったとしたら――もちろん多少はほっとしますが、安堵（あんど）よりも辛さのほうが大きいはずです。子どもたちは確かに存在し、そのことについて私にはどうすることもできないからです。〔……〕子どもたちはここにいる。子どもたちは、たとえいなくなったとしても、重荷なのです。そういうこと。それが問題なのです。だから私は、子どもを持たないことをお勧めしたいのです（笑）。〔……〕夫に、もしも百万ドルを持っていてオペア（ホームステイ先でベビーシッターなどの家事手伝いをする留学生）がいたら、とたずねられましたが――関係ありません。**親は自分なのです。**親なのだから、責任は自分にあります。責任と苦しみは自分にあります。私にはそのことがわかっていませんでした。たくさんの援助が得られると思っていたし、楽しくなって赤ちゃんを愛せるだろうと信じていたのです。

カーメル　15〜19歳の1人の子どもの母

私は素晴らしい母です。どんな瞬間であってもそのことを証明できます。大きな対価を支払ったし、これから一生払っていくでしょう。心配事や悩み事——心配事と言っても「息子が自転車から落ちた」「車にはねられた」という類(たぐい)のものではありません。そんなささいなことではなく、もっと高い次元の悩み事です……年齢と共に変わっていくような。息子は幼い頃、人との関わりに問題がありました。私は死ぬほど悩みました。他の子とうまくつきあえなかったり、友達がひとりもいなかったり、ひとりぼっちだったり。そういった出来事に直面して、私はボロボロになりました。消えてしまいそうなぐらいに。すっかりむしばまれてしまいました。今は、息子が大きくなったらどんな仕事に就くだろうと心配しています。私はこれを「実存的な心配」と呼んでいます。

ナオミ　40〜44歳の2人の子どもの母。祖母

ものすごく辛いのが、子どもたちに対する責任感が、成人しているにもかかわらず、相変わらず存在することです。まだ抜けないんです（笑）。厄介です。ひどいことです。そして今、孫たちに責任を感じています――自分の子どもよりは軽いかもしれません。親がいますから。それでもあるんです。そのせいで、気分が休まりません。

⚘

バリは、神経障害があるため、時間のようなリソースだけでなく、身体的なリソースについても話している。常に子どもに注意を払う必要があるからだ。

バリ　1〜4歳の1人の子どもの母

――あなたは、好きなことや望むことをできる時間もあると言っていました

が、それでも母であることの辛さを感じています。なぜですか？

重荷なんです。いらいらします。すべてを**娘の**予定に合わせるので、常に頭の片隅にあります。ひっきりなしに雑音が流れているみたいに。子どもへの責任感と、子どもを思う気持ちが、常にあります。24時間のスケジュールなので、好きなように自由にはできません。時間は限られていて、リソースにも限りがあります。体力を貯えておく必要があります。子どもと一緒に過ごすためには、エネルギーが必要なので、他のことができなくなるのです。

このように、子どもをひとりで育てているか、配偶者と一緒に育てているか、あるいは子どもが父親と一緒に住んでいるかにかかわらず、多くの母は、子どもが幼児期をすぎて何年経っても、子どもを象徴的に養い、意識の中で世話を続けているのである。

常にわが子に縛られているという経験は、要求の多い現代の母親像の影響であり、

「良き母」は、文脈に関係なく、常に母であり続けることを意識の最前線に置いている。しかしこれは、「お世話の時間」――母としてのふるまいを始めとする、主に女性によって行われる感情的な労働――は、「時計が示す時間」とは異なり、通常は始まりも終わりもないことを示している。世話をすることは、他の活動に織り込まれ、女性は常に、心配する対象――注意を払い、忍耐し、対応を必要とする――を抱え込む。何をいつどのように行うかを決めるのは、時計ではなく、世話をする相手のニーズである。多くの場合、これらは他の活動と同時に発生するため、定量化や推定ができない時間なのだ[17]。

自分のニーズも考慮しながら子どもの世話をするのに苦労している母の話は普通に見つかるものだが、この研究の参加者の多くは、この苦労を「耐え難いもの」と説明した――まるで、子どもにつながれている象徴的なへその緒が、首に巻きついているかのように。束縛する絆が、たとえ子どもが大きくなっても、動き回ったり、離れたり、自分が自分の主人であると感じたりする能力をそぎ落としてしまうのだ。過去数十年の間に、少なくとも米国では、専業主婦を示す用語が「housewife（家にいる妻）」から「stay-at-home mom（在宅の母）」に変わったのは、おそらく偶然ではないだろう。前者は家庭の**妻**としての女性のアイデンティティに言及しているが、20世紀の終わりから21世紀の初めに人気を博した後者は、女性のアイデンティティを**母**に刷新すると同時に、**継続的に家にいる**という概念を打ち立てている。女性には、いつもそばにいることが期待されているのだ。[18]

父親はどこにいる？

私の研究に参加した女性のほとんどは、インタビューの中で子どもの父親に言及していたが、その不在について語っていたケースも多かった。

エリカ　4人の子どもの母。2人は30～34歳、2人は35～39歳。祖母

子どもを育てていて、楽だった日は一日もありませんでした。一日たりとも。4人の子どもを学校に行かせましたが、4人の気質はばらばらで、要求も違いました――私は他者の要求にまみれて自分を見失いました。夫は家族のことには、給料を渡す以外は何ひとつ貢献しませんでした。お金を家に運んでくるのが自分の仕事だと思っていたのでしょう――実際にそうしていま

した。でも、夫は子どもたちに「おはよう」しか言いませんし、「おやすみ」さえ言わないことが時々あったので、私が抗議したところ——途中で〔仕事の〕休憩を取り、夜にまた仕事をしていました〔……〕。まるで空気のような存在でした。家を出て、給料をもらってくる、それだけです。何もしませんでした。もっと違っていたらと思います。そうしたら、今日こうしてあなたとお話しすることはなかったかもしれません。違っていたら良かったのにと思います。

スージー　15〜19歳の2人の子どもの母

上司や上級の役職に就いている男性が、家で役割分担をしていると自慢すると、私はいつも笑ってこう言います——トイレットペーパーが切れていないか、歯磨き粉がなくなりそうかを、最後にチェックしたのはいつですか？〔……〕私は、〔子どもたちが父親の家にいるときは〕心配して、何をしているかと尋ねます。すると、こんな話を聞くんです。父親は仕事から帰ってくると、楽しそうにガールフレンドと一緒にテレビを観て、夕食を食べる――世話もせずに。私は彼に怒鳴ります。どうしてそうなるの、責任を持ちなさい――せめて〔子どもたちと〕一緒に過ごすときぐらいは！

ブレンダ　20～24歳の3人の子どもの母

私は子どもたちをひとりで育てました。父親は無関心で、子育てに参加しなかったからです。お金もくれませんでした。〔……〕父親が「子どもを預かる」と言ってくれる日が待ちきれませんでした――少しでもいいんです、2週間に一度ほどでも。子どもたちが行ってしまえば、私のことを見ているのは神様だけです。そんな週末が少なくとも1ヶ月続くことを祈りました。ひとりでやりたいことができますから。父親が子どもたちの監護権を要求し始めたので、あなたが子どもたちを引き取って私が週末預かってもかまわないと言うと、ショックを受けていました。私は仕事があるので多くの時間を家の外で過ごさざるを得ません――唯一の稼ぎ手として。もしお金があれば、人を雇って、夕方に子どもを見守ってもらっている間に、用事に出たりひと息ついたりできたのですが。子どもを共同で養育するのを断る女性のことが理解できません。離婚した女性のことです。私から見れば、それが離婚後にできる最善のことです――〔男性が〕良い父親で子どもをたびたび預かってくれるなら、その間に母親は自分の時間が持てます。多忙な生活には「休憩」の時間が必要です。

⚘

どうやら、父親は名ばかりの存在になることがあるようだ。子どもの生活には登場するが、母に期待されるのと同じだけの世話を提供していないのだ。父親は「休憩」を取る能力があるが、母にはそれがはるかに難しいのは、ブレンダが証言する通りだ。[19]たとえば父親は、母が夜中に授乳している間、眠り続けるために「姿を消す」ことが許されている。授乳に関しては女性の身体に限定されているものの、**象徴的な**母乳育児（子どもに愛情、世話、指導、サポートを与える）についてはそうではない。それでも、多くの父親は子どもとのこうした関わりに関与していない。彼らの「免除」ステータスは、いわゆるセカンドシフト、つまり仕事の後に行う、家の掃除や料理、子どもの送迎、宿題を手伝うといった作業にも当てはまる。さらには「第3のシフト」、つまり第1と第2のシフトの要求の衝突によって引き起こされた損傷を修正しようとする感情的な作業についても同様である。[20]

一般的に言って、父親は自分の時間の所有者になることを多分に許されており、そうする機会も多い。一方で、母親はこれが少ない。私の研究に参加した母のほとんどは――結婚している、離婚している、別居している、家の外で働いて給料をもらっている、家で給料なしで働いている、といった条件を問わず――子育ての重みがすべて自分にかかっており、一方で父親は抜け穴を作って、時間的・空間的に不在になることができると述べている。「調査から、父親は子どもの誕生後に、職場での残業を著しく増やし、新しい趣味を探すことがわかっている」と、著述家のクリスティーナ・ムンドロスは述べている。「そのため、夕方や週末に関われる時間は最小限になる。もちろん、すべての父親がそうではない。しかし多くは、そばに赤ちゃんがいるとひどく疲れるために、その状況から逃れようとする。このことは社会的に受け入れられている。しかし対照的に、母親が『今日はヨガに行く、明日は友達と飲みに行く』と言ったら、誰もが『彼女はどうなっているのだ』と思うだろう」[21]

このように、女性も男性も自分のための時間を見つけるのに苦労するのは同じだが、無限に世話が続く感覚を報告するのは、たいていは母である。母は、離れたり休憩したりする機会が非常に限られている一方で、ほとんどの父親は逃げることができるし、実際にそうするのである。この時間の不足との闘いは、母であることに対して喜びや満足を見出せなかったときに、さらなる意味合いを持つ。多くの母が、「休憩」を取ることができずに息づまりを感じるが、この感情が煮詰まると、破滅的な意識に発展する可能性がある。短い「休憩」ではなく、母であることを完全に消し去りたいと願ってしまうのだ。私の研究対象の母の何人かは、たとえ父親が子育てを平等に分担していたとしても、**母である**こと自体に、負担を感じ続けていた。

リズ　1〜4歳の1人の子どもの母

私は全面的に協力してくれるパートナーしか知らないので、周囲の〈父親が役割分担をしない〉話には、ぴんと来ません。

——では、あなたの目から見て、〈母になった後悔の〉感情は、重荷のほとんどを背負っているということが原因ではないのですね？

ええ、まったく違います。〔……〕出産した後、最初に私は「この子は私たちの赤ちゃんだから、2人で頑張りましょう。どちらも何も知らないのだから、一緒に学びましょう」と言いました。「私は母親よ。女だから私のほうがよく知っているの」とは決して言いませんでした。何も知らなかったので、最初から……多くの場合、女のほうが、女性であるというだけで「私のほうが知っている」と言うのでしょう、〔でも〕知識がなかった……だから、時間と共に〔この概念が〕定まってきて、女性が休憩したいと気づいたときに、問題が複雑になるのでしょう。〔父親が〕おびえるからです。私たちの場合は、真逆でした。私ができなくて、彼にできることがたくさんあったのです。

ヘレン　15〜19歳の2人の子どもの母

端的に言えば、自分に向いてないと思いました。〔……〕好きじゃなかった。まったく。苦手だった。優しく語りかけるのも、何時間もガラガラであやすのも好きじゃない。苦手だった。何時間も座りっぱなしで同じ本を読んだり同じ曲を聞いたりするのも好きじゃない。そういうことが好きな人もいるでしょう。私はだめでした。〔……〕楽しめなくて、苦しかった。本当に苦しかったんです。心底。夫に電話をかけて、今すぐ家に帰ってこないと私は壊れてしまう、と訴えたこともあります。倒れてしまう、と。本当に。物理的に、というわけではなくても、精神的に壊れてしまいそうでした。〔……〕夜に家を離れるのが大好きでした。お風呂に入ったり、いろいろなことをするのが……だから夫に、あなたのほうがママみたいね、としょっちゅう言っていました。とんでもなく忍耐強い人なんです。私は帰宅したときに、忍耐力が残っていません。彼は仕事から帰ると〔すぐに〕家の用事を始めます――子どもたちをお風呂に入れて、夕食を作り、あらゆることを。私には……無理です。

世話の責任から時間的・空間的に離れることができても、子どもとの絆が切れるわけではない。ヘレンはこう表現している。

ヘレン　15〜19歳の2人の子どもの母

私にとって何が難しいかというと、人を育てるという責任感です。「いけない、あの子がやらかそうとしている……」と心配する責任感ではなく、いつもここに〔と、頭の後ろを指し示す〕居座っている——私の自由は永遠に失われたという感覚です。自由というか……うまく自分のことを説明できているかわかりません。つまり……〔母になる以前は〕自分にだけ責任を持てばよかったし、パートナーは大人なので責任を持つ必要はありません。つながりがあるだけです——でも〔母になると〕、もはやひとりにはなれない。おしまいです——決してひとりにはなれず、頭の中に自由がないのです。

このように、「象徴的な母乳育児」の感覚と、制限や終わりが見えない責任は、必ずしも父親の存在や貢献に影響を受けるとは限らないようだ。母が他の人に支援を頼ることができ、父親が子育ての対等なパートナーであったとしても、母であること自体は終わりのない物語であり続ける——そして私の研究対象の母たちにとって、そのことが侵略的で抑圧的なのだ。かつての「通常の」生活に戻ることができる終点を切望しながら、私の研究対象の母の多くが、想像と空想に目を向けるようになったと報告している。それは、子どもまたは自分自身を「家族の方程式」から取り除くという空想である。

⚘

消し去る空想

ほとんどの母は、母ではない状態に戻ることも、子どもとの関係を終わらせることもできないが（これまで見てきたように、子どもがそばにいなくても、多くの母の頭の中に存在している）、別の現実や選ばなかった道について空想することは可能であり、実際にそうしている。

ソフィア　1〜4歳の2人の子どもの母

子どもたちに危害を加える空想をしたことはありません――私の空想は、小人さん（笑）がこう言ってくれることです。「オッケー、やりなおそう。今回は、あの子たちは最初からいない。あの子たちには何も起こらない。ただ、いないだけさ。あの子たちは何も知らない。何も経験しないんだ」

カーメル　15〜19歳の1人の子どもの母

――考えたことがありますか……（カーメルは私が質問を言い終える前に答えた）。

もちろんです。

――置いて出て行こうと？

置いて出て行く？　私、あなたが別の質問をするのかと思っていました（笑）。

――どんな？

あの子を殺すことです。彼が死んでいればと。そうです。ええ。はい。しょっちゅう考えます。今日まで、ずっと。詳しく計画を立てる空想ではありませんし、絶対にそんなことは起きません……でも、あの子が病気になって死ぬという空想は……今でもあります。しょっちゅうです。ひどいことを言いますけれど、今夜だって夢に見るかもしれません――でも、あの子の身に何か起きたら、私は死にます……でも、ある意味、ほっとするはずです。わかっています。ひどいですよね。恐ろしい発言ですが、真実なのです。本音では、安堵する気持ちもあるのです。〔……〕辛いんですよ。あの子が死ぬという空想は――恐ろしい重荷ですが、常にあります。いつも考えています。

オデリヤ　1～4歳の1人の子どもの母

時々自分に問いかけるんです。どうして……こんなことが自分に起きてしまったの？と。なぜなの？　あの子が消えてしまえば、と。もちろん私には……わかりますよね……実際には〔決してわが子を手にかけることは〕ありません。でも、心の中では――時々あります。彼に消えてほしいという願いよりも、何も起きなければよかったのにという後悔のほうが強いです。ああもう、なぜ私はあんなことをしたの、という気持ちです。

ドリーン　5～9歳の3人の子どもの母

家に3人の子どもがいます。みんなやんちゃで、ケンカをします。私は時々――絶対に子どもたちには言いませんが、くちびるをかんで、ひとりでつぶやきます。ああもう、この子たちが消えてくれたらいいのに。なぜここにいるの？　この子たちは誰なの？　まったく。目障りだから去ってちょうだい、と。私の場合、他の母親がやんちゃな子どもに直面して「ああ、自分が疲れていてエネルギーがないのね。でも大丈夫。子どもはやんちゃなものよ。そのうち卒業するわ」と言うよりも、もっと深刻だと思います。

ジャッキー　5〜9歳の3人の子どもの母

目を覚ましたらあの子たちがいなくなっていればいいのに、と思います。そんなことを望んでいるのです。言ってはいけないとわかっているのですが……。

私の調査に参加した女性には、子どもを消し去るのではなく、**自分自身を**家族の因子から削除することを空想する人もいた（その両方について話す参加者もいた）。

⚘

ソフィア　1〜4歳の2人の子どもの母

あの子たちを父親に託そうという思いが、心によぎります。もしも私がこの関係で男の立場だったら〔……〕出て行ったかもしれません。子どもたちを父親に預けて出て行きたい、と強く願ってしまいます。そうしない理由は2つあります。ひとつめは、社会的に受け入れられないこと。人からの反応が怖いですし、私の家族は認めてくれないでしょうから、私はこの世で孤立してしまうでしょう。でも、それ以上に――罪悪感があります。私がしたことなのだから、私が子どもたちをこの世に連れてきたのだから、たとえ自分の人生が消えてしまったとしても、向き合わなければならないのです。そう、自分の人生が消えてしまった、終わってしまったと思っていました。私には他の選択肢がないから、やらなければならない。なぜなら、子どもには親が必要だから――子どもたちの心に傷を負わせたくないし、自分の子どもの頃のような経験をさせたくないので、他に選択肢がないのです。でも、そのような気持ちがなかったら、出て行っていたでしょう。あの子たちと一緒にいたくなかったからです。

ドリーン　5～9歳の3人の子どもの母

以前、夫に出て行かれた女性の記事を読んだのですが、その女性によると、こんなふうに出て行ったそうなんです。「彼は、捨てに行ってくる、とゴミを持ち出して、そのまま帰ってきませんでした」。私は、なぜかこのことが頭から離れなくて。考え続けてしまいます。もしも私がゴミを持ち出して、そのまま帰ってこなかったら、どうなっていただろう、と。でも、私には責任感があります。だからできない。それに、自分の行いに代償はつきものだと理解しています。〔……〕でも、このことは、何度も頭をよぎります。離婚した今となっては、エーヤル（ドリーンの元夫）に「あなたが残って。私が出て行くわ」と言えばよかったのかもしれません。そういう選択肢もありました。

——では、なぜしなかったのですか？

社会的な影響に自分が耐えられないと思うから、そして〔……〕子どもたちに、まだ私が必要だと思うからです。ものすごく。弁解するためにこう言うのではありません。私は強権的ですが、子どもたちはべったり懐いています。不思議ですよね。どうして？　でも、そうなんです。自分が2人いるみたいです。統合失調症なのかと思うことがあります。違いますけれど。でも、時々「もうたくさん」と思ってしまう瞬間があります。〔……〕もしも今、私がゴミを捨てに行って帰ってこなくても、大丈夫〔でしょう〕。子どもは成長しますし、誰もが成長します。最終的には誰もが前進しますし、世界は止まりません。でも、最終的には代償も払うことになります。20年もすれば、子どもたちと連絡を取りたくなるかもしれません。それとも……何かしらの行動を取るでしょう。常に人生には計算がつきものです。話は戻りますが、だから私は、子どもたちにはこれでよかったと思っているのです。ただし、自分以外のことを優先することになりますけどね。自分に言い聞かせています。私は大人の女性、自分が選択したのだから、責任は持つ。そこから逃げ出さない。逃げても楽にはならない。自分の痛みが消えるわけではない。

デブラ　10〜14歳の2人の子どもの母

パートナーとの関係で困っていたときに、自分が出て行くことを考えました。自分が出て行くなら、子どもたちを置いていくのは確実でした。子どもたちはパートナーとの関係の一部ですが〔……〕もし関係が壊れるとしたら、子どもたちは父親と一緒にいるべきだと確信していたのです。私に世話ができないからではなく、私がそう望まないから。それは……私にとって自然なことではなく、自分のニーズを満たさないからです。「子どもたちの存在理由」が彼にあるのなら、私と一緒にいるべきではないでしょう。

〔……〕2ヶ月ほど前にセラピーを受診したときに、親であることと母であることについて話をしました。私が、子どもがいなかったら、あれやこれができたのに、と話すと、先生はこう言いました。「でも、それは〔あなたの〕選択肢ではありませんよ。あなたはおそらく、お子さんをどこかの施設や寄宿学校に入れたりしないでしょう。そういう選択肢が存在しないからではなく、あなたが忠実で責任感のある人間なので、想定内にないのです」。先生の言う通りです。その責任は、他の人に委任できません。ある意味、離婚が魅力的に思えたのは、そうすれば子どもを手放せるからです。それが魅力のひとつでした。ゆがんだ考え方かもしれませんが、魅力的だったのです――母であることから逃れる出口を持ち、子どもたちを父親に託せることが。素晴らしい出口です。私はパートナーと離れたくありません。彼を愛していますし、最高に相性がいい人だと今でも思っています。他の誰よりも――でも、そうすることが、問題や困難の解決策のように思います。子どもを手放すために、愛する男性をあきらめることが（笑）。

マヤ　2人の子どもの母。1人は1～4歳、もう1人は5～9歳で、

取材時に妊娠中

映画や本で、我慢が限界に来て出て行く母親の話を観たり読んだりします。私は……どうでしょう……自分が養子であることが関係しているのかもしれません。ある意味タブーなんです。そんなことができるなんて、どういう人なのでしょう？　そして、そんな人の子どもである私はどうなる？　わかりますか？　考えてみても、自分にはそんな勇気がありませんし、できたとしても、決して幸せにはならないでしょう。

——それは、出て行くということですか？

そうです、出て行くということ。

——つまり、時々考えるのですね？

空想はします。絶対に実現しない性的な空想みたいなものです。そういう空想です——絶対にないことについての。〔……〕でも、考えただけで胃がおかしくなります。子どもたちが「どうしてママは置いていったの？　私たちが何をしたの？　悪い子だった？」とたずねるのが想像できます。そう考えると、だめです……絶対にできません。してはいけないのです。だから私はかなり行き詰っています（笑）。〔……〕どちらにしても、私は今後も完全に満たされることはないでしょう。子どもたちがいるという事実は、どうにもできないのです。

⚘

私の研究に参加した女性が話すような空想に共感する女性は（母になったことを後悔している・していない母の両方において）数多く、このことについてさまざまな表現をしている。たとえば、米国の社会学者バーバラ・カッツ・ロスマンは、子どもたちから離れる空想をすると同時に母であることへの愛着を主張している。「おわかりのように、私は母であることを愛している。母であることを情熱的に擁護する文章を書く。私には、わが子を怒鳴りつけ、遠くに離れることを願い、怒りや欲求不満を感じたり、純粋な憎しみを感じる瞬間がある――正直な人なら誰でも認識するこれらすべてのことは、母であることの一部なのだ。しかし、私はそのことを愛している」[22]

カッツ・ロスマンの空想と私の研究対象の女性が説明する空想とを区別するのは、最後の「しかし」である。彼女が言うように、多くの母は子どもを消し去るという瞬間的な空想を持つものの、それは、あくまで一部であり、もっと広い範囲で望ましく慈しむべき母としての経験を重ねているのだ。対照的に、私の研究に参加した母たちには「しかし」はない。彼女たちの空想は、母というアイデンティティを完全に取り除き、誰の母親でもない女性に戻ることである。これまで見てきたように、この空想は実現不可能だ。子どもは「すでに存在する」ので、たとえ子どもを置き去りにしても、母であるという**意識**は留まり続ける。存在するという意識が、時には毎日、毎時、「誰の母でもない」ことを打ち消しにやってくるのである。

そのため、既存の家族の方程式から自分自身を取り除きたいと思っていても、出口が見えず、母であることを「休憩」する可能性がないと感じてしまう。子どものためにとどまる義務があると感じ、子どものニーズを自分のことより優先せざるを得ないと感じる。この子どもとの関係へのコミットメントは、サラ・ルディックが「保持する愛」と呼ぶものだ。これは、母が意識的な感情（強い愛情から子どもを追い出したいという強い欲求までを網羅する）に反して子どもを保護するために取る行動のことである。[23]

この愛によって具体的に何が保持されているのかという疑問を持つかもしれない。ひとつには、単純に子どもの現在と将来の幸福の保持を意味する――ルディックが念頭に置くのはこの意味だ。また、既存の社会秩序の保持とも言えるだろう。子どもと離れて暮らすことを決心した母は、社会秩序を変えることになる。一般に容認された要求の厳しい母親像のガイドラインから逸脱するからだ。したがって、家族から離れたいと望んでも、現状を維持し、空想の中でのみ秩序を破ることを選択するのである。

一方で、父親の扱いは異なる。子どもから離れた男性もまた、社会から軽蔑（けいべつ）されるかもしれないが、同じ立場の女性が直面するのと同等の凶暴な非難の対象にはならない。実際に、別居や離婚の後に家を出る父親は母親よりもはるかに多く、女性や男性、精神保健の専門家や弁護士を含む社会全体が、父親が親としての責任を免（まぬか）れて立ち去ることに、相対的に声を上げない場合が多い。対照的に、女性が子どもと離れて暮らすことを決心すると、通常は非難され、時には母と呼ばれる権利を剝奪（はくだつ）されることさえある。[24]

それでも――嘲笑（ちょうしょう）され批判される恐れがあるにもかかわらず、時に、母は立ち去るという選択を取る。子の誕生に対する後悔なしに、または後悔に対処する手段として、子どもから離れて暮らすための取り決めを望んだり、同意したりするのだ。*

子どもと離れて暮らす

さまざまな時代や多様な文化の中では、詮索（せんさく）されたり病気の疑いを向けられたりすることなく、母が子どもから離れて暮らすことが可能な状況もあった。たとえば、中世のクリスチャンの女性が神を崇拝するために修道院に住み、家と子どもから離れる場合は、不道徳だと非難されたり、狂気と見なされたりせずに、尊敬され、称賛されたことだろう。

今日でさえ、そのような離別が必ずしも病的に見られるわけではない。特定の社

*幼い子どもや10代の子どもと離れて暮らす母についての後述の描写が、私が批判する事柄——つまり母親が（父親ではなく）そのようなことをするのは特に珍しく、特別な注意を払う価値があるという社会的仮定を裏付けるのではないかという疑問が生じるかもしれない。それでも、誰の母でもいたくない女性の主観的な経験と、母が子どもから離れて暮らすという考えにどう対処しているかについて、そのような行動を非難する社会的認識に照らした上で述べることが重要だと私は信じている。

会・政治・経済的取り決めの下で、そこから利益を得る人からは、当然とさえ見なされることもある。たとえばイスラエルでは、キブツで両親と離れて暮らす子どもは、かつて社会主義イデオロギーの一部として受け入れられていたし、多くの西側諸国は今でも、子どもを残して単身で移住して働く母を歓迎している――ただし、どちらも離別が受容されるのは、母が子どもから離れることが扶養家族に利益をもたらすと認識されている場合である。

このような事例が示すのは、母と子どもの離別は、離別の理由とその恩恵を受ける人によって、解釈が異なるということだ。宗教的信念の奉仕のためなのか。別の男性や女性のためなのか。家族が経済的に生き延びるため、または家族の生活の質のためなのか。そこから何かを得る人が他にいるのか。

私の研究に参加した数人の母は、それぞれの事情によって子どもと別居し、子どもは父親と住んでいた。ティルザは、息子が2歳のときに海外に出て、そのまま10年間滞在した。

ティルザ　2人の子どもの母。1人は30～34歳、もう1人は35～39歳。祖母

子どもたちを置いていきました。私が出て行ったとき、下の子は2歳か3歳でした。信頼できる人に預けられたので、私は幸運でした。子どもたちはキブツに滞在し、素晴らしい父親と一緒にいました。安心して任せられると思いました。願ってもない条件でした。

——当時、子どもたちと連絡を取っていましたか？

子どもたちに面会に行きました——1年に3、4回。会いに行ったり、手紙を書いたり、電話をかけたりし、子どもたちからも手紙や電話をくれました。あの子たちは〈私が出て行って〉傷ついたはずです。あの子たちにとって、〈母になることを〉望まず、その能力もない母は、いないほうがましだと、自分に言いきかせました。そばにいることで害を与えてしまう、子どもたちの日々の世話を望まず、気にかけることのない母なんて。そうです。そうなんです。

スカイは離婚にあたり、夫が子どもを引き取ると主張し、夫の要求に従わざるを得なかった。振り返って、この決定が自分にとって最善であったと気づいた。母であることが嫌だったし、自分が引き取るなら離婚しなかったかもしれないからだ。

⚘

スカイ　3人の子どもの母。2人は15~19歳、1人は20~24歳

――どうしてお子さんたちは父親と住むことになったのですか?

私は離婚後、ものすごく弱っていました。〔……〕子どもたちの世話をするエネルギーがなかったのです。自分の手には負えないと。私が育てることはできないと思いました。〔……〕子どもたちが私と住むことになっていたら、どうなっていたかわかりません。その点では、私は幸運だったと言えます。〔……〕子どもたちに、私が自分自身よりも信頼できる父親がついているのですから。きちんとやってくれていると思います。この状況では、これ

以上のことは望めませんよ。いつも自分を慰めるために、あの子たちには良い母親はいないけれど、良い父親がいる、と言い聞かせています。ある意味バランスが取れていればいいなと思います。子どもたちは父親から自信を与えてもらえます。与える方法を知っている父親であり、子どもを何よりも大切にする父親です。〔……〕子どもたちには幸運なことです——私にとってもそうですが、主に子どもたちにとって。

——周囲の人は、子どもが父親と残ったことに、どのような反応を見せましたか？

それが問題なんです。いろんなことを言われたでしょうね。世間にどう思われるかが、私には辛かったです。〔……〕何かが間違っている、私は普通じゃない、よくも自分の子どもを手放せるものだと。それは……普通じゃないことなんです。子どもは常に母親と一緒にいるものなのに、父親と一緒にいるなんて。〔……〕離婚した後、最悪のことをした気分になりました。自分がしてしまったことを、世間に謝罪し続けている、そんな気持ちでした。

周囲にこのことはあまり話しませんでした。幸い、セラピーで洗いざらい話すことができました。でも、世間にこの話を？　私はすべてが順調なふりをしました。〔……〕もしも子どもを連れて行くという条件だったら、離婚をしませんでした。それは確実です。もちろん、声を大にしては言えませんよ。ひどい話ですから。本当に恐ろしいことです。どうして母が〔そんな気持ちになるなんて〕？

⚘

ジャッキーの子どもたちは、ジャッキーがノイローゼになり入院した後、父親に引き取られた。ジャッキーは、子どもたちの世話ができなかったが、子どもたちが父親と暮らすことも望まなかった。里親に引き取ってもらいたかったのだ。結局、子どもたちは父親と一緒に暮らしている。

ジャッキー　5〜9歳の3人の子どもの母

――お子さんに会っていますか？

週に一度、1時間です。あなたがいらっしゃる直前に、金曜日に1泊しようと決めました。もう2年近くも家に泊まっていないので、やってみることにしたのです。子どもたちは今幼稚園に行っていて、かまってほしい盛りなので、家に1泊して様子を見てみると伝えました。

――週に一度、1時間会うのはあなたの希望ですか？　それとも違う方法を望みますか？

そこが問題なんです。以前は、子どもたちにまったく会いたいと思いませんでした。無理をして、3時間や4時間会うと、ひどく疲れて怒りっぽくなるので、短くしました。夫が了解するまで、そして子どもが受け入れて世間が納得するまで、時間がかかりました。たとえば、私の家族は、実母を除いて、家を出た私を拒絶しました。どうして出て行ったのか、理解できないのです。義理の姉妹は、よくも私が出て行けるものだと、母が子どもを置きざりにすることが理解できません。私が子どもを置いて出て行ったという事実を受け入れないのです。そういうことです。〔……〕今、私は幸せです。でも、何かのことでそれが台無しになるのではと恐れています。

――どのように台無しになると？

私が精神的に参ってしまって、家に帰って子どもたちの世話をしなければ、と言い出すかもしれません。そうなることを最も恐れています。それはじわじわと始まっています。突然気分が晴れて、なぜ子どもたちのところに帰らないのかしら、と〔考えます〕。私が〔病院を〕出たとき、子どもたちを完全にフォスターケア（里親制度）に任せるという選択肢を与えられました。私はフォスターケアを強く望みました。子どもたちにはまともな母親とまともな父親が必要だ、と言ったんです。でも私の母は、あらゆる手段を尽くして部分的にだけフォスターケアを使うという形にさせました。今では母は、申し訳なく思っています。というのも、夫がきちんと世話をしていないからです。夫には難しいのです。

――でも、あなたには変えられない？

夫は〔子どもを手放すことを〕望んでいません。夫はすでに私を失ったと感じていて、この上子どもをあきらめるとなると、何も残らなくなります。その通りです。彼が子どもを手放せば、私が家に戻ることはなくなります。だから……私は……子どもたちを手放して、もう二度とそのことについて考えたくないと思うのです。私なら手放します。〔……〕母は言います。「2、3年後に後悔して取り戻したくても、先方が望まなかったらどうするの？」。確かに、私はこの2年間の治療で、少し気分が良くなってきました。そして……言いにくいことですが、もしかしたら、いつか、〔いったん〕気分が良くなれば、帰りたいと望むかもしれません。

テイルザ、スカイ、ジャッキーは、さまざまな生活環境の下で、それぞれが当時直面していた選択肢に照らして、子どもから離れた。ティルザは外国に移住する機会を得て別居し、スカイとジャッキーは自分にはコントロールできない状況であった。スカイは父親が子どもを引き取ると主張したため子どもを置いて出て行き、ジャッキーはノイローゼを発症したために子どもを置いて家を出た。

子どもとの離別に至る道のりは異なるが、母であることとの抵抗感があったこと——その関連性は事後に初めて明らかになったかもしれないが——は共通している。彼女たちの告白は、三者三様に、子どもたちと一緒に暮らし、世話をし続けるという思いから発せられる閉塞感を表現している。

それでも、全員が認めているように、子どもから物理的に離れても、母であるという**意識**は変わらずに、人生の中に反響し続けている。この意識の中には、母親としての自分自身の限界の認識も含まれる——そして、父親と一緒にいることが子どもにとって最善であると認めることによって、自分が子どもから離れることは、子どもへのケアと思いやりを含む実用的な行動だと見なすことができるのだ。自分が去ることが、子どもの現在と未来を守りたいという願いを反映したものなので、これらの母の説明は、一般に「良い母」と見なされることに対して異なる解釈を提供し、その厳格な指示を揺るがす可能性さえある。言い換えれば、子どもが母親よりも父親と一緒にいるほうがよいのであれば、子どものニーズに気を配る「良い母」であることが、すなわち子どもから離れて暮らすことを意味する場合もあるのだ。この解釈は、社会で支配的な解釈とは本質的に異なっている。ダイアナ・グスタフソンは、子どもが父親と暮らすカナダ人の母について、「皮肉なことに、この女性が良い母の思いやりのある行為と見なしたことを実行した時に、それは、他人からは『母であることを捨てる行動』と見なされた」と書いている。[25]

そのような母が経験する社会的非難の例は、子どもと離れて住み、子どもを父親と一緒に住まわせることに決めた米国人作家ラーナ・レイコ・リズートに関する記事に対するオンライン上の反応に見ることができる。[26]この記事が、インターネット上で大きな話題となったことは、1万6500以上のコメントがついたことからも明らかである。その多く、またはほとんどは、以下に類似した内容だった。

これは、私が見た現代の自己中心志向の最も悲しい例のひとつです。わがままな投稿です！　誰が子どもを養うの？　誰が学校に連れて行くの？　親であることは仕事ではありません。他にしたいことがあるからやめるというものではないのです。あなたには責任があります。両親こそが、お子さんが頼ることができる二人です。この女性は、自分のせいで子どもたちが荒れたとは書いていませんね。いつかこの女性は報いをうけるでしょう。

いったい誰が彼女に賛同するでしょう。愚かな女性は子どもを持つに値しません。


子どもから離れたドイツ人の母は、同様に厳しい批判を受けたと報告している。

母なのに、子どもと一緒にいないなんて、家族から離れるなんてありえない。子どもが父親のもとで育つのは不自然だと。〔私が人から言われたのは〕私が修正すべきだということです――もしも私が〔夫との〕関係を修正できなかったら、せめて私は、子どもを連れて出て行くべきなのです。[27]

こういった反応は、母は動いてはいけないという社会による決定的なルールを例示している。母は、子どもと同じ屋根の下に留まり、どんな状況であろうと、困難や苦痛があったとしても、さらには、たとえ母自身が子どもの世話ができないと認めても、決して離れてはいけないのだ。

私の研究に参加した母たちは、事実から何年も経った後でさえ、子どもが母との離別によって傷ついたのではないかと憂慮しており、すでに決定が下されたにもかかわらず、自分の決定について慎重に考え続けている。彼女たちが「自分」と「母であること」との間に――少なくとも社会から期待される母親像から――置くことができた距離は、自分を母であることから切り離すには不十分なのだ。後悔の感情に照らし合わせた望みには届かないのである。

子どもを増やすか否か

母になって後悔しているのに、なぜ2人目や3人目の子どもがいるのか？　母になった後悔を語るとき、しばしば出てくるのがこの疑問である。これに答えるためには、今一度、子どもが1人または2人以上いることが人生に与える影響について考えなければならない。私の研究に参加した女性の何人かは、母になりたくないことに気づき、第一子を出産後に子どもをもうけるのをやめている。数年後になって初めて、または2人以上の子どもを産んだ後に後悔を感じた母もいる。さらには**後悔しているにもかかわらず**、もうひとり子どもを持つと決めた母もいる。しかし、いずれの場合も、決断の根底にある論理は、さまざまな方法で、今後の被害を最小限に抑えようというものだった。

母になって後悔しているのに、複数の子どもを持つ一般的な理由は、第一子のためというものだ。多くの社会では、「ひとりっ子」であることが、その子にとって有害であると考えられがちである。兄弟がいなければ子どもは甘やかされて利己的に成長し、社会的・感情的な能力（その後の人生でパートナー関係を持って暮らす能力を含む）が低下するというわけだ。さらには、高齢の親の世話をする負担を、複数の子どもに分散させるのではなく、ひとりっ子の肩に負わせるのは不道徳だと考える人もいる。[28] こういった社会的論理の結果として、たとえ継続的な出産が母の精神上の健康に甚大（じんだい）な犠牲を与えたとしても、兄弟を与えることによって第一子に幸福を授けることが最優先事項と見なされるのだ。

しかし、私の研究に参加した複数の女性が、母の感情的な幸福に与える影響は子どもの数に関係なく、同じであると説明した。

マヤ　2人の子どもの母。1人は1～4歳、もう1人は5～9歳で、取材時に妊娠中私は、また妊娠してもいいやと思っていました。自分にこう言い聞かせていたからです。私はもうこの穴に落ちてしまって、今いる場所がここなのだから、きちんとやるしかない、と。ひとり産めば、3人でも7人でも同じようなものです。数は関係ありません。一度母になってしまえば――それまでです。〔……〕すでに私はこの場所にいて、何も私の気持ちを変えられない。だから、この〔次の〕子を産んだら――もっと欲しいと思っています。なぜって、もしもそうなれば……惨めだとは言いたくありません。別のレベルでは私は幸せだからです。でも、もしもこのレベルで自分が惨めだとしたら――家族のことは、どんな手段を使っても幸せにします。私は幸福な大家族を作ります。それでみんなが幸せになるのです。

後から考えると、マヤに望ましい子どもの数はゼロなのだが、最初の子どもが生まれた後では不可能だ。その後に子どもが生まれようが生まれまいが、この事実は変わらない。これはゼロサム・ゲームだ。母であるかそうでないかのどちらかしか選べない——母であるならば、家族の幸せに義務と責任があるとマヤは感じており、もはや子どもの数は関係ないのだ。

母としての献身と責任について、家族からの圧力を通じて経験したと話す女性もいた。グレースは、すでにいる2人の他に子どもを望まないが、家庭での圧力のためにもうひとり産むかもしれないと話した。

グレース　2人の子どもの母。1人は5〜9歳、もう1人は10〜14歳

息子たちは、弟か妹をほしがっています。いつかもうひとり産むとしたら、息子たちのためです。弟か妹が欲しいと圧力をかけてくるからです。人数が増えないのは、息子たちにとっては良くないことかもしれませんが、私はそのほうが助かります。プレッシャーに負けるとしたら——それだけが理由です。

＊

グレースは、家族生活における感情の行き違いについて話している。ひとりっ子(この場合は2人「だけ」の兄弟)が、兄弟がいる人と自分の生活を比べ、このままでは嫌だと主張するのである。状況に不満を持つ感情は、母の感情とは対照的かもしれない。母としての経験に不満があり、子どもの数を増やすことに興味がないからだ。そのため、母は相いれない希望の狭間(はざま)に立って、多くの場合、子どものニーズに沿う形で解決がなされる。それが標準的な家族の内面化されたイメージを反映しているからである。

その結果、母であることに足を引っ張られてしまう。研究の参加者の何人か(そしておそらく多くの母)は、子どもが欲しくてひとりめを授かるが、他人と自身からの強いプレッシャーにさらされて、たとえ望まなくても子づくりを続けるのだ。このような経路で母になる道を選ぶ女性がいることを心に留めるのは非常に重要だ。最初は喜んで母になったのに、しぶしぶ子どもを増やす道へと導かれる可能性があるのだ。

第一子のためであれ別の理由であれ、子どもを増やす決心をした場合、次の悩みはそのタイミングである。

ナオミ　40～44歳の2人の子どもの母。祖母

2人の子どもを立て続けに出産しました。なるようにしかならない、と自分に言い聞かせていたのです。両方とも、予定外にできた子どもでした。年齢差が少ないのは良いことだと思いました——出産を済ませてしまえば、自分が本当に興味があることを再開できるからです。

グレース　2人の子どもの母。1人は5～9歳、もう1人は10～14歳

明らかに、もうひとり産む必要がありました。なぜって、どうしてもです。子どもがひとりというわけにはいきませんから。2年半が経ち、私は自分に言い聞かせました。いいわ、とにかく終わらせてしまおう、と。

「出産を済ませてしまえば」や「とにかく終わらせてしまおう」といった発言には、最も大変な最初の数年が早く過ぎてほしいという願いが表れている。加えて、家が満員になるのが早ければ早いほど、家が早く「空」になるという認識も感じ取れる。家族の時間を優先して、個人的な時間を脇に置くのが早ければ早いほど、早く自分を取り戻せるというわけだ。したがって、参加者の何人かは、子どもの年齢差を少なくすることで、母であることを早く終わらせたいという願望を表明している。ただし彼女たちは、母であることが終わりのない物語であることも認識している（またはいずれ認識する）。

第一子が生まれた後、後悔する母は、次の3通りの道のいずれかを歩むことになる。ひとつめは、上記のように、最初の子どもが生まれた直後に「とにかく乗り切る」ために、急いで子どもを増やそうとする。2つめは、過ちをくり返すことを警戒して、次の子どもを持つのを遅らせる。3つめは、出産を遅らせたり急いだりせず、完全に避けてしまう。

2010年のイスラエル議会の研究情報センターのレビューによると、OECD諸国全体で、実際の子どもの数よりも、女性が希望する子どもの数のほうが多いそうだ。[29]この調査結果は、主な原因として、多くの子どもを産むための経済的能力または適切な支援システムの欠如があることを示唆しているが、この主題に関する別の研究から、希望する子どもの数と実際の数の差には、母としての個人的な経験が影響していることがわかっている。たとえば、オーストラリアの研究者ドナ・リードと同僚が行った調査は、女性の母としての経験と認識が、家族の規模と以後の子づくりの決定に重要な役割を果たすことを示している。研究に参加したオーストラリア人の母たちは、先行きについての理解と、母としてのふるまいへの理解の程度が、希望の子どもの数を決定する基盤になると述べている。研究者らによると、多くの母は、母の実際の役割を経験すると、当初の計画よりも少ない子どもの数を希望する傾向が見られたという。[30]

リードの研究対象となった母たちは、最初の子どもが生まれた後にショックや驚きがあったと述べ、そのために子どもを増やさないという決断をした。しかし、この研究では、第一子を産んだ後悔までは示唆していない。それとは対照的に、私の研究に参加した母の何人かにとっては、経験に基づいて次の子どもを持たないという決断は、後悔を表明する方法のひとつだった。

グレース　2人の子どもの母。1人は5～9歳、もう1人は10～14歳

――後悔を何らかの方法で表明していますか？

私にとっては、今のところ次の子どもを持たないことです。何が期待されているかを考えれば〔皮肉な口調で〕、末っ子が7歳半で、次の子どもがいないのはだめですよね。直接的な〔後悔の〕結果として、次の子どもを持たないのです。〔……〕15年前にたずねられたら、子どもは4人欲しいと答えていたでしょう。

ローズ　2人の子どもの母。1人は5～9歳、もう1人は10～14歳

――母になる前に、子どもは何人がいいと考えていましたか？

3人か4人を考えていました。〔……〕これ以上子どもを持つつもりは

〔今は〕ありません。夫は熱望しているのですが。

リズ　1〜4歳の1人の子どもの母

息子がね、可愛い話なんですけど、「ママ、僕は弟が欲しい」って言うんです。「それはないわ」と答えました。でも私はこうも言ったんです。「あなたが大人になったら、欲しければ子どもが持てるわよ」(笑)。

〔……〕私はこれ以上子どもを持ちません。絶対に。今でも「3人いる感じがわからないでしょう」と言われます。私はこう言うんです。「ええ、ええ、ええ。その話題をふるのはやめてちょうだい。あなたの言う通りよ。私は知らないし、知りたくないの。あなたが3人でも、10人でも、100人でも欲しいなら、どうぞご自由に、楽しんでくださいな」。私がどんな感じか知らないことをあれこれ言われたくありません。絶対になびいたりしませんから。

〔……〕私はオープンな人間ですし、可能性を想像はしたいと思います。2人持つことを想像してみたし、あらゆる角度から考えました。でも、だめです。絶対に。ノーです。今のほうが断言しやすいのは、〔ひとり子どもがいるので〕様子がわかるから。試す前のほうが解決するのが難しいものです。

ジャスミン　1〜4歳の1人の子どもの母

小さくなった去年の子ども服を整理して、友人にあげようと箱に詰めていました。すると私の母が「だめよ――まだ産むかもしれないでしょ」と言ったのです。私はこう返しました。「ママ、私はこれ以上子どもを産まないの。もうじゅうぶんよ。産まないわ。きっとね」

〔……〕断定しすぎないように、「絶対に」という言葉を避けましたが、これまで経験したことで、自分の気持ちはわかっています。私はこれ以上子どもが欲しくありません。受け入れません。でないと、子どものせいで間違ったことをしてしまいそうです。

後悔を、フェリーに例えてもいいかもしれない。実際にあったことからあり得たこと、すでに起きたことから起こり得たことへと、「積み荷」を時間の経過とともに行き来させるのだ。その観点から見ると、母になって後悔することは、子どもを持てば必然的にもっと欲しくなり、家族を増やしたい願望が生まれるという一般的に考えられている概念を混乱させるかもしれない。他の人が「試してみるまでわからない」と確信する一方で、こういった母は、「もう試してみた」と主張する。1人以上の子どもを持つ経験から学習し、母になることが何を意味するのかを知っているのだ。こうして後悔を実践的に使って、過去の経験から学ぶことで将来の間違いを避けようとするのである。

しかし、母になった後悔に関しては、習得した知識や経験はどちらも受け入れられない。私の研究に参加した女性の多くは、「もう一度やってみればきっと変わる」という説得に直面していると報告した。このような説得の動きが示しているのは、社会秩序を維持するために、社会が失望の存在と意味を否定することが多いという事実である。失望とは、期待し、欲求し、望んだ何かが実現しなかったときにわきあがる感覚だ。現代社会は、社会秩序の維持のために失望を増大させつつ、それを否定するように奨励する。したがって人々は、結果が期待や欲求を満たさないときに生じる痛み、苦しみ、悲しみという失望の副産物に対処するためのツールを許可されることなく、事前に定められたテンプレートに押し込まれ続けるのだ。[31]

このように、失望と向き合うのが難しい社会においては——とりわけ母であることに関しては——次の子どもを拒否する女性は、「過去の過ちを修復するために失望を超えて再試行すべきだ」と言われ続ける。次のローズの証言のように、この解釈が女性自身に内在化する可能性もある。

ローズ　2人の子どもの母。1人は5～9歳、もう1人は10～14歳

2人目を持つと決めたとき、自分の経験を使って最初のときの埋め合わせをしようと思いました。妊娠中は以前よりも快適でした。体にぴったりした服を着て、妊娠について積極的に話しました……今回は違っていればいいなと望んでいましたし、ある程度はそうなりました。夫は協力的で、セラピストの主治医もいました。親としての経験を修正したかった。落伍者(らくごしゃ)じゃない、

成功していると、自分に証明したかったのです。必要なのは、年齢を重ねて、準備を整えることだと思っていました。でも、陶酔感の後に、真の闘いが待っていたのです。

⚘

それでも、失望が「再試行」ではなく、次の子どもを持つことの拒否につながる女性もいる。その場合、経験と知識が、社会の期待とは合致しない。社会の期待とは、「失望を克服し、母であることが結局は自分にとって有益だと知る」ことだ。彼女たちにとって、過去の経験の後悔が、現在を悩ませ続けている。それは、次の出産によってぬぐい切れるものではないのである。

5章　でも、子どもたちはどうなる?

母になったことの後悔――沈黙と発言のはざまで

ほとんどの人には話せません。理解されないか、強い脅威を与えてしまうか、関心を持たれないかのいずれかですから。こういった話をすると、相手がすぐさま攻撃的になります。相手にしてみれば、聞くのが辛（つら）いのです〔……〕。率直に話せる人は、ごくわずかです。ほとんどいません。

――スカイ（3人の子どもの母。2人は15～19歳、1人は20～24歳）

ここ数十年の間に、母であることと、そこからわきあがる感情についての発信の仕方が変わってきた。かつては「良い母親」像が障壁となって、女性が子育ての難しさを認めることを妨げ、多くの人が感情を隠していたが、ここ数十年でその壁がゆっくりと破られつつある。そして、以前よりも多くの母が、「調和のとれた穏やかな母」

を期待されることに異議を唱える権利を主張し、母として感じる可能性があり、実際に感じているあらゆる感情――失望、敵意、欲求不満、退屈、アンビバレンスなど――を表に出している。

　これらの変化は、社会で幅広い転換が起きている結果でもある。現在、ますます多くの社会集団が、文化の担い手としての声を集め、その声を使って、自分たちの立場と権利を交渉しようとする。それにより、声に出せることと出せないことの境界線が変わったのは確かである。そうして、葛藤やアンビバレンスが徐々に母の体験として認知されるようになったにもかかわらず、不満を持ち、混乱し、幻滅している母の声に関しては、依然として制限と非難の対象となっている。

　例を挙げると、２０１３年４月、英国人で母（そして祖母）であるイザベラ・ダットンが、子どもを産んだことを後悔しているという記事を公開すると、次のようなコメントが何千通も寄せられた。

　なんて惨めで、冷酷で、利己的な女性！　信じられない。この記事を読むことができるはずの彼女のお子さんに強く同情します。考えてみてください、胸が張り裂ける思いをするはずです。活字になって、一般の人も読むことができるのですよ!! まったく恐ろしいことだし、ひどく悲しいことです。この人の夫はどう思っているのでしょうね! 愛情のあるお父さんがお子さんの世話をしてくれることを、神に感謝します!

ひどいことを告白するものですね。なぜ? 自分の胸にしまっておけないの? 子どもがかわいそうです。[1]

この2つのコメントは、ダットンの言葉が子どもに悪影響を与えることに言及しているため、批判の中心は、アイデンティティを隠さずに後悔を明らかにした事実にあるという考え方ができるかもしれない。しかし、子どもに知られないように仮名を使って後悔について公(おおやけ)に話し合う母もまた、同様に厳しい批判を受けている。次に紹介するドイツのブログ投稿では、後悔について公にではなく非公開で議論することの重要性に触れている。ちなみに、この投稿で言及する「公の場」とは私の研究に関する記事だが、私の研究では仮名を使っている。

しかし、選べるのであれば二度と子どもを産まない、母になったことを深く後悔している、と公の場で言うことは〔……〕憂慮すべきだと思う。〔それを読むかもしれない〕他の母たち、パートナー、友人、隣人のためではなく、子どものためだ。いつの日か、子どもがその文章を読んで、自分の母ができればやりなおしたいと考えていることを知るだろう。自分が母にとって最悪の災難であるという文章を読んで、どう感じるだろう?[2]

⚘

仮名の文章である――それゆえ、子どもが母の後悔を知る可能性が排除される――場合でさえも、後悔を表明した母が批判されるという事実は、非難の表面下に何か他のものが潜んでいることを意味する。それは、母であることについての旧態依然の「真実」、つまり、母の経験の苦痛を表明することは不作法であり、一種の精神障害の兆候とさえ見なされるということの再確認だ。母であることを帳消しにしたいという思いは、明らかに不合理であるため、社会学者ではなく精神科医が対処すべきなのだ。ハッシュタグ #regrettingmotherhood(母親になって後悔してる)が2016年初めに話題になったとき、この件について当事者以外の誰もが一家言をもっていた。こういった母の病理の背後に何があるのか?と。[3]「わがままな」母を批判するのは、女性の経験は価値が低く、文化的に劣っているという、階層的で伝統的な見方の現れでもある。私たちには、主観的な感情を沈黙させるか、社会的期待に応じて調整することが期待されているのだ。[4] さらに、女性と母たちは、広範な社会的認識によって「泣き言の時代」にいるという批判を受ける。身勝手という伝染病にかかっているのだと。

自己憐憫(れんびん)に陥りながら、ハッシュタグを付けてインターネットで話し合うことで、次に何の後悔を公にするつもり? 〔……〕しっかりしろ、とそんな母親と父親に言いたい。人生の災難の責任を子どもに負わせるのは見苦しいことだ。[5]

このようにますます多様な社会集団が発言を「許可」され——それによって抑圧的な社会的取り決めの「自然な流れ」が破壊され——ている**からこそ**、彼らは「甘やかされて、正気ではなく、弱い母」とレッテルを貼(は)らずに母たちが言うことを聞き入れられないし、彼女たちは誇張しているに違いないと主張するのである。

後悔は母の個人的な失敗によるものであり、他の人とは何の関係もないという希望的観測がある状況では、母になって後悔する女性が声を上げるときに途方もない恐怖に直面するのは意外なことではない。それは家庭内であれ、家族に対してであれ、友人であれ、職場であれ、同じことなのだ。

話そうとする・沈黙を保つ

私は2011年3月にティルザに会った。彼女が電話をかけてきて、私がまだ調査のために母たちにインタビューしているかどうかと問い合わせてくれたのだ。イスラエルの新聞で記事を読んで、参加したいと思ったそうだ。数日後、私は彼女の家をたずねた。彼女はイスラエルの中心部の小さな町にひとりで住んでいる。子どもたちはもうそこには住んでいない。30代半ばになり、独立していた。2人とも子どもがいるので、57歳のティルザは3人の孫を持つ祖母である。

冒頭のほうで話してくれたのが、病院に勤務しているということだった。ティルザは「同僚に何度か後悔について話そうとしたが、誰も耳を貸さなかった」と私に何度も言った。

ティルザ　2人の子どもの母。1人は30～34歳、もう1人は35～39歳。祖母

いつも赤ちゃんと親と生殖医療に囲まれています。だから、私と同じような考えをもつ女性を大勢知っていますが、彼女たちはあえて声を上げたりしません。自分自身にも、そして一番身近な存在の人に**さえ**。気持ちはわかります。私にとっても難しいことですから。親子関係のロマン化というプログラミングを無効化するのは難しい。そこには社会的・政治的イデオロギーが関わりますから。

職場の同僚のほとんどは医者ですが、私の希望や話す内容について理解しません。私は奇妙な鳥みたいなものです。この話題について少しでも話そうとすると、みんな避けようとしたり逃げようとしたりします。話題を変えたり、私の考えを拒否することで私を押さえつけようとしたり。この分野には、私の意見が存在する余地はないのです。ここは、妊娠と出産を奨励する所ですから、私の考えは非難されます。悲しいことに、ほとんどの人は自分が何をしているかを理解しておらず、理解したいと思っていません。頭を砂に突っ込むダチョウのようなもので、惰性の力で動いています。

誰も理解しないだけでなく、理解**したがらない**という感覚は、研究に参加した複数の母が、配偶者、友人、家族（母や姉妹など）、またはセラピー中に話した際に経験している。

⚘

ブレンダ　20～24歳の3人の子どもの母

友人たちに伝えようとすると、たちまち黙らされました。〔友人たちは〕「持っているものに感謝しなさい」と〔言ったのです〕。強い一撃だ、と私は思いました。病院に入れられないように黙っていよう。受け入れて、この架空の幸せの生活を続けよう。他のみんなと同様に仮面をつけて、このゲームを続けよう。全員ではないとしても、おそらく何人かは、同じ経験をしているのにあえて話さないに違いありません。

ソフィア　1～4歳の2人の子どもの母

診てくれている精神科医は、私が〔母であることを消し去るという〕空想をしていると知っていますが、真剣に受け止めていないと思います。〔……〕夫は〔私がその話をすると〕たちまちパニックになりますし、その思いを誰にも言ってほしくないのです。私が他のみんなと同じように、落ち着いて過ごすことを望んでいます。〔……〕私が母に関するオンラインフォーラムに「人生は終わった」のような書き込みをすると、誹謗(ひぼう)中傷の標的になりました。そういったことを聞くのが辛い人から、厳しい反応がありました。フォーラムに参加する妊婦の多くが、自分も同じように感じたらどうしようと恐れてしまい、私のメッセージの直後に、元気が出るような別のもの〔話題〕を立ち上げていました。

研究に参加した複数の女性が、私とのインタビューまで告白を避けてきた理由のひとつは、異常だと解釈されることへの恐れである。自主的に沈黙するもうひとつの理由は、愛する人の生活を混乱させることへの恐れと、彼らに知られたくないという願望である。

マヤ 2人の子どもの母。1人は1～4歳、もう1人は5～9歳で、取材時に妊娠中

夫は知らないし、友人は誰も知りません。その重荷を夫に負わせたくないのです。知ってどうなります？　惨めな妻を持ったと思う？　私はそんなことを望みません。夫は他にもたくさん考えることがあります。一生懸命働いていますし、楽な人生とは言えません。なのに、さらに負荷をかけたくないのです。だから自分だけの秘密にしています。このことは、誰とも話したくありません。

私の研究に参加した女性が非常に気にかけていたのが、後悔について率直に話すかどうか、そして誰に話せるかということだった。参加者の多くが、2、3人の親しい人に話していると語った。

オデリヤ　1〜4歳の1人の子どもの母

姉妹は詳しく知っています。そう。私が後悔していることを。以前、姉妹のひとりにはっきりと言いました。「ねえ、私の考えや思いを知っていて、手を貸せそうだと思ったら——助けてちょうだい」。そして、手を貸してもらっています。〔……〕姉妹は理解しています。

バリ　1〜4歳の1人の子どもの母

私の母とパートナーは知っています。私にとって、どれほど苦しくて、どれほど辛いことかを〔このインタビュー中に、子どもを遊ばせながらそう言った」。

——親しい仲間は？

知りません。

——なぜ？

認めるのが辛いんです。それは……恥ずべきことですから。恥だと思っています。

⚘

複数の母が、最も効果的な言い方は、「母になって後悔している」と直接的な言葉で表現するのではなく、ユーモアを使うことだと話した。恥ずかしい思いをするリスクを避けるために、他の母たちも話題に加わって、辛さを発信できるように、後悔というレッテルを貼らずに、自分の苦痛を笑い飛ばすのだ。

シャーロット　2人の子どもの母。1人は10～14歳、もう1人は15～19歳

職場で、〔母であることの辛さを話し始めると〕最初は驚かれましたが、みんな大笑いしたんです。私がわざと大げさに言っているのがわかったからです。これが私なりの処世術です。気づいたのが、自分の持ち札すべてをテーブルに広げると、他の人も気を許して〔話して〕くれるということ。突然、隠したかったことが、それほどひどくないと思えるんです。〔……〕だから私は、いろんなことをオープンに話しますが、これは一種の防御です。私と子どもたちを守るための。

自分の後悔について、母ではない女性に話すのが最も心地がいいと語る女性もいた。

オデリヤ　1～4歳の1人の子どもの母

――このことについて心地よく話せる人は誰ですか？

一緒に勉強をしている女の子たちです。私よりも若くて、好奇心が強いので、どうしてそんな気持ちになるの、と質問されます。理解できないようです。

――何を話すのですか？

あの頃、今の知識があれば、おそらく子どもを持たなかった、と。それから、女性が出産の話をしていると、「待って。急がないで」と伝えます。これはしょっちゅうです。いつか他の人にも、心を開いて話せる気持ちになるかもしれませんが、一線は越えないほうが良いと思い、やめています……。

カーメル　15～19歳の1人の子どもの母

話す内容と話す相手にはとても気を付けていますが、隠しているわけではありません。おもしろいのが、母になりたくない人に出会うと、私は即座に、それは素晴らしい、応援するわ、と励ましてしまうことです。その人は正しいと思います。

ソフィア　1～4歳の2人の子どもの母

自分の気持ちを話す前に、状況を読むようにしています。〔あなたには〕最も率直な気持ちを話せます。それがあなたの目的ですし、何か〔ネガティブなことを〕感じたとしても――私に言わないでしょうから。それに、あなたは母ではないという、別の立場の人ですから。あなたが母なら、たちまちわが身を振り返ってしまうでしょう。親にとっては、非常にストレスのかかる話題です。わかりますよね?

私は、だれかれ構わず〔母になって後悔していると〕言いません。話しても大丈夫、他の意見と同じように受け入れてもらえる、と確認してからです。話す相手は、子どものいない親戚の話をしてくれます。話すのは、夫がそばにいないときです。彼が嫌がるからです。気持ちはわかります。もしも私が、彼のように子どもを持つことを楽しめていて、パートナーに子どもは欲しくなかったと言われたら――辛くなりますから。

⚘

ティルザにインタビューをして2週間ほど後に、詳しく書かれた長い手紙を受け取った。インタビューで話したかったができなかった感情について、追加で説明してくれる内容だった。

2人の子どもを産んだ後悔について説明するために、手紙を書こうと（と言うより、頭の中の考えを整理）したときに、言葉がいかに痛ましい真実を薄めてしまうかを知りました。でも、言葉以外に気持ちを伝える方法はありません（もちろんありませんよね。それともありますか？　ダンスとか？）。言葉は耐え難い犠牲を、可能で耐えられるものに変えてしまいます。

⚘

ティルザのような母は、気持ちを言葉にして他の人に伝えることで、自分を苦しめている感情的なスタンスに対処する道を探している。しかし、こういった言葉を安全に共有できる相手については、慎重に調整する必要がある。ソフィアが説明するように、後悔について話すことは、他の親にとってストレスになったり、パートナーを傷つけたりする可能性があるからだ。また、自分の子どもに話すことは、社会的に完全に危険行為だと認識される可能性がある。

「子どもたちは知っているの？」

母になった後悔について研究してきた過去9年間に、くり返し質問を受けたのが、私の研究に参加した母たちが、自分の子どもに後悔について話したのかどうかである。後で説明するように、答えは単純な「はい」か「いいえ」よりもはるかに複雑である。

しかし、この質問について私が最も興味をそそられたのは、ほとんどの場合、質問者は否定的な答えを聞きたいと思っていたことだ。家庭内で母になった後悔を話すことは、考えられる限り最も邪悪な行為である——そして、おそらく後悔そのものよりも、悪い母である確かな証拠となり得るのだ。この恐ろしい問いかけをする質問者が思いうかべるのは、母がわが子に「人生が台無しになったから、産まなければよかった」と嫌悪感を込めて伝える場面だ。わが子と家族に与える影響を考慮せずに行われる利己的な行為である。たとえば、私の研究に反応したドイツの子育てブログに書かれた懸念の言葉について考えてみよう。

望まれていないことを母親から聞かされるべきではありません。それは残酷で、不公平で、非人道的なことです。[6]

⚘

この懸念には、現実的に十分な根拠があると言えそうだ。母になった後悔についてのオンラインフォーラムで、ある女性が、望まれない子どもとしての経験について、切実な言葉をつづっている。

出産後に、子どもの存在について子どもを責めるのは、簡単なことではありません。そうするためには勇気が必要なだけでなく、ナルシシズムやその他の人格障害に見られるような、感情的な冷酷さも相当に必要になります。私は神に祈ります。子どもたちが、自分の母が子どもの存在をどうこう言うのを聞くことがありませんように、と。でも、子どもたちは、自分が望まれないと察しているはずです。自分はここにいるべきではない、生きていないほうが良かった、その方がママの気分が良くなるのだと。

〔……〕私はそのような母の子どもでした。違った生き方ができなかったことを、私のせいにしていました。幼い頃でさえ、私は怒鳴りつけられました。「あんたがここにいなければ、私の人生は違っていたのに。幸せだったのに」と。そのことは私に無力感を与え、課せられた重荷は、今でも追い払えずに両肩にかかっています。母がどれほど傷つき、困っていたのかを理解するのに長い時間がかかりました。なんて未熟な人だったのかと思います。この女性は、コンドームなしでセックスをして、中絶する勇気がなかったという理由だけで私を出産したのです。[7]

母の苦しみを自分のせいにされた娘による痛ましい話を無視することはできないし、無視したくないと思っている。彼女の言葉は、多くの人に、声高に届けるべきである。しかし、後悔する母と子どもとの関係には、さまざまな形がある。次の証言もまた、後悔する母の娘によるものだ。

⚘

12歳の時、母が私に、あなたを産んで後悔していると言いました。「あなたにはお母さんになる前に、ゆっくりと考えてほしいの」と、母は暖かい夏の朝に告げたのです。「ママは、もう一度やり直せるなら、子どもを持ったかどうかわからない」と。

痛い言葉でした。

12歳の娘に、母の言葉は突き刺さりました。その意味も、なぜそう言ったのかも、さっぱりわかりませんでした。母は本当に私が生まれなければよかったと思っていたの？　20年後の今、私自身が3人の子どもを持ち、ようやく母がどういう意味で言ったのかを理解しました。母は、私を愛していなかったわけではありません。私を産まないことを望んでいたのではありません。母になると、人生が二度と完全に自分自身のものにならないと知っていたのです。[8]

⚘

発言するか否(いな)かのジレンマに巻き込まれた母が、感情的に混乱することもある。イギリス生まれの学者サラ・アーメドは、社会的・感情的な方向感覚の喪失は、「暗室に入ったり、目隠しをして部屋に入ったりするのに似ている」と説明する。その部屋に入ったことがあり、様子がわかっていれば、手探りでも、物体をグループに分け、現在地を特定できる。以前の知識によって、私たちは空間に自分を配置することができるのだ。しかし、その部屋になじみがなければ、手を伸ばして物体に触れたところで、動き回るのに役に立たない。何に直面しているのかがわからないので、不確かで、曲がるべき方向を決めるのが難しいだろう。このように、方向を見失った瞬間はいらだたしくもあり、恐怖を感じる。しかし、そのような状態になることは、ある意味、必要であり、有益である。「直線の道がある」という仮定を疑問視して、他の可能性を想像する余地が生まれるからだ。[9]

後悔の念と子どものために行動したいという気持ちの両方を持っている場合、多くの母は、方向がわからない暗い部屋にいるのと同様に、迷子になったと感じるかもしれない。何をすべきかについての外部の指針が存在しないからだ。そのため、ためらいながら、ひとつひとつを自力で探求し、自分の立ち位置を見つけなければならないのだ。これまで見てきたように、この研究に参加した母たちは、ジレンマを回避するために独自の道を模索している。後悔について発言するか沈黙するか。後悔をはっきりと表現するか間接的に話す（例えば母であることの困難さを話すなど）か。しかし、わが子に話すとなると、事態はさらに複雑になる。子どもと子どもの幸福を守りたいという願望があるからだ。

後悔について沈黙することで、子どもを守る

研究に参加した母の話をまとめると、母としての経験や後悔について子どもに話さないのは、３つの願いがあるからだ。子どもを守ること、子どもとの絆（きずな）を守ること、自分自身を守ることだ。

ソフィア 1〜4歳の2人の子どもの母

フォーラム〔イスラエルのオンラインフォーラム「子どもを望まない女性たち」のこと〕に参加しなかった理由ですか? 何度も考えてみたのですが〔……〕私が恐れたのは、〔子どもたちが〕大きくなってから、それを読んでしまうことです。そうなったら、すごく怖いなと思って。偽名を使うこともできましたが、それでも、子どもを望まなかったことが子どもたちにばれてしまうのが恐ろしくて。いいえ、きっと気づいていますね、子どもはすべてを知っているのですから。私の心を読んでいます。私が経験することは、子どもたちも一緒に経験するのです。子どもには、そういったことを感知する能力がありますから。でも、私の心を読んでほしくはありません。本音を言えば、私に子どもがいなければ、今頃は本を1冊執筆して、あらゆる新聞に記事を書いているでしょう——この現象を公に伝えることができているはずです。でも、今は子どもたちを傷つけるのが本当に怖いのです。

ブレンダ　20〜24歳の3人の子どもの母

あなたの好きなように〔私の言葉を引用〕してもらって、問題はありません。ただしひとつだけ条件があります。同意書にあるように、私の具体的な情報を内密にすることです。〔……〕子どもたちに読んでほしくないからです。もしも選べたなら、子どもを持ちたくなかった、そのことを後悔している、なんて知られたくない。あの子たちには、もう長い間、父親がいないも同然の状態です。父親に背を向けられ、母親にまで望まなかったと言われたら、子どもたちはどんな気持ちになりますか？　そんなシナリオを想像できますか？

カーメル　15〜19歳の1人の子どもの母

——周囲に、あなたの後悔を知っている人はいますか？　ご家族は？

ええと……家族は知っているかもしれません――何度か口をすべらせたことがあるので――でも、きっちり話をしたことはありません。多くの人が知っていますよ。正直、隠す気はないんです。相手を注意して選んでいますが、別に隠していません。変な話、同じ考えを声に出す人に出会うと、即座に励ましてしまいます。「いいわね。すごくいい。がんばって」と。おかしいですよね。すぐに応援に回るんです。

――つまり、子どもを持ちたくない人に対して?

はい。

――どんなことを言うのですか?

それは良いことだ、私は賛成する、あなたは正しいと思う、と。

――同じことを、イド（息子）にも言いますか?

いいえ。まさか。それは意味がないことです。ひとりで良かったとは伝えていますよ。でも、息子には言いません……そうですね、今のイスラエル情勢などを理由に、今は子どもを持たないとは伝えるかもしれません。でも、息子には言っていませんし、今後も伝えるつもりはないです。それが何になりますか？　そんな必要はありません。不必要なのです。

⚘

秘密にし、沈黙することで、「誰を守るのか」という問題に加えて、「何から守るのか」という問題も存在する。

ソフィア、ブレンダ、カーメルなどの母たちは、母子の関係を考慮して、話すべきではないと決断した。当面のことであれ、永続的であれ、母としての経験を後悔していることは、話すべきではない、と結論づけたのだ。有害で破壊的な内容は、不必要であり、それを子どもが知ってしまうことを避けるためだ。

この決断は、ある意味、ひとつの仮定に基づいたものである。それは、子どもには

「母になって後悔していて、子どもを持ったことを後悔している」という状態と、**「母になって後悔しているけれど、子どもに愛情がある」**という状態との区別がつきにくいということだ。つまり、母が子どもに「母であることには、みんなが言うほどの価値はない」と告げると、子どもには「**あなたの存在を**後悔している」と伝わる恐れがあるのだ。先ほど引用した娘の証言を振り返ってみよう。彼女は、子どもを産んだことに対する母の後悔が、直接的に**自分**への後悔ではないことを理解するのに、20年かかったことを認めている。後悔する母が沈黙するのは、そういうことだ。子どもがこの世に望まれていないように感じたり、母の人生を台無しにしたという罪悪感や恐れを持ったりすることがないように、という配慮である。この複雑な不安は、**子どもとの絆**を破壊するのでは、という恐れにつながることが多い。(母であることに価値を置かないとしても)子どもとの絆というつながりを大切に考えているからだ。

母と子どもの絆は、不平等な知識の上に成り立っている場合が多い。つまり、母は娘や息子のすべてを知っていることが期待されるが、その逆、つまり母については、人間としてどのような感情や洞察を持つかは、無関係で、荷が重く、避けるべき重圧として扱われがちなのだ。カーメルが言うように「必要ない」のである。母と子の関係は、最初から、完全に子どもを中心に構成されている。母は、子どもとの関係と切り離したり、その外部に存在するのではない。自分のニーズや希望を持った人間としては存在しないのだ。だから、カーメルのような母は、後悔について自由に話すことができる「公共圏」と、子どものニーズに完全に適応しなければならない「私領域」との間に線引きをするのである。

子どもを守り、子どもとの関係を危険にさらしたくないという願いに加えて、後悔を黙っていることは、母にとって、もうひとつの保護的な側面がある。それは、**自分自身**を守ることだ。

ティルザ　2人の子どもの母。1人は30～34歳、もう1人は35～39歳。祖母

息子に駆け寄って「ごめんなさい、間違いだったの。産むべきじゃなかった」なんて言うのは難しいですよ。「私は悪い母なの。母になりたくなかったの。興味がないし、退屈だし、自分の人生にヒビが入ったし、うっとうしいの」。でも、これが本音です。そして、時計の針を戻すことができないのも事実です。

子どもたちには話していませんが、絶対に察しているはずです。自分が死

ぬ前に、〔子どもたちに〕手紙を書かなければと、時々思います。でもジレンマですね——だって、いったい何のために？　私は良い母ではなかった、子どもたちに満足に与えられなかった、我慢した、忍耐力がなかった、子どもの話に興味がなかったし、ゲームや歌にも興味がなかった、と書くのでしょうか？

ティルザは、後悔について子どもに話す必要はないという考えと、子どもに母について知ってもらえるので価値があるかもしれないという考えとの間で引き裂かれている。今のところ、ティルザは、子どもの「悪い母」と厳しく批判する視線を避けながら、隠蔽と暴露のはざまに留まっている。後悔を自分の胸にしまい、ばれないように身を守っているティルザは、「沈黙を保つ権利」を自己防衛の形で行使しているのだ。

ティルザは、後悔について話すことを「悪い母の告白」と見なしている。一方でカーメルは、自分と息子の両方の視点において、母になった後悔と母としての資質を区別している。

カーメル　15～19歳の1人の子どもの母

今は個人的に、〔母に〕なるべきではなかったとわかっています。でもそれは、自分が機能できなかったからではありません。私は素晴らしい母ですし、イド〔息子〕はいつでもそう認めてくれるでしょう。

⚘

したがって、私の研究で自分を「良い母」と定義した女性にとって、子どもの前で後悔について沈黙することは、「悪い母」のレッテルから身を守るのに役立っていると言える（これは、「悪い」感情的スタンスは必然的かつ徹底的に「悪い」行動を反映するという仮定に従う）。しかし、子ども、そして子どもとの絆と自分自身を守るために、後悔について話すことを避ける母もいれば、大きく異なる結論に達する母もいる。子どもと後悔を共有することこそが、守るための最善策だと考えるのである。

知らせることで、子どもを守る

スージー　15~19歳の2人の子どもの母

あの子たちが私の意見にいい気分がすると思いますか？　この話をしたんです。

――どんなことを話しましたか？

こう言いました……理由は覚えていませんが、今週、娘に「時間を戻せるとしたら、それでも子どもを産む？」と聞かれたんです。いいえ、と答えました。〔……〕いいえと言ってしまいました――その夜は〔母であることのストレスが強すぎて〕眠れませんでした。

――大人になった娘さんたちに、「子どもが欲しくない」と言われたら、どう

しますか？

子どもを持つことは必須(ひっす)ではないと伝えます。

デブラ 10〜14歳の2人の子どもの母

――いつか、お子さんたちに話すと思いますか？

ある程度は話すでしょうね。でも「あなたを産んで後悔している」とは伝えません。そんな言葉を子どもは聞くべきではありませんから。でも、とりわけ上の娘には、「母になりたいと思ったことは一度もない」と伝えるでしょう。娘はそのことを知っています。私から聞いていますから。時々娘は、私にこうやり返します。「ねえ、私のことを愛してさえいないんでしょ。子どもを欲しいとさえ思わなかったんだから」。私はこう言います。「その通りよ。子どもを欲しいと思ったことはないわ。でも、あなたを産んで、あなたを深く愛しているの。この2つはまったく別のことなのよ。大きくなったら、自分の道は自分で選びなさいね」

ローズ 2人の子どもの母。1人は5～9歳、もう1人は10～14歳

ある時期に、子どもたちに「母子」の会話が必要になるでしょうね——親になることの意味や、選ばないことの正当性について、せめて、私のメッセージと知識を伝えたいです。

❦

スージー、デブラ、ローズは、母としての経験と後悔について、成人した子どもに（将来的に、または実際に）話すという決断をした。理由は、親の保護とケアについての解釈が異なるからである。彼女たちは、母としての主観的な経験を黙秘することが、子どもを守るのではなく、むしろ**危険にさらす**と考えるのだ。親になることの知

識を与えなければ、子ども自身が同じ経験をするかもしれない。子どもを同じ過ち(あやま)から守るために、母になることで味わうかもしれない苦痛や、やりがいについての思い、そしてローズが言うように「選ばない」こともまた正当な決定であるという安心感を共有しなければならないのである。

ジャスミン　1〜4歳の1人の子どもの母

――いつか息子さんにその話をしますか?

シャイに、ですか? いつか話すでしょうね。子育てに関する本をたくさん読みましたが、その中に書いてあるのが、親が〔自分自身の気持ちを〕共有することです。たとえ2歳であってもね。寝るときと毎朝、私は数分間、息子と共有する時間を持ちます。息子に気持ちを話すのです。自分の気持ちについて、たくさん話します。〔……〕自分の部屋で、座って息子に話しかけます。「シャイ、ちょうど2年前に、ママは陣痛があったの」と。息子に語りはじめると、会話が生まれます。話すのは私だけですが、息子は座って耳を傾けてくれます。息子がお腹(なか)にいるときの写真を見せて、当時の気持ちや、苦しかったお産や、最初に息子を見て何を感じたかを話しました。息子が愛らしくて、徐々に息子を愛するようになったことも。息子にたっぷりとこの話をするのは、それが良いことだと信じているからです。私の母も、そうやって私を育てました。私が聞きたくないような感情についても教えてくれました。そのことが自分の一部になっているので、それでいいのです。〔……〕私は慰めたりしません。息子であって、友達ではないのですから。そして私は〔……〕明確な線引きではなく、完全に開示することが大切だと思っています。心からそう信じているのです。常に実践するのは難しいですね。

マヤ　2人の子どもの母。1人は1～4歳、もう1人は5～9歳で、取材時に妊娠中

基本的には、娘がじゅうぶんに大きくなったら話そうと考えています。

〔……〕ただし、先のことは予測できません。娘は子どもを欲しがるかもしれないし、子どもを持ってすべてが順調に進むかもしれない。でも、娘が子どもを持って、私のように感じるとしたら——それは私にとって最悪の失敗です。娘が、私のように感じながら人生を生きるとしたら、私の子育ては大失敗だと思います。

⚘

マヤは、娘を心配することで、別の種類の責任について明らかにしている。それは、子どもの人生の準備をすることが、親の最も重要な仕事であるという考えから生じる責任感である。娘や息子が社会の一員になれるよう、親は「世の中の仕組み」を教えなければならない。その指導の多くは、他のみんな、特に親の生き方を真似なさいと説得することだ——ただし、それで親がうまくいった場合は、という条件がつく。一方で、「親の過ちをくり返すな」というメッセージを伝えることが、子どもの成人後の備えになる場合もあるだろう。

人生のほぼすべての局面において、親が自分の過ちを共有し、警告を与えることで、息子と娘を痛みから救いたいと願う思いは理解できるし、奨励さえされる。ただし例外と考えられるのが、「結婚」と「親になること」だ。この2点に関しては、親がどんなに深い失望を経験しても、ほとんどの親は、子どもたちを、パートナーと結ばれて親になる方向へと導こうとする——愛情のためだけではなく、通るべき「自然な人生の道」をたどるために。この仮定によると、すべての男子と女子は同じ方向に「成長」し、心から望んでいない段階であっても、結婚して親になりたいのが自然だと思うようになる。こうして、子づくりの伝統が、前進すべき直線的な道であるという顔をして、人生の次の節目へと「自然に」移動しているかのように、世代を超えて受け継がれているのだ。

この仮定とは対照的に、子どもの発達の別の見方について、クィア理論（性的マイノリティの思想や文化・歴史を研究対象とする分野で用いられる理論）に目を向けることができる。ジュディス・ジャック・ハルバースタムやキャスリン・ボンド・ストックトンといった理論家によると、幼児期は、これまで信じられていたよりもはるかに多様な経験をする時期であり、子どもは「上向き」に成長するのではなく、むしろ「横向き」に成長する。幼児は恥ずかしがることなく自分の遊びや体を使った自己発見にいそしみ、自分が誰にでも、どんなものにでもなれると想像している——あらゆることが可能なのだと。ティーンエージャーは、仲間内からの批判や恥をかいたりする恐れから、「矯正」をするものの、引き続き、大人の禁止事項への反抗を続け、「世の中の仕組み」を知らないという観点から多くの質問をする。[10]

子どもには「正しい」方向に成長するための「矯正」指導が必要だと考えられるのは、すべての子どもが自然に一方向だけには**向かわない**からである。ジュディス・ジャック・ハルバースタムは次のように書いている。「私たち全員が、欲望と方向性と存在様式の面で、規範的な異性愛者であるとしたら、結婚と子育てと異性との子づくりが共通の運命であるという子育ての厳しいガイダンスは必要ないはずだ[11]」

男子と女子に「直線」の道をたどるように熱心に奨励する必要があるのは、すなわち、時間や方向を踏み外す可能性があることの示唆である。だからこそ、目の前に用意された道へと、大人の力で導き、向かわせなければならないのだ。そうなると、男子と女子が手を伸ばせるのは、身近な環境から与えられた選択肢に限られる。そして、子どもたちは、親たちが提供するもの、「似通った」もの、目の前に差し出されたものに気持ちが傾いていく。それはたとえば、女性らしさ、男性らしさ、性同一性、セクシュアリティ、結婚、妊娠、子育てである。[12]

しかし、この方法で子どもを導くことを拒否する（または拒否することを検討する）母もいるだろう。そして、異世代間の対話によって、複数の道と選択肢を開こうとするかもしれない。親や母になることの影響について、とりわけ自身の後悔についての子どもに伝えることは、異性愛規範の「直線」の道と、娘が自然の流れで母になるという仮定に逆らっているのである。

デブラ　10〜14歳の2人の子どもの母

〔娘は〕いつか男性と結婚すると話します。子どもについては、「もしも子どもを産んで、孫ができたら……」と言います。私は、娘が「もしも」とつけるのが気に入っています。自分は良い親だと自負していますが、これもまた、良い親である証拠だと思っています。というのも、私は子どもに、物事を吟味し、理解して、自分で決断する権利と能力を与えているからです。これは、すべての人が与えるべき贈り物であり、周囲の人々、とりわけ子どもに許してあげるべき大切なことだと思います。

だから、これが大切だとしたら、私は世界一の母です――自分の世界観においては。娘が私に反論したり、明確で当たり前とされていることに積極的に疑問を持ったりするところを、とても気に入っています。素晴らしいと思います。それに、私は孫を持つことさえ期待していません。

ティルザ　2人の子どもの母。1人は30〜34歳、もう1人は35〜39歳。祖母

変に聞こえるかもしれませんが、義理の娘——息子の妻——が第一子を出産する前に、『女から生まれる——アドリエンヌ・リッチ女性論（Of Woman Born）』を買ってプレゼントしました。読んだのかどうかは知りません。この本を贈ったときに念頭にあったのは、母になること、子どもとは何なのかについて、そして親であり母であることの駆け引きについて、メッセージを届けたいということでした。〔母になることの〕代償は、一生をかけて払わなければならないのです。

本を購入してメッセージを伝えようとしたティルザは、母としての経験と後悔について子どもに率直に話すべきかどうかを決めかねている。インタビュー後に送られてきた手紙には、彼女が社会から与えられた道をたどらないことについて引き続き考えていることが示されている。

すでに子どもがいるなら（特に女性なら）、子どもを教育しなければなりません。自分が子どもの頃に教えられた聖牛（批判・攻撃がタブーとされる存在）を殺し、すべての「価値観」、イデオロギー、自己正当化を抹消することが重要であり、必要なのだと。ステレオタイプと適合性の罠に落ちたときや、自分自身に嘘をつき、子どもや孫に真実を隠すときに、自分を省みるために。ごく「正常」で「自然」になった慣用表現、たとえば「子どもは喜びだ。子どもは恵みだ」「血は水よりも濃い」「家族が最優先だ」といった言葉を、外科医のような鋭さで精査するために。慣用表現の破壊力に用心しなければ、これが社会的・文化的DNAの一部になり、永遠のあるべき姿であると納得させられてしまいます。

子どもを産んだことについて反省を表明するのは罪ではありません。〔……〕自分自身と、産んだ子どもに真実を話さないことが罪なのです。伝えたり、書いたり、明かすことができない暗い秘密を抱えたまま死ぬこと、**それこそ**が罪です。

ティルザは、世代から世代へと伝えるべきもうひとつのことについて述べている。つまり、親には子どもに、親としての「直線」ではない経験を申し送る義務があるということだ。ただし、子どもの印象とは別の母親像を見せた場合に、子どもに、自分自身に、親子の絆に、どのような影響があるかについては、定かではないとも書いている。「私はいまだに、子どもたちに、個人としての自分や、私の考え、母であり親であることの受け止め方、子どもへの思いといった洗いざらいを知らせることが重要なのかどうかについて、悩んでいます」

ティルザは、このままでいたい気持ちと壊したい気持ちを同時に持ちながら、慎重に検討を重ねている。後悔について話した場合と話さなかった場合に起こり得る結果について検討を重ねているのである。母は、守るための多面的な行為として沈黙を選ぶかもしれないが、体験を語れないことが、大きな代償を伴う可能性もある。[13]「良い母」の定義に沿った狭い道に留まるために、母は、自分の経験を迂回(うかい)し、自分の一部を取り除くはめになる。経験の一部を切り取った物語を作成し、共感と感謝を得られる部分だけを表に出す、つまり「許された」部分だけを残さなければならないのだ。

そして、支配的なシステムに適合しないものはすべて、捨て去り、フィルターで取り除き、置き去りにする。システムの基準は厳格なので、「良い母」の考え方や感じ方、行動のルールに反する物語を**わずかでも**持たない母など、めったに存在しない。そのため多くの女性は、自分の経験に一致する自己表現と、社会的に受け入れられる自己表現のはざまで行き場を失ってしまうのだ。[14]

❦

沈黙することで子どもを守りたいと願うのは、異常なことではない。このテーマに関する一般向けの出版物と学術出版物の両方が指摘するのは、感情を表現する言葉が存在しないことと、語ることで大切な人を傷つけるという想像から、さまざまな状況で、母が自分の視点から自身の体験を語ることができずにいることだ。アン・スニトウは、1980年のアンソロジー『なぜ、子どもなのか?（*Why Children?*）』について、こんな指摘をしている。「編集者たちが言うには、母であることを不幸と感じている女性を探したところ、見つけることはできたが、文章を書いてもらうことはできなかった。不満を持つ母たちは、母であることの不満を認めると、子どもを傷つけてしまうのではと恐れていたのだ。では、自分の意志に反して子どもを産んだ母はどうだろう？　不平を言う立場にあるのだろうか？　やはり、そうではない。望まれなかったと知った子どもが傷つくからである[15]」

ソフィアが主張した「子どもはすべてを知っている」、またはティルザが言った「子どもたちには話していませんが、絶対に察しているはずです」という状態であっても、子どもは母から**何について**後悔しているのかを説明されないまま、家庭で頭上に浮かんでいる「何か」を自力で解釈している。ほとんどの場合、子どもは母になった理由や状況についての直接的でわかりやすい説明を聞いたり、母の経験についての主観的な意見を聞くことはない。「自然な流れで」母になったのか、それとも文化的・社会的期待の副産物だと感じているのかを、母から学ぶことを禁じられているのである。

社会的期待に合うように自分の物語を編集することによって子どもを守ることは、子どもが母を**ひとりの人間として**知ることの妨げにもなる。母もまた、検討し、考え、評価し、憧れ、欲望を持ち、夢を見、記憶し、嘆き、想像し、感謝し、決定する人間であることを。そのため、自身のすべてを家族に共有できていない母は、家族のネットワークにおいて、さまざまな種類の関係から切り離され[16]、公の目、家族の目、そして自分の目に、顔を持たない、仮面をつけた、または超越した存在として映るのである。リュス・イリガライが美しく描写したように、「あなたは鏡で自身を見る。そこに見えるのは母の姿だ。そのうち、あなたの娘が母になった姿が映る。2人の間にいるあなたは何者? あなただけの空間はどこにある? どの額縁に自分を入れるべきなのか? すべての仮面の下にある、本当の顔をさらすには、どうすればいいのか[17]」。

さらに、母が物語を語るのは、額縁に入っているときか、仮面に隠れている間だけだとしたら、**私たちの誰もが**母の物語を完全に知ることはできない。女性の物語、あるいはその一部を黙らせることが、社会的取り決めを促進しているのだ。女性が意のままに応答し、自分の知識の所有者になる権利を否定する社会的取り決めを。

⚘

結論として、母の責任とは、母の権利とは何なのか? 母は、ひとりの人間として、子どもたちに、自分自身に、その両方の未来にどう貢献できるのだろう? 未来は未知であり、制御できない。そのため母たちは、後悔について子どもと話し合うか、声を上げるか、子どもの人生を思いやる傍観者として謙虚に沈黙するかという問題に、独自の方法で取り組む必要がある。これらの疑問は未解決のままだが、徐々に、母が提供するさまざまな回答——社会が念頭に置く単一の筋書きよりもはるかに多様な

——が集まりつつあり、これを自身と子どものために活用しようという試みがますます進んでいる。

6章　主体としての母

後悔から学ぶ

シェイクスピアの『マクベス』で、マクベス夫人はこう宣言する。「元に戻らないことは、考えても無駄よ、やったことは、もう終わったこと」。失礼ながら、私には同意しかねる。やったことは終わったことではなく、苦難は——この場合は母の苦難だが——無視してはならない。私たちは、母になったことを後悔することの意味について、母の話を注意深く聞く必要がある。理由を説明しよう。別の考え方が私たちの生活に入るときはいつでも、別の考え方自体を教えてくれるだけではなく、それを別の考え方にしている共通の考え方を浮き彫りにしてくれるからだ。それは普段私たちが当たり前のこととして気づいていない透明な概念だ。

母であることの後悔に耳を傾けること。それは、過去の出来事をはっきりと見ることが、私たちの社会的認識と社会的取り決めを理解するのに不可欠だと教えてくれる。

回顧的な視線が不可欠であると認識することができるのだ。**ふり返らない**という要求が、社会的統制の手段として役立つ場合はなおのことだ。[1]自分の歴史と現在の生活の両方との関連の中で自分の立ち位置を見つけることができなければ、変化を想像することも、そのような変化に向けて努力することもできない。社会理論家のエイヴリー・ゴードンが書いているように、「別の場所に住むことを想像するためには、どこに住んでいるかを知る必要がある。別の場所に住む前に、そこに住むことを想像する必要がある」のである。[2]

母になって後悔することは、他の場所に住みたい――誰の母でもない自分になりたい――という願望の現れである。それはまた、自分が今どこに住んでいるのかが明確にわかる見晴らしの良い場所でもある。そこに立つことで、あまり重要視されていない疑問について再考することができるのだ。母であることの満足と価値を評価するための基準は、女性が実際に生活している状況次第なのだろうか？　母であることを、役割としてではなく、人間関係のひとつとして理解すると、どうなるだろうか？

これらの質問に答えるには、まずは、多様な社会集団に属する母たちの幸福に目を向ける必要がある。

母親への働きかけ：長所と短所

1980年代以降、世界中の研究者は、さまざまな国家、民族、性別、経済、健康の状況に照らし合わせて、女性の幸福を測定しようと試みてきた。たとえば援助組織セーブ・ザ・チルドレンは、5つの指標に基づいて「母親指標」を作成している。5つの指標とは、①妊産婦の死亡リスク、②5歳未満児の死亡率、③公教育（義務教育）の在籍年数、④国民ひとり当たりの所得、⑤女性議員の割合である。2015年の指数は、調査した179ヶ国の中で、裕福な国と貧しい国の間に大きな格差があるものの、国の順位を決定する要因は経済だけではないことを示している。ノルウェーが1位、ドイツが8位だが、米国は33位と、クロアチアやポーランドといった裕福でない国よりも下位になっている。[3] キャロライン・マイルズ事務局長（当時）によると、経済的福祉は重要だが、それだけが重要な要素ではない。母の健康と福祉が社会の優先事項と見なされるような政治的措置を講じることも必要なのだ。[4]

こういった国際調査に加えて、フェミニスト作家もまた、さまざまな西洋社会の多様な社会集団に属する母たちの幸福について研究しており、これが低所得、独身、有色、クィア、移民や、身体的・精神的障害を持つ母が直面する困難を明らかにするのに役立っている。[5] こういった調査の目的のひとつは、ジェンダーと社会階級の間の構造的なつながり（あるいは、社会学者のダイアナ・ピアースの言葉を借りれば、「貧困の女性化」）を指摘することだ。[6] 研究から、ほとんどすべての社会で、性別による給与の格差やさまざまな福祉プログラムの失敗により、女性の貧困率は男性よりも高くなっていることがわかっている。さらに、サリット・サンボルやオーリー・ベンジャミンなどの研究者は、シングルマザーとその子どもは貧困に対してより脆弱(ぜいじゃく)であるため、ひとり親の不利益は男性よりも女性のほうが大きい可能性を示している。[7]

このような研究は、母の幸福の状態を文書化するだけでなく、母の困難を軽減するために緊急かつ必要な変更を求める動きにもなる。それはたとえば、家族の世話についての性別の役割分担や、男性が父であることに社会的に順応する方法を変化させて、親子関係が母子の二者構造にならないようにすることであり、税制上の優遇措置や手頃な価格の住宅、託児所の助成を通じた制度的支援である。こういった調査が明らかにする別の側面は、多くの女性と母たちが家の外での有給労働と家の中での無給労働の間で直面する「役割の葛藤(かっとう)」である。この問題は、白人の中流階級の女性が家の外で有給の仕事に就きはじめた20世紀初頭から広く注目されるようになった。しかし以前から、低社会階級の女性、有色の女性、共産主義・社会主義コミュニティの女性は、母であることと家の外での有給の仕事の折り合いをつけざるを得なかった。エブリン・ナカノ・グレンはこう書いている。

南部のアフリカ系アメリカ人女性、南西部のメキシコ系アメリカ人女性、カリフォルニアとハワイの日系アメリカ人女性の労働史に関する私自身の研究から、こういった女性が安価な労働者として扱われていることが明らかになった。とりわけ、白人世帯の家事労働者や、施設でも低レベルのサービス提供者として働き、通常はそちらが母であることの価値よりも優先された。したがって、彼女たちはフルタイムの母になることを期待も許可もされておらず、守られた私的な隠れ家の幻想を抱くことさえ許されない状況だった。家族への経済的供給が期待されていたため、女性たちは「公的」労働と「私的」労働の間を絶えず行き来しなければならなかったのだ。[8]

現在、この問題がかつてよりも注目を集めており、一部の地方自治体や国の政府機関は家族に十分な育児と経済的支援を提供する方向に動いているにもかかわらず、多くの女性は依然として安心感を得られていない。それどころか、有給の仕事と母親業を掛け持ちし、その両方に完全に目配りしなければという大きなプレッシャーを感じている女性がますます増えている。彼女たちは、増大する責任と減少するリソースに直面しているのだ。

したがって、多様な社会集団の母たちは、家の外で働く必要があったり、働きたいと思ったりしつつも、「キャリアウーマン」と「スーパーマザー」の間の舵取りにおいて、有給の仕事と家での無給の仕事の両立に、しばしば相いれないスケジュールをやりくりし、すべてをやってのけようとして感情的な葛藤に直面する。[9] 不可能をやってのけるのは無理なので、多くの女性はパートタイムの仕事を選ぶか、経済的影響に耐えながら家に入るか、子どもを持つことをあきらめてしまうのだ。

困難な状況は、特定の国に限定されたものではない。欧州連合（EU）が実施した調査によると、2013年には、25歳から49歳までのすべての母の68％のみが有給の仕事をしており、子どもがいない女性の77％が有給の仕事をしていた。対照的に、父親の87％が雇用されており、家族のいない男性の78％も雇用されていた。ドイツでは、父親の93％が雇用されており、これはヨーロッパで最も高い数字である。ドイツではヨーロッパの平均よりも多くの母（73％）が有給の仕事をしていたが、そのほとんど

（66％）はパートタイムで働いていた。一方、ドイツで働く父親のうちパートタイムは6％だけであった。[10]

母が直面する困難についての数々の研究は、多くの女性にとって重要で意味のあるものだが、十分に活用されるにはほど遠い状態である。しかし、フェミニスト作家の一部は、これらの研究が、固定化された女性のアイデンティティの概念と、本物の母親としてのふるまいという一般的な概念を後押しする可能性を指摘している――それは、社会の負担から解放された場合にのみ女性に自然に訪れる母親像である。[11]たとえば、ナンシー・チョドロウとスーザン・コントラットは、次のように書いている。「男性の優位性、結婚の平等の欠如、不十分なリソースとサポートを理由に、フェミニストたちは、母たちが今ここで完璧(かんぺき)になれるという考えに疑念を抱いている。しかし、完璧な母という幻想は存続している。母についての現在の制限が取り除かれたとき、母はどうすれば善き母になれるかに自然に気づくことができるのだ[12]」

アメリカのフェミニスト作家で活動家のベル・フックスも、こう訴えている。「残念ながら、最近のポジティブなフェミニストの母性への焦点は、性差別的なステレオタイプに大きく依存している。母であることは、19世紀の男性と女性が『家庭のカルト』の美徳を賞賛したように、一部のフェミニスト活動家によってロマンチックに扱われている。〔……〕女性が本質的に生命を肯定する養育者であることを示すために、フェミニスト活動家は、性差別主義者が使うのと同じ用語を用いて、母であることをロマン化し、男性至上主義イデオロギーの中心的な信条を強化しているのだ」[13]

　このような作家たちが言及するのは、こうした意見があまりにも多いことだ。どんな女性も、母性を静かに受け止める一連の特性（たとえば養育の願望）を生まれながらに備えているため、社会がすべきことは、女性の生来の性向が不当な条件によって妨げられないようにすることだけである、と。つまり、単に女性の生活条件だけが、母に適応するための問題であるように捉えられているのである。アメリカの社会学者バーバラ・カッツ・ロスマンは、生活条件と母であることの満足度に明確な関連性を持たせる記述をしている。

　私にはそれ〔母としての役割〕を愛し、あらゆる意味で受け入れる余裕があります。中流階級のサービスと環境があるため、それが実行可能であり、愛おしく思えるのです。また、子どもたちの世話を共有する相手がいます。主には子どもたちの父親ですが、祖父母や友人、さらには「雇用された手を借りる」ことができ、週に数日、女性に午後に家に来てもらい、子どもの世話をしてもらっています。〔……〕良い立場にいる私のような女性は、費用を支払う余裕があり、母であることを存分に楽しむことができます。あまり良い立場にいない女性、つまり貧しかったり、非常に若かったり、教育を受けていなかったり、マイノリティであったり、もしくはそのすべての条件下にある女性は、母であることに非常に苦しんでいます。[14]

これを読んで、こんな疑問を持つ人がいるかもしれない。「家族や社会的支援がもっとあれば、生活に役立つ何らかの形の経済的インフラがあれば、後悔する母は違った気持ちになるだろうか？」。これに対する即時の答えは「はい」かもしれない。あるドイツのブロガーが書いているように、「理想的な世界では、子どもを持つことの負担は、両親がそのことを後悔するほど重くはない。負担を被る(こうむ)のは主に母である。〔……〕もしも両親、さらには村全体で子どもたちの世話ができれば、重荷ははるかに軽くなるだろう」[15]。

多くの母たちが、困難の全部または一部が、子育ての条件の悪さのせいだと感じているのは確かだ。しかし、私の研究に参加した母たちから受け取った回答は、実際には問題がはるかに複雑であることを示している。

母であることの満足度：条件だけが問題なのか？

「母であることを後悔するのは貧困のせいである」あるいは「余裕があれば母であることを楽しめる」という考えは、必ずしも正確とは言えない。私の研究に参加した女性は、それぞれ異なる条件下で子どもを育てている（子育てが終わった人も含まれる）。乳児の母、ティーンエージャーや成人の母、孫がいる女性。貧しい生活をしている人、経済的に豊かな人。子どもの世話の主な担い手も、父親よりも子育てに関与していない人もいた。子どもが父親と暮らしているため、子どもと週に数日しか会わない人もいた。子どもがすでに独立した成人で、別の町や海外に住んでいるケースもあった。このように、場所や条件や状況が異なるにもかかわらず、全員が、母になったことの後悔を表明しているのだ。

このように、たとえ母である苦しみを和らげる条件があったとしても、母であることに伴う困難な状態や、女性がどんな母であるべきかを決定する厳格な社会的指示が、母であることの苦しみや不満を完全に説明できるわけではない。フェミニスト学者のアンドレア・オライリーはこう指摘する。「家父長制的母性が母たちを抑圧していると確信しているが、私が時々書いているように、母の抑圧の原因を、母性の制度／イデオロギーに限定できるとは思わない。母の愛と労働は、家父長制的母性の内や外、またはそれに反発して行われるとしても、抑圧的とは言えないまでも、困難である。権限を与えられた母は、家父長制的母性の逆境の多く／ほとんどを改善する可能性がある。ただし、それらすべてを排除することはできない」[16]

　確かに、研究に参加した複数の母が、子育てを困難にする条件について言及した。彼女たちによると、最重要な条件は、母であることと家の外での有給の仕事とのせめぎ合い、財政基盤の欠如、配偶者を含む支援システムの欠如であった。

サニー　4人の子どもの母。2人は5～9歳、2人は10～14歳

出産して最初のひと月は、実家の母親が来てくれたり、里帰りしたりして、家族のサポートを受けている友人もいるのです。この差は大きいです。〔……〕事実として、私は何の助けも得られませんでした。子どもたちは特別な支援が必要であり、夫はある複雑な問題を抱えていました。それを理由に離婚して、その後は〔……〕ほとんどの負担を私が引き受けました。もし

も条件が違っていれば、私はずいぶん違ったはずです。こういう状況で、自分にすべてがのしかかっていたので、自分に問いかけました――ひどいわ、どうして？　なぜ私がこんな目に？と。〔……〕私の状況での子育ては最悪です。もしも協力的な家族がいて、普通の夫がいて、お金があれば――ものすごく違ったことでしょう。そういうことです。大違いですよ。家族が崩壊しているせいで。〔……〕シングルで、子どもを産む決意をして、家族に子育てを手伝ってもらう女性がいますよね。ひとりぼっちで育てるなんて、想像できません。崖から飛び降りるようなものですよ。

ブレンダ　20～24歳の3人の子どもの母

あの子たちが6歳の頃には、私はすでにひとりで子どもを育てていました。人生が生き地獄になったのは、ほとんどにおいて、自分が唯一の稼ぎ手だったからです。ひとりで子どもを育てるというだけで、私は貧困に陥り、これが間違いなく自分が死ぬ日まで続くのです。〔……〕子育てをしながら、一日に複数の仕事をかけ持ちしていました。〔家に〕帰ると、夜の11時まで、片付けと料理と掃除。子どもたちが寝てくれて初めて、自分にコーヒーを入れることができるのです。子どもたちとの時間を〔一緒に〕楽しむ余裕さえありませんでした。手伝ってもらうための金銭的余裕もありませんでした。

⚘

サニーとブレンダは、どちらも夫婦として子どもを持ったが、現在はシングルマザーで、家族の唯一の稼ぎ手である。たとえ父親が存在していたとしても、子どもが成長してからも、子どもと主要な関わりを維持している。

ただし重要なのは、これらの条件下で子どもを育てるすべての母が、母であることを後悔したり、抑圧的だと捉えたりするわけではないことだ。研究によると、独身、低所得、クィア、有色の女性は、権力構造の多様化に直面して、母であることに強みを見出す場合が多い——彼女たちの闘いの原因は、母であることではなく、貧困や人種差別、同性愛嫌悪（ホモフォビア）や性差別なのだ。[17]　イスラエルのソーシャルワーカーで研究者のミハイル・クラマー＝ネヴォが指摘するのは、多面的な疎外に直面している女性の生活には、母であることが重要だということだ。[18] 彼女の研究に参加した貧困の中で生きる女性たちは、次のように主張している。

〔私の子どもたちが〕私が生きる唯一の理由です〔短い沈黙〕。それが私に力を与え、外に出て働き、子どもの世話をする動機になっています。少なくとも私には、世話をする相手がいます――世話をしてもらうのではなく。誰かの世話をすることが、私には必要なのです。[19]

ひとりで子育てを行うことは、貧困の中で暮らす一部の母親やシングルマザーにとって力と慰めの源であるかもしれないが、私の研究に参加した女性たちは、異なる感情について説明している。それは、2つの戦場で戦っている感覚である。彼女たちにとって、母であること自体が痛みと苦しみの源であるため、貧困や経済的困難に対処する手段としては、役に立たない。母であることは力の源ではなく、消耗を増大させるだけのものなのだ。

有給と無給の作業の両立については、私の研究に参加した多くの母が、仕事をしていることが母であることを困難にする要因だと認めている。選べるのであれば、自分の時間とリソースを、母であることよりも仕事や他のことに捧(ささ)げたいと思う人もいた。この点で、母であることを邪魔に感じていると強い口調で話した人もいた。

スージー　15〜19歳の2人の子どもの母

自分の仕事が大好きです。娘たちの次に、2番目に好きです。ということは、娘たちがいなければ、一番好きなので、これまで娘たちに捧げてきた分を仕事に注入することができたら、間違いなくはるかに大きな満足を感じていたことでしょう。はるかに大きな。〔……〕充実感があります。仕事は私を満たしてくれるし、おもしろいんです。80歳になるまで働きたいです。

貧困などの過酷な状況や、有給の仕事と自宅での「セカンドシフト」の両立などの困難な状況に加えて、多くの母は、別の、おそらくもっと微妙な問題に苦しめられている。それは、新自由主義と資本主義の「完璧であれ」という精神だ。このモデルによると、「正常な母性」が起こり得る「正常な状況」があり、常にそれらを達成するために努力する必要がある。この認識は、2章で示したように、「要求の多い母」の概念につながっているが、それだけではなく、一般的な現代の「正常性」の認識にもつながっており、それが、さまざまな社会集団に属する母にとって、共通の分母になっている可能性がある。

正常、異常、逸脱という考えは、新たに確立された統計学の一部として19世紀半ばにヨーロッパに入った。そして、これが他の人と比較されるべき「平均的な」人という概念につながった。それ以前に使われていたのは別の基準であり、それは「理想」という基準であった。理想は、人間のグロテスクな体とは対照的に、神聖な神の体を表すものであり、理想的な体は、人間には触知できない到達不可能なものと認識されていた。「平均」が正しさを表すものに転換すると、平均は逆説的に達成可能な理想となった。いわば、理想が標準なのである。この変化の結果として、人間は「理想的な平均」の一部になることが可能であり、**そうしなければならない**という仮定が生まれたのだ。[20]

かつては到達できなかった理想が、現在では達成可能と見なされているわけだ。この変化が示すのは、「正常な条件」下での「正常な母性」の理想に関して、女性は完璧を目指す競争の中で一瞬たりとも休むことができないということだ。なのに、「理想的で正常な」母性は、女性がどれだけ達成しようと努力しても、どれだけ権利を与えられていても、そもそも手の届く範囲にあるとは限らないのである。

控えめに言っても、不完全な世界において、子どもを持つことはひとつの賭けである。それは、未知の気質とニーズを持つ新しい人間の創造なのだ。次に紹介するカーメルは、インタビュー中に、何度も同じ疑問に立ち戻った。それは、母であることの苦しみが、深刻な社会的困難に直面する敏感な息子を育てるという責任の重さに関連しているのではないかということだ。

カーメル　15〜19歳の1人の子どもの母

シングルマザーとして「3つの口」に食べさせています——息子のイド、彼のガールフレンド、そして自分です。加えて、馬のようなサイズの犬が1匹います。私が唯一の稼ぎ手で、扶養料やその他の収入源を持っていません。そしてアパートメントを借りています。社会経済的状況は素晴らしくありませんが、たくさん働いているので、やりくりができています。頑張っているんです。

――最初にお話しくださいましたね。お子さんのイドは……。

彼は敏感です。でも、そこがポイントではありません。私は、関連があるのかよくわからないのです。正直に言うと――社交面や性格、行動、運動能力などについて、特別な支援が必要な子どもや、問題を抱える子どもを育てるほうが、標準的な子どもを育てるのに比べて難しいです。イドは標準的な子どもではありません。普通の子ではないんです。つまり、通常の学校システムに適応することができない――幼稚園でさえそうでした。深刻な社会性の困難を抱えていたのです。17歳になって、好転しました。彼はとても頭のいい子です。そういう子どもにありがちなように、非常に繊細なのです。彼のような子を育てるのは、対応能力があって悩まない子どもを育てるよりも大変です。〔……〕いいですか、もしも彼が太りすぎではなく、あらゆる問題を抱えていなければ――彼には深刻な問題がありますが――もちろんもっと難しい問題を抱えたお子さんもいますけれど、でも、彼は常に問題を抱えていました――もしそうだとしたら、もっと楽だったかもしれないし、もっと違っていたかもしれません。わかりません。何とも言えません。難しいです。

女性が母になりたいと思った瞬間と、実際に母になったとき、そして子育てをしている年月の間に、生活環境が変化する可能性があることを考えると、女性は、「期待した現実」と「実際の現実」とのギャップに直面するかもしれない。[21]配偶者の死、破産、病気、事故といった出来事に直面すると、予期しない新たな世界に入ることになり、そのことが、母であることの意味を変える可能性があるのだ。また、夫婦関係を持ちながら妊娠した後に、別居や離婚を経て、ひとりで子育てをする女性もいる。例として、母になったことを後悔しているスウェーデンの女性の言葉を紹介する。

このタブーであるトピックについて、妊娠してからずっと考えてきました。短い期間恋に落ちた男性との間に、すぐに子どもができてしまったのです。2週間ほどのうちに、彼とは暮らせないと気づきました。流産を望み、堕胎はしないと決めたものの、同時に、子育てを通じてこの男性と生涯関わりを持つことになると気づいて、嫌な気持ちになりました。また、親の責任の大部分を負わなければならないので、縛られる〔自由を失う〕のではないかと心配になりました。〔……〕妊娠して未来の父親と別れたとき、ある意味、自分の人生は終わったと感じました。[22]

パートナーと一緒に暮らす女性であっても、母になることへの期待と現実の矛盾を見出すこともある。ロマンチックな恋人から親へと移行することで、子どもが生まれる前には考慮されなかった個人の性格や、性別による世話の役割分担が明らかになる場合があるからだ。

エリカ　4人の子どもの母。2人は30〜34歳、2人は35〜39歳。祖母

いつも人から「あなた、仕事をしてるの？」と訊かれますが、私は「いいえ！　一日中ピアノを弾いています」と答えます。もちろん働いています

よ！　私の職場は家です。私は家の中で犬のように労働してきました。〔……〕夫が手伝ってくれていたら、全然違ったことでしょう。

サニー　4人の子どもの母。2人は5～9歳、2人は10～14歳

激しい嫌悪を感じ始めたのは、3人目を産む前でした。その頃気づいたんです。すべての負担は私の肩にかかっているのに、夫は逃げるためにあらゆる手をつくし、自分の分担を〔行うのを〕逃れようとしました。私はこうつぶやきました。「ひどいわ、どうして私がこんな目に？」。〔……〕要するに、私たち〔女性〕は結局孤独なんです。外で働き、家の中でも働いて、どこにいてもスーパーウーマンであることを期待される。完璧であることを――一方で、男は誰にも批判されない。筋が通らない、おかしな話です。〔……〕私はいつも言うんですけれど、現代の生活は、女性に不利益なんです。それは、男性がパートナーになってくれないからです。無理なんです。「手伝う」ときも〔「手伝う」を皮肉な口調で言う〕――そんな手伝いなら、必要ありま

せんよ。申し訳ないですけれど、完全に関わるか、まったく関わらないかのどちらかです。もしもパートナーの男性が、全身全霊でコミットしないのなら――〔母親になるのは〕やめなさい。どんな状況であっても。

ここまで母であることを困難にする条件について見てきたが、私の研究に参加した母の一部にとっては、そういった問題を解決しても、必ずしも後悔がなくならないことに注目したい。母であること自体に耐えられないのだ。母であることを完全に異質な存在だと表現する人もいる。

スカイ　3人の子どもの母。2人は15～19歳、1人は20～24歳

その感情は、辛(つら)いものです。役割を演じられない、楽しみながら務めを果たせないという感情。「なぜ私が苦しまなければならないの？　楽しむこともできるはずなのに」と思います。でも、楽しんでいる自分を想像すること

すらできません。母であることを楽しみ、子どもとの時間を楽しむという考えが理解できないのです。そのための忍耐強さもありません。

ティルザ　2人の子どもの母。1人は30〜34歳、もう1人は35〜39歳。祖母

〔……〕基本的に、私は母になりたくなかったんです。違和感がありました。「ママ」と子どもに呼ばれることでさえ。今でもそうです。誰のこと？どこのお母さんが呼ばれているの？と、きょろきょろしてしまいます。自分を関連づけることができないんです。その考えや、立場や、意味合い、責任感とコミットメントに。つながりが感じられない。それが主な理由です。

「女性にとって母であること自体が耐え難い」という考えは、ありえないと認識されがちだ。なぜなら、それこそが女性の「存在理由」とされるからだ。そのため、母の

後悔に対する一般的な反応として、生活の困難、特に子育てと有給の仕事のはざまで苦しんでいるのが理由だと想定するのである。この仮定から、さらに解釈を広げると、女性には子育てと家の外での有給の仕事の2択しかないということになる。母になりたいか、キャリアウーマンになりたいかのどちらかなのだ。

しかし、私の以前の研究で、母になりたくない（母ではない）女性について学んだのは、多くの女性が「キャリア」に、母になることと同様に違和感を持っていることだった。その多くは、子ども時代や10代の頃から、母になりたくないと感じていた――つまり、母であることが仕事やキャリアに与える影響を考える前から、そのような感情を持っていたのである。また、生計を立てる必要がありながら、キャリアウーマンの願望を感じないと話す女性もいた。さらに、母になりたがらないことで、キャリアウーマンになるためのレースからも**解放された**とも語っていたのだ。例を挙げると、イスラエルのオンラインフォーラム「子どもを望まない女性たち」で、複数の書き手がこのように報告している。

私は働きたい（一日中家に座っていたくない）し、（生計のために）仕事が必要ですが、キャリアに心ひかれていません。勤務時間の外で活動を続けることが大切で、もしも趣味を仕事に変えたとしても、きっと別の趣味を探して余暇に〔追求〕したいと思うでしょう。

いらだたしく感じるのは、親にならない人生の中心にあるのは、要求の厳しいキャリアや抑制されない快楽主義であると、誰もが推測することです。このフォーラムを読めば、そういった認識が正しくないのは明らかです。ここでの主要なトピックは、たとえば、音楽や哲学やボランティア活動なのです。

「キャリア」と「子ども」のジレンマについては、しょっちゅう話題になりますが、どちらも欲しくない人だって、いるのです。〔……〕好きなことを続けるために、働いて稼ぎたいけれど、「キャリア」や進歩を望まない人もいます。個人的には、私は興味がありません。[23]

同様の報告は、親になりたくないカナダの男女に関する研究でも見られた。「キャリア志向で子どもがいないカップルの献身と熱意とは対照的に、回答者の一部は、自由にキャリアを追求できるからではなく、そうしない自由が得られる（！）という理由で、子どもがいないことに満足していた[24]」

女性の選択肢は母になるかキャリアを持つかの2つしかないと考えることで、母になりたくない理由はキャリアの追求以外にないと仮定することは、女性のアイデンティティの多様性を消し去ってしまう――「完璧な女性であること（つまり母であること）」または「男性のようになりたいこと（つまりキャリアに焦点を合わせること）」以外のアイデンティティがなくなるのだ。女性というものは、出産して子育てをしたいか、「公共圏」を征服したいと思っているかのどちらかだという仮定は、女性の実際の欲求を窒息させてしまう――母になることもキャリアも望まない女性の欲求と、自分自身やキャリア（資本主義社会において、唯一の本当の成果と見られる）を「あきらめた」女性として認識されることなく家庭に入って子どもを育てたい（し、それが可能な）母の欲求の両方を。家父長制は女性を母の世界へと誘導し、資本主義は私たちを自由市場の精神のもとで絶えず進歩させようとする。ここでふたたび、二分法が作成される。女性が自分のことを考える余地がなくなり、他人から、人生の意義を自力で判断して決断する能力を持つ人間だと見なされる余地もなくなってしまうのだ。

キャリアと母になることとの問題に加えて、母にならない女性は、母を抑圧する条件を考慮してそう決断すると言われることが多い。この認識の一例は、ジャーナリストで作家のアナリー・ニューイッツによる、子殺しの物語に大衆が「引きつけられる」という記述にも見られる。[25] ニューイッツは、これらの事件の魅力は、子殺しが興味深いだけではなく、女性を息苦しくさせる母についての伝統的な認識を「殺す」という点にあると主張している。ニューイッツは母ではないが、社会的現実が違っていれば子どもを産み育てたかったと述べている。

もしも私が、社会全体で子どもを育てる地域に住んでいたら、愛情深い親が1人や2人ではなく、もっと多い環境であれば、育児は名誉であり、喜びだと考えたであろう。育児が労働の一形態として扱われ、仕事の後の「質の高い時間」を伴う「趣味」と扱われないのであれば、子育てはもっと魅力的だと思っただろう。しかし私が知る限り、子育ては容認できない重荷であり、多くの場合、女性に家事の一環として押し付けられる。女性はそれを「当たり前に」愛することを期待され、それによって女性が重要な社会的尊敬や報酬を受け取ることはめったにない。あらゆる性的指向の男性と女性が、子どもを敬意を持って共同で育てるのなら、私は「ライオット・ガール」（1990年代初頭にアメリカのパンク・シーンに登場したフェミニストたちの運動。音楽を通じてフェミニズムの主張や政治批判などを行なった）の怒りを捨て、犯罪ノンフィクションの本を捨てて、男性がおむつを交換するのを手伝うだろう。それまでは、母になりたくない。[26]

ニューイッツの言葉は、特定の条件下では母になりたくないが、別の条件なら母になりたいと思う多くの女性の見解を表している。しかし、母になりたくないのは自分が住む環境が原因だと考えない女性もいる。私の以前の研究では、参加した女性のほとんどは、たとえ自分が地球上で最も裕福な女性であり、育てるのに必要な助けをじゅうぶんに持っていたとしても、子どもを持つことを望まなかった。**とにかく母になりたくない**からである。

同様の結果は、私が2012年にオンラインフォーラム「子どもを望まない女性たち」の参加者へ投げかけた質問の回答にも見られた。母になることを検討してもよい条件（たとえば、ニューイッツの記述にあるような「村全体で子育てをする」環境）があるのかとたずねたところ、参加者の大半は、母になりたい条件はないと答えた。言いかえれば、条件にかかわらず、**非母**（ノンマザー）**でいることを望む**のだ。この感情は、フォーラムの参加者による次の文章に表現されている。

心の奥底の、自分の本音が息づく場所では、何かを望まないときは、明白な理由がなくても、〔支援が〕村であろうと大陸全体であろうと関係ありません。言葉さえ必要とせず、定義や説明がいらないほどの鋭く強い抵抗がある場合、どんなことも関係ありません。ノーはノーなのです。

子どもを持つことへの抵抗の根底にあるのは、子どもの世話をするのが難しいということではありません。明白な抵抗、それだけなのです。他の誰かが子どもを産んだり、妊娠や出産が楽しくて簡単だったりすれば違ったのでは、とも考えましたが、私はそれでも子どもは欲しくないと思っています。たとえ、他の人が子育てを助けてくれたり自分の代わりに子どもを育ててくれたりする世界に住んでいたとしても、子どもが欲しくないという事実は変わりません。単に子どもを持ちたいという衝動や欲求を感じないのです。[27]

⸙

母になりたくないという確固たる認識については、ドイツのジャーナリストで作家のサラ・ディールも述べている。サラ・ディールは、母にならない理由は多面的で主観的であり、場合によっては困難な状況の結果かもしれないが、母になるという最初の意志がないためになりたくない人もいると指摘している。[28] また、アメリカのフェミニスト哲学者ダイアナ・ティージェンス・マイヤーズが、母になる動機における女性の自律性の境界についての分析で述べているように、「〔……〕忘れてはならないのは、一部の女性は、どんな状況においても子どもを産んだり育児に参加したりしたくないこと」[29]なのだ。

母でいたくない母と母になりたくない女性の両方から述べられた意見は、母になる欲求とそれによって新たな状況に置かれることへの適応は、母にとって良い条件を作り出す多様な支援システムに依存しているという一般的な仮定を再考させてくれる。そこには、母になることを望む・望まないについての女性の多様な説明という肝心な点が抜けているのだ。ポイントは多様性である。貧困、人種差別、同性愛嫌悪（ホモフォビア）とトランスフォビア、孤独、厳格な社会的ルール、競争力から解放され、子どもを育てる適切な支援と条件が提供されれば、女性の生活は確かに改善されるだろう。しかし、そのような状況に安心して子どもを産もうと励まされる女性がいる一方で、それとは無関係に、現在母であっても、そうでなくても、根本的に母になりたくない女性も存在するのである。

客体（オブジェクト）から主体（サブジェクト）へ：人間としての母、関係性としての母性

アメリカの社会学者アーリー・ラッセル・ホックシールドによると、過去数十年の間に、職場は家族のようになり、家族は職場のようになった[30]——特に効率のバランスを作り出すことに関しては。そしてこのことが、社会学者のエヴァ・イルーズが「感情資本主義」と呼ぶものを作り出した。つまり、職場において、以前は主に家族や個人的な関係に見られた感情的な対話が用いられるようになったのに対し、親密な関係性が、商品のように定量化・測定できるものになったのである[31]。「良い」母には、資本主義の競争的で個人主義的で人間味に欠ける関係性のロジックを拒否することが期待される（その代わりに寛大で、無私無欲で、思いやりを持つべきとされる）ため[32]、後悔する母は、一見、資本主義と親密な関係性の融合の明確な証拠のように見えるかもしれない。つまり、コストと利益を冷淡に計算した結果なのだと。この考えに従えば、後悔する母は、「公共圏」にのみ存在する超合理性を求めて、非母（ノンマザー）に戻りたがる冷血な女性として認識されるのだ。

しかし前述のように、母たちは、おそらく古代から、自分の状況の感情的・実践的

な評価を行ってきている。ただし評価の性質と結果は、社会的・歴史的文脈によって変化している。たとえば一部の学者が指摘するのは、12世紀に支配的だった宗教的教えの下では、信心深い女性の英雄や殉教者さえも尊敬されていたということだ。一部の母は、家族と宗教の価値の間で揺れ動くニーズと欲求を検討し、場合によっては、修道院での禁欲生活を求めて家庭や子どもと離れる選択を取った。

社会史家はまた、中世には、子どもを産み育てるという考えに対してアンビバレンスがあったことを明らかにしている。宗教的理由、政治的理由（王朝間の相続問題のため）、経済的理由（多くの労働者の必要性のため）により、子どもを持つことを称賛する文書に並んで、この時代の宗教的・世俗的な文献には、家族が個性の妨げになるだけではなく、宗教的献身や知識の習得や哲学の研究を妨げるという記述も含まれている。子どもが、時にはユーモアを交えて「上からの罰」と呼ばれ、面倒や悩みの種、経済的負担、悲しみの原因とされることもあった。[33]

そのような記述は、道徳的な民話にも見られる。「王は賢者に、自分の子どもを愛すべきかと尋ねた。賢者は答えた。最初に神を愛し、次に自分自身を、その次に子どもを愛すべきだと。賢者は続けてこう言った。自分自身よりも、子ども、つまり『自身の肉と血』を愛する者は、子どもの摂理と進歩にすべての活力と運を投資し、自身の魂の贖(あがな)いをおろそかにするのだ［……］[34]」

12世紀の僧侶(そうりょ)ピエール・アベラールが最愛のエロイーズに宛(あ)てた手紙にも、同様の内容が書かれている。「調和があるだろうか？　生徒と子守女、机とゆりかご、本やテーブルと糸巻き棒、ペンまたはスタイラス（棒状の筆記具）と紡錘(ぼうすい)に。誰が聖書や哲学の考えに集中しながら、泣いている赤子、子守唄(こもりうた)でなだめる乳母、家のまわりで騒々しく出入りする男女に耐えられるのか？　ほとんどの小さな子どもたちが家に持ち込む絶え間ない混乱と喧嘩(けんか)に我慢できるだろうか？[35]」

母になり子育てをすることのメリットとデメリットを（無意識または意識的に）天秤(てんびん)にかけることは、非常に一般的だ。母になるのは価値があることだと賞賛し、母になることで利益を得られると示唆(しさ)する人は、功利主義的な論理に頼って、女性に母になるように説得する。ただし、この功利主義のレトリックは、「自然の流れ」を装(よそお)っていることが非常に多い。たとえば、私が母になった後悔について書いた新聞のコラムに対して、次のような反応があった。[36]

> 個人的な洞察ですが……子どもはうるさくてうっとうしいし、給料のほとんどを取られるし、最初の数年はほとんど眠れません。もはや自分のための時間はな

く、外出もできません。〔……〕職場で一緒にあくびをするとき、独身の同僚をうらやましく思います。独身なら帰宅したらベッドに直行できるのに、私は「セカンドシフト」が始まるのです。子どもがいることのデメリットを挙げればきりがありません！　でも――子どもたちを愛しています。子どもとのキスやハグ、体を使った愛情表現、元気な笑い声、互いへの無限の愛に夢中です！　育てるのはものすごく大変です（私は少し自己中心的なのかもしれません）――でも、そのことと、子どもを持つ後悔とは、とてつもなく違います！

⚘

言い換えれば、スケールの目盛りが母としての感情ルールに違反する方向に傾いた場合にのみ、計算や評価が「超合理的」または「非情」だとして、晒され、非難される――後悔について言えば、デメリットとメリットを考えたときに、後者が足りないのである。

主にこの理由によって、インタビューの中に、母であることのメリットとデメリットの議論を含めたかったということは、3章で述べた通りだ。しかし、ほとんどの場合、インタビュー中にそのような議論を提起したのは母自身であった。後悔が自分にとって何を意味するのかを明らかにするためである。

エリカ　4人の子どもの母。2人は30～34歳、2人は35～39歳。祖母

子どものために自分の人生をあきらめました。そしてふり返って――いいえ、今〔だけ〕ではなく、当時から――思うのは、母になることで奪われたものは取り戻せないということです。子どもと過ごす時間は楽しいですが、一緒にいる時が最高に幸せだというのは、嘘（うそ）と欺瞞（ぎまん）です。嘘と欺瞞。〔……〕子どもを持つ理由なんて存在しません。一般的に言えば？　苦しみが深すぎて、困難が大きすぎて、痛みが強すぎて、私が年を取ったときに母であることを楽しむ〔可能性を正当化する〕ことができません。それだけです。

このような証言は、家族と母であることの「私領域」には、利益と損失のバランスを取る算段がないという幻想を破壊する。しかし、母である経験にそのような算段を

含めることは、母をひとりの人間として認識することにつながるだろう。つまり母を、思考し、感じ、吟味し、想像し、評価し、決定する主体と捉えるのである。

母を主体として認めることは、母を**役割**として規定している社会では当たり前ではない。役割としての母とは、子ども劇の中で演じられるような母だ。この社会的台本（スクリプト）によれば、母は主体（サブジェクト）ではなく客体（オブジェクト）であり、他者の生活に奉仕するために存在する独立変数なのだ。

このことを念頭に置いて、アメリカの活動家ジュディス・シュタットマン・タッカーが区別する**役割としての母性**と**関係としての母性**に目を向けてもいいだろう。タッカーによれば、母性を役割や義務や職業ではなく、「関係」として捉え、話すことで、さまざまな母のシナリオが作成でき、筋書きのなかにもっと複雑で多様な女性の人生を織り込むことができるのだ。母であることが「役割」と認識されている限り、利用できる唯一のシナリオは「完璧な母」であり、そこを目指すしかない——それは実際には「理想的な従業員」と言える。なぜなら、役割は成果主義の仕事を中心に考えられており、成長した子どもが「製品」であるからだ。

母であることを**個々の**主体（動的で頻繁に変化する）間の関係として認識すれば、すべての母が子どもや母としての自分について同一の感情を持っているという期待を捨てることができる。そうすることで、母であることを、人間の経験や人間関係のスペクトルの一部として――母が自らの母性に左右されずにわが子の人生に影響を与える一方的な絆ではなく――理解できるかもしれない。この見方によって、深い愛情から深いアンビバレンスまで、母であることに関する人間の感情のスペクトルを調べることができるだろう。[37] そして、後悔についても。

自分の人生にとって何が価値があって大切か。それを計算し、選択肢を比較検討することが主体であることだと気づけば、母は母親であることについて選択肢を検討せず評価をしないという社会的期待の意味するところが理解できる。言い換えれば、後悔を恐ろしい合理性と見なす社会的反応は、母が自身の見解や経験、そして親密な関係との結びつきを維持する権利を剝奪されていることを示している。彼女たちは、母としての現状や人生を評価するために、1分たりとも立ち止まることができない。なぜなら、母が他者のために存在する客体であることに依存する社会にとって、彼女たちがそこに留まらないことは、あまりにも恐ろしいことだからである。

この種の期待と剝奪は女性にとって危険である。なぜなら、生活の中で費用便益の計算を行わなければ、社会的文脈から切り離されてしまうからだ。加えて母は、自分で考えたり感じたりすること（それには母としての思いや感情について評価することも含まれる）が許されていない場合、家族や家から疎外される可能性がある。したがって、母になって後悔することは、家族に関して感情の論理を省くという社会的命令を再考する機会のひとつなのだ。そのような要請は、女性に主体を放棄せよと要求することであり、最終的には不可能である。なぜなら、感情の論理を持つのは、主体であり人間として生きていることの証拠だからである。

エピローグ

母になった後悔についての個人的・社会的意味を探求する旅に出たとき、自分が到達する場所を想像もしていなかった。私の研究に参加した母たちは、子育てと母であることについての理解を深めるだろうと予想していたが、彼女たちの言葉によって、私自身が、さまざまな分野の核心へと導かれるとは思っていなかった。感情を時間軸に沿って進行するものとして扱う。過去をアクセスできないものとして扱う。選択的に忘れることを奨励される。私は、感情のルールと記憶のルールが、女性を母へと導くための強力な社会的メカニズムであると理解するようになった。それはまた、女性が振り返って怒りを感じたり、後悔したりすることを防いでいるのである。

母は後悔の影響を受けないと見なすなら――後悔は私たちが行うあらゆる種類の人間関係や決定に伴う可能性があるにもかかわらず――感情のルールや文化的に受け入れられる時間の概念が、社会秩序を維持するために用いられていることを考慮していないということだ。この社会秩序は、すでに社会で権力を持っている人々にとって最も有益であり、その他大勢を犠牲にする。母になって後悔する女性がいることを信じない人や、そういった女性に怒りを感じる人が本当に言いたいのは、女性が振り返って母へと移行したことにそれほどの価値がなかったと評価することは、社会にとって**危険**だということなのだ。これは驚くべきことではない。なぜなら、一般的に女性、特に母は、さまざまな状況下で、自分自身を脇(わき)に置き、忘れることを何度もくり返し求められているからだ。女性が過去を思い出すことが、とんでもないと見なされる理由について、再考する必要があるのかもしれない。女性は、忘れるように求められてはいないだろうか――自分の知識や思考や感情から離れなさいと――そうすることで、社会が不正を生み出し続けると同時に、すべてが順調だと偽っている可能性はないだろうか?

母になって後悔することへの不信と怒りが、社会が出産と子育てに課す神聖な役割に根ざしているのは確かである。これはつまり、母であることは、困難で手ごたえがあるものの、すべての女性に起こり得る最も素晴らしいことであるという信念である。しかし、その根幹は、進歩の精神を崇拝する新自由主義の資本主義社会にもたどることができる。それは、全員が自己改善と成長に向けて努力するように促す社会である。この精神のもと、社会は、時間の経過こそが、最終的・必然的に女性が安心して母になるように導くであろうと説いている——そして、もしもそうでない場合、この総体的なハッピーエンドの希望的観測と一致しないことで罰せられるべきは**女性**なのである。

母になって後悔する女性への怒りのもうひとつの原因は、後悔と結びつけられやすいジェンダーの考え方にある。ジャネット・ランドマンはこう書いている。「社会の一員として、後悔の肖像画を作成するように頼まれたら、私はひとりの女性を想像する（申し訳ないが、必然的に女性になる）。乱れ髪の女性が、過去という死んだ腕に力なく身を沈めている姿を」[1]。後悔とは、燃えるような感情（危険なほど感傷的／感情の制御不能）、または計算された思考（超理性的／思いやりがない）の結果と考えられる。いずれにせよ、母は性別の固定観念に囚われている。感情を制御できない、行き過ぎた女性らしさの体現と見なされるか、女性らしい適切な思いやりと温かさを欠いた冷血な人物と見なされるかのどちらかなのだ。

しかし、怒りは、非常に単純でわかりやすい心配からも生じている。それは、母になった後悔を表明した母が、子どもを傷つけるのでは、という心配である。確かに、私がインタビューした何人かの女性は、この恐怖を口にしていた。子どもに自分の気持ちを知られているかもしれないと、大きな苦悩と深い懸念を表明していたのだ。

では、なぜ私たちは、母になった後悔について話し合うべきなのだろう？　いったい何の役に立つのだろう？

⚘

研究に参加した女性たちと話すうちに、後悔について話すことには深い意味があることが明らかになった。多くの女性にとって、インタビューは自身の経験を記録する方法であった。実際に会った1年後、2年後、3年後に、インタビューの原稿を送ってほしいと依頼を受けることもあった。発言を読み返して、人生の精神的・感情的なロードマップを作成したいとのことだった。原稿を読んだ後の感想から、記録を文字化することと、過去に立ち戻る能力が、女性たちに大きな価値があるのだとわかった。それに加えて、初めて会ってから何年にもわたって何人かの参加者とやり取りをするなかで、相当数の参加者が、この研究を、自分自身を表現したり、他人に自分の言葉を聞いてもらい、文章を公開し、読んでもらうためのプラットフォームを提供するものだと表現した――ついに、人々が耳を傾けてくれたのだと。

これについて、サニーは、インタビューの最後にこう述べている。

サニー　4人の子どもの母。2人は5～9歳、2人は10～14歳

私はそれについて話し、心を開くつもりだったので、感情的に準備ができていました。〔……〕〔普段なら〕即座に隠して前に進むのですが。日常の会話の中では話題にしません。親しい人たちに話すときは、深入りしないように気をつけます。なぜなら、傷つくからです――傷口を何度も何度もいじると、痛むのです。ケガと同じように。〔でも〕私は〔今〕お話しするのは問題ありません。あなたと会って話をすることを考えると、楽しい気分になります。なぜなら、完全にタブーであるトピックについて話せますし、好きなように自由に心を開いて話すことができるからです。セラピーにでも行くような気分です。他の人には、話すことが禁じられている恐ろしい内容かもしれませんが、ここでは自由に話すことができます。本当に楽しいです。もうひとつ思うのは、〔私の経験を分かち合うことが〕確実に人を救うことになることです――だからやりがいがあります。私は今日、非常にいい気分でここを去ることができます。他の女性を助けることができると同時に、私自身も手放すことができます。そう思うと、とてもいい気分です。

ティルザもまた、他の女性を助けるために後悔を分かち合うことが重要だと語っている。

ティルザ　2人の子どもの母。1人は30〜34歳、もう1人は35〜39歳。祖母

私たちは、〔もしも子どもがいなければ〕人生が不完全だと信じていました。社会の一員になることができないのだと。そんなふうに不妊で養子を望まない人を見ていたのです。無駄で冗長な人生だと。もちろん、気の毒だと思いますが、心の奥底で、うらやましいとも思います。自由があり、〔母である〕負担なしに自分らしく生きることができ、断念したり犠牲を払ったりせずにすむのですから。〔……〕このメッセージを、どのように、どの方法で伝えればよいかわかりません——文章にする、話す、テレビやラジオで発言する。教育する。聖牛について話す。すべての汚れを洗い流し、白昼にさらし、女性たちの目の前でキラキラと輝かせる——これらの秘密、この暗闇（くらやみ）、すべて

のタブーを。

❦

タブーの記述が私たち（研究者、参加者、読者）にどう影響するかという設問は、傷が癒えていない問題を批判的な社会学が扱おうとするとき、私たちが歩くロープが非常に細いことを示している。一方では、それらに直面することが、ひどい苦痛を与えるかもしれない。また一方で、それらを回避することは、実社会を理解して、そこで苦しむ人に変化を与えることを妨げるかもしれない。これを念頭に置くと、「なぜ母になった後悔について話すのか」という質問は、裏返して考える必要がある。「母になった後悔について黙らせたその結果は？」と。存在しないふりをしようとするとき、誰が代償を払うのか？

代償を払うのは単一のグループではないというのが、私の主張である。後悔について沈黙することは、母になりたくない女性（子どもがいる女性とそうでない女性の両方）を傷つける。母に**なりたい**女性（と、現在子どもを持つことを迷っている女性）も同様だ。そして子どもたちも。全員が、社会秩序の取り決めの担い手とされることに結果的に苦しんでしまう。取り決めは、私たちのために存在するとされているが、実際には私たちを抑圧する道具なのだ。

⚘

この本は道の始まりにすぎない。私は、ここから他の領域にまで枝葉を広げなければならないと信じている。たとえば私は、母になった後悔が「選択」という新自由主義の枠組みに囚われていることにまで、十分に関与できていない。女性は母になること（その他）を「選択」するように促されるが、女性が負うかもしれないその後の結果についてはすべておかまいなしだ。「あなたが**選んだ**ことだ！　対処しなさい！」と。

この「選択」の罠を詳しく調べると、「責任」という社会的論理の理解が深まるかもしれない。法律の領域では、後悔を表明することが、自分の行動に責任を負うことだと見なされるのに、子育てと母性に関しては、母の責任の**放棄**として認識されるのだ。そして法廷では、後悔は人の正気と道徳的立場の証拠と見なされるのに対して、母性の領域で後悔を表現することは、不道徳と正気の欠如の証拠と捉えられる。

私は、犯罪（**社会秩序を揺るがす**行為）に対する後悔を表明することが、母になったこと（**社会秩序を実現した**行為）への後悔を表明することと同じだと主張するのではない。それでも、ティルザの「修正することができないのです。はい、私は自分自身と子どもたちと社会を不当に扱ったと言うだけではすまないのです」という言葉は、後悔が、母になることを望まないことに続く道徳的**責任感**をどのようにコード化するかを一考させるかもしれない。ティルザの言葉は、責任が「私領域」を超えていることを示唆している。自身と子どもだけではなく、社会への影響を考慮しているからだ。したがって、後悔する母を利己的で不道徳だと扱うのではなく、詳しく調べることで、母にわが子だけに注目するよう求めること自体が、ある種の不道徳を助長する可能性があることがわかる。

〔……〕私たちの社会の恐ろしい利己主義が、慈善は家庭で始まるという感情を奨励し、「子どもたちへの義務です」や「家族が最優先」などの高貴なフレーズを与えることで、そのような慈善を確実に行わせる。家族は最終的には本物のスポンジのように、外の世界に届く可能性のある愛するがゆえの心配事を吸収する。〔……〕赤ちゃんや子ども、とりわけ自分自身によって、コミュニティの全体像が見えなくなる。自尊心が奪われ、成人男性・女性としての自身の価値を見失う可能性がある。[2]

⚘

私がこの問題に特別な関心を持っているのは、自身が母になりたくない女性であるためだ、と何度も批判されてきた。私を告発する人の目には、私の研究は、母になりたくない気持ちを正当化する試みと映っているのだ。母になることが女性にとって悪いという証拠を見つけ、後悔する母を指し示すことで、母になるのを避けるように他の女性を説得しているのだと。

実際のところ、私自身は、母になりたくないという気持ちを正当化する必要があるとか、解決すべき問題であるなどと感じたことは一度もない（ただし、社会は私に問題があると思い、正当化を求める。私自身は社会がそう考える傾向に問題を感じている）。私は母の後悔を称賛するつもりはない。同時に、心から母になりたいと望む女性を批判するつもりもない。各人のニーズ、憧れ、夢は異なるものだと信じているからだ。加えて、他の女性がどう生きるべきかを指図する権利があるとも思っていない。他人のためだと「わかっている」という傲慢さは、私たちの最善を当事者よりもよく知っていると考える家父長制と同類である。

私は女性として、娘として、3人の姪の叔母として、フェミニストとして、すべての女性の手の届くところに選択肢があり、それによって私たちが自身の体、生活、決定の所有者であることを保証されるべきだと信じている。誰の母でもないことが、今もなおこれほどまでに困難な道であり、ステレオタイプと制裁に悩まされる選択であるという事実は、選択肢が実質的に存在しないということだ。非母への道は、いまだに閉ざされたままなのだ。

排除され、取り残され、置いてけぼりにされがちな状況に立ち戻り、母の感情ルールによる禁止事項に耳を傾けることで、私たちは、いくつもの「感情の地図」と向き合う。それは、当然と思われがちな「一本道」よりもはるかに複雑な地図である。複数の車線や地図を描くことで明らかになる主張の数々は、後悔している母だけでなく、母になりたい女性とそうでない女性を含むすべての女性に関わるものである。なぜなら、それは私たちに、さまよい、向きを変え、一時停止し、長く留まることができる新しい道を作ることを可能にするからだ。

私たちは、こういった道を舗装する必要がある。しなければならないのだ。私たちは自分の体と生活の所有者である必要があり、自分の思考、感情、想像力の所有者であるべきなのだから。そうしなければ、改善はないのである。

謝辞

この本は、支えてくれた女性、男性、機関、そして私自身の存在がなければ実現しませんでした。

なによりもまず、私の研究に参加した女性たちに感謝を送ります。バリ、ブレンダ、カーメル、シャーロット、デブラ、ドリーン、エディス、エリカ、グレース、ヘレン、ジャッキー、ジャスミン、リズ、マヤ、ナオミ、ニーナ、オデリヤ、ローズ、スカイ、ソフィア、サニー、スージー、ティルザ。私たちの社会的風土にありながら、皆さんが信頼してくださったことは、当然と見なすことはできませんし、そうすべきではありません。この本はあなた方一人一人に捧げられています。

この本がアメリカの女性にとって価値があると確信したエリン・ウィーガンドに、深謝いたします。その重要性を主張し、私の意図を英語で明確に正確に表現する方法を見つけるために昼夜を問わず熱心に一緒に取り組んでくれたことに感謝。あなたの質問や提案によって、私自身の考えがさらに鮮明になりました。

この本のドイツ語版の編集者マーグレート・トレッペ＝プラートの存在なしには、

今はありません。言語、国、人間の心に橋をかけてくれたことに感謝します。これほど繊細かつ聡明でクリエイティブなチームワークを持てたのは、私にとって恵みであり、天にも地にも代えられないことです。

ブリッタ・エクテマイヤーをはじめ、クナウス・フェアラーク社で働くすべての女性に——私と一緒にこの道を歩いてくれて、ありがとうございます。私たち女性と母親との間の語られない言葉を沈黙させないために力を注いでくださったことに深く感謝します。

私の研究はドイツで議論されるべきだと思ってくれたエスター・ゲーベル、私の仕事に気づき、世界中の多くの女性に関係する問題に、そのような敬意を払ってくれたことに感謝します。

テルアビブ大学（イスラエル）の社会学・人類学部の博士課程の学生としての私の研究を監督してくれたハンナ・ヘルツォーク教授とハイム・ハザン教授に、彼らの寛大さと私への信頼に感謝します。ベングリオン大学（イスラエル）のジェンダー研究の研究者たちにも、私が進むことに決めた道に光を当ててくれたことに感謝します。

何年もの間、私のために、日常的に、そして週末と休日に忍耐してくれた、私の家族と私が選んだ家族に感謝します。あなたたちが、私への愛情と心配を胸に、執筆に没頭しては戻ってくる私を待っていてくれなければ、これほどまでに我を忘れて深く専念するのは、はるかに困難だったことでしょう。
そしてあなた、私の最愛の人に。私を抱きしめるあなたの存在に、何よりも深い感謝の気持ちを送ります。

私がこの本の英語版に取り組んでいる間に、祖母ノガ・ドーナトがこの世を去りました。祖母と私は、幾度となく会話をしました――祖母が、少女の頃から、母親になりたいという強い願望を持ち、それが持続し、時間と共にさらに深まっていったことについて。互いの感情的なスタンスが異なっていたにもかかわらず、それは、私が祖母の話を聞くことの妨げにはなりませんでした。祖母の、母であることへの誇りを理解すること、そして、母親になるという夢の実現の喜びに賛同することにも。逆に、祖母の感情的なスタンスが、私の態度に興味を持ったり、理解を深めるために質問したり、私の喜びの味方になったり、たとえ完全に理解できなくても私の進む道に祝福を与えたりすることを妨げることはありませんでした。

この本を、祖母と私の対話に捧げます。世代を超えて、異なる感情を持つ人と人とが対話をする精神に。

訳者あとがき――社会が女性に背負わせているものの重さについて

「誰の母でもない自分になれたら……！」
そう願っている人がいるとしたら。

自分の母が、ひそかにそう思っていたとしたら、どんな気持ちがするだろう。
わが子が、母になったことを後悔して、苦しんでいたとしたら？
自分の妻が、本当はそう思いながら、笑顔で暮らしていたとしたら？
親友が。憧(あこが)れの先輩が。同僚が。後輩が。
仲良しの子育て仲間が。
メディアで目にする著名人が。
それを知ったとき、どんな感情がわきあがってくるだろう。
怒り？　失望？　驚き？

あなたは何かを感じるはずだ。それは、激しい感情である可能性が高い。どんな人も、母のからだから生まれた存在であり、それぞれに固有の「母親のイメージ」を抱えて生きている。だからこそ、唯一(ゆいいつ)無二の大切な存在に対するイメージとの「ずれ」を生じさせることに、大きく感情を揺さぶられるのかもしれない。おそらく、あなた自身の立場や感情や存在そのものを守るために。

しかし、そのイメージは、本当に「正しい」のだろうか。その正しさは、どこから来たものなのだろう。別の誰かにとっても、正しいのだろうか。「母親のイメージ」に正解はあるのだろうか。ひいては、「女性の生き方」に。

本書『母親になって後悔してる（*Regretting Motherhood: A Study*）』は、母親になったことを心の底から後悔している女性たちを研究した報告書である。

著者オルナ・ドーナトは、「私は子どもを持たない」と決意したイスラエル人社会学者であり、すべての女性が母親になりたいはずだという社会的期待と、母になることを価値ある経験とする評価に疑問を呈すべく、学術的な活動を続けてきた。

そのドーナトが、母親になって後悔している23人の女性に長時間にわたるインタビューを行い、伝統的価値観や社会通念と照らし合わせて丁寧に検証しながら、彼女たちの肉声を届けたのが、本書である。

執筆にあたっては、本当の意味で後悔している人を選別するために、厳格な基準を設けている。「今の知識と経験を踏まえて、過去に戻ることができるとしたら、それでも母になりますか？」という質問に対して、「ノー」と答えた人だけを研究対象に選んでいるのだ。「一時期は後悔に似た気持ちはあったけれど、今は平気です」という人は含まれていない。つまり本書では、まさに現在進行形で苦しみのただなかにある女性たちの真実の告白を目にすることができる。

2016年に本書がドイツで刊行されると、西側諸国で注目を集め、#regrettingmotherhoodのハッシュタグで激しい議論が交わされた。ドイツのメディアからは「社会学者オルナ・ドーナトはタブーを破った」（リジー・カウフマン氏、ターゲス・シュピーゲル紙）、「ドーナトは、その研究と著書を通じて、これまで友人同士やセラピーの場でしか語られなかったことを公（おおやけ）にした」（クラウディア・フォークト氏、デア・シュピーゲル誌）といった声が上がった。

その後、ブラジル、中国、フランス、イタリア、韓国、ポーランド、ポルトガル、スペイン、台湾、トルコ、アメリカ（英語版）で版権が取得され、この度日本でも刊行される運びになった。

「母親になったことを後悔している女性を研究した本に、ご興味はありますか？」

私の手元にこの本を届けてくれたのは、まだお仕事で一度もご一緒したことがなかった男性編集者であった。その意外さが、とても嬉しかったのを覚えている。

本を翻訳する仕事を始めて22年以上が経ち、自分が訳してきた様々なジャンルの本を改めて振り返ったときに、見えてくる大きなテーマが「女性の生き方」であった。困難を乗り越えて頑張る女性、自分を美しく見せたい女性、仕事で成功したい女性、社会でしなやかに立ち回りたい女性、好きな服だけ着て自分らしく生きていきたい女性、母として育児に奮闘する女性。

それぞれの輝きを日本語の文章に訳しながら、つまずきの多い私自身が励まされ、成長させてもらってきた。今回、また新たな輝きに出会える幸運をいただけたと思った。

「ぜひ読ませてください」と即答し、一読してまず感じたのは、著者とインタビューを受けた女性たちとの間に生まれる化学反応の強さであった。それは読む人の心をひりつかせ、目を閉じたくなるほど激しいように感じた。もしもこれらの言葉を、親しい人が発していたら……と思う。学術論文であるにもかかわらず、心を揺さぶられた。女性として生きづらい人が感じているもやもやした気持ちや状況が、明確に言語化され、検証されていることに、爽快感（そうかいかん）があり、希望を感じた。

「社会から受け取るメッセージと実際に感じることには、とても大きな隔たりがあります」（33頁（ページ））
「母になることを通じて……目的のない現在からの脱出が保証される」（39頁）
「『正しい感情』を押し付けられている」（54頁）
「望んだわけではありません。関係のために払わなければならなかった代償でした」（69頁）
「お母さんであることに……この役割に耐えられないのです」（122頁）
「利用できる唯一のシナリオは『完璧（かんぺき）な母』」（348頁）

出口のない苦しみを抱えて生きている女性たちから、子を持たないと決めている著者によって引き出される、包み隠すところのない率直な気持ち。それを支える著者のシスターフッド的な優しさと、社会学者として分析・解説しようという客観的な視点。翻訳を進めながら、これまで「ないもの」とされていた、「許されない感情」が、言葉という浮力を得て、それまで頭上を覆っていた薄紙に開いた小さな穴から浮上していくようなイメージを抱いた。やはりこの本もまた、女性たちの輝く光を届ける物語なのだ、と。

ひとつ強調しておきたいのが、本書の研究対象になった女性たちの後悔は、母になったことであり、子どもではない、ということだ。「母になったことは後悔していても、子どもたちについては後悔していません。……得られた子どもたちは愛しています」（136〜137頁）という告白を受けて著者が解説しているように、彼女たちは子どもを、生きる権利を持つ独立した別の人間だと位置づけているのだ。

そして母親たちもまた、独立したひとりの人間である。自由に選択し、自由な感情を持ってよいはずなのだ。なぜそれが認めがたいことなのか？　女性の生きづらさは、どこからやってきたものなのか？　本書のなかには、そんな正解のない疑問をひもとくためのキーワードを多数見つけることができる。透明な概念に名前をつけ、舌の先に乗せたままだった言葉に声を与えることが、大きな力になることを再認識させてくれる本である。

本書をご紹介くださり、すばらしい日本語版をつくりあげてくださった担当編集者の内山淳介さんに深く感謝いたします。あとがき冒頭の副題は、打ち合わせの際に、本書の訳者あとがきを書かせてもらうことに恐縮していた私に、内山さんがこの本の「重さ」についておっしゃった言葉をそのまま引用させていただいた。主体と客体のはざまで揺れ動く「私たち」にとって、本書のメッセージが、心のコンパスのままに歩みを進める一助となることを願っている。この本を手に取ってくださった皆様に、心より感謝を申し上げます。

2022年1月吉日

鹿田昌美

文庫版　訳者あとがき

『母親になって後悔してる』という衝撃的なタイトルの翻訳書は、刊行直後から、多くの人の心を揺さぶった。テレビ番組で特集が組まれ、新聞や雑誌で30を超える書評や紹介記事が掲載され、一大ブームを巻き起こしたといってもいい。先に刊行されたヨーロッパでは著者へのバッシングもあったと聞いていたので、日本ではどんな反応があるのだろうかと、何が起こっても（何も起こらなくても）静かに受け止めるつもりでいた。

「母親」が「後悔」するなんてあり得ない、という拒絶や非難めいた声もあったものの、その大半はタイトルを一見した人々の反応だった。日本の読者にこの本が総じて温かく受け入れられたことが、著者に代わってどれほど嬉（うれ）しかったことだろう。翻訳者として四半世紀にわたり、様々な著者の声を聞いては日本語に置き換えるという作業を続けてきた。本書の場合、センシティブな内容であるがゆえに、言葉選びには細心の注意を払った。母親になった後悔を告白する23人の女性の言葉については、息づかいをなるべく自然に伝えられるように、空白や句読点の位置にまで気を配った。

手に取って吟味するには、ましてや受け入れるには勇気のいる内容だったところを、「大丈夫だよ」と大勢の人の背中を押してくれたのが、様々な分野で活躍されている著名な方々の書評であり、公（おおやけ）に語られる共感と応援の言葉であった。まずは何よりも先に、この場を借りて、著者と読者との間に優しい橋を架けてくださった皆様に深くお礼を申し上げたい。

著者オルナ・ドーナトは、「暗黙のタブーであるこのトピックに居場所を作ることを目指し、そのために、母になって後悔しているさまざまな社会集団のさまざまな年齢の女性に話を聞いた」（16頁）。日本における「居場所」の広がりはどうかというと、刊行後、それは目に見える形で増え続けている。「母親」と「後悔」という2つの単語を並べて使うことの違和感が、およそ3年でずいぶんと薄れてきたようにも感じる。

自発的な読書会が開催されたり、SNSで意見交換の輪が広がったりと、この本が今までなかった「居場所」をつくり、これまで語られなかった言葉を語る人たちが現れ、本書を媒介として、数々の化学反応が起きていった。それはまさに、子どもを持たないと決めている社会学者の著者が、母親になったことを心から後悔している（ただし子どものことは愛している）女性たちとの対話のなかで生み出した化学反応そのものだったように思える。

訳者である私にも取材が入った。記者さんやライターさんが手にしている単行本に付箋がびっしりと貼られ、ノートに膨大なメモをご準備してくださっているのを拝見して、慣れないことに緊張している場合じゃない、と背筋が伸びた。著者の代理の立場で受け答えをしていたつもりだったが、「鹿田さんご自身はどう思われますか？」と、個人的な意見を求められることも多かった。著者の声を借りるだけではなく、訳者が主体的に関わることを期待されるという経験をさせてもらった。地域の男女共同参画センターや子育て関連の施設等でお話しするという貴重な機会もいただくようになり、真剣な思いを語ってくださる参加者の方々と、なんらかの化学反応を起こすことができればと毎回願いながら登壇している。

著者は「母であることを個々の主体（動的で頻繁に変化する）間の関係として認識すれば、すべての母が子どもや母としての自分について同一の感情を持っているという期待を捨てることができる」（348〜349頁）、「母とは、関係性のなかで自ら吟味し、比較検討し、評価し、バランスを取る主体なのである」（32頁）と述べている。

キーワードは「主体（サブジェクト）」だ。主体的に生きることを自分に許可することが「自分らしく生きる」ことではないか。社会規範と感情のルールを首っぴきで参照しながら、推奨される選択項目のすべてにチェックマークを入れていこうとするのは、もうやめにしたら？と、先を歩く人たちからの声が聞こえてくるかのようだ。

この本を訳して1年半後に、今度は、母にならなかった女性の歴史をひも解いた『それでも母親になるべきですか』（ペギー・オドネル・ヘフィントン著、新潮社）を翻訳した。母になる道と同様に、母にならない道も多種多様だ。そして母と非母（ノンマザー）は二項対立ではない。出産していない女性たちもまた、コミュニティ内での役割を得て地域や人を育てているのだ。「母と非母をライバルとして二分するのではなく、本書が示唆（しさ）するように、潜在的な味方同士として位置付ける」（28頁）という当たり前のことが自然にできたら、どれほど楽に生きられることか。

また、本書にインスパイアされた映像作品や書籍や卒業論文等が発表され、日本の「後悔する母親」たちを特集したNHKクローズアップ現代「〝母親の後悔〟その向こうに何が」の取材内容を書籍化した『母親になって後悔してる、といえたなら―語りはじめた日本の女性たち―』（髙橋歩唯（あい）、依田（よだ）真由美著、新潮社）も刊行された。

「母であっても母でなくても私は私」であり、「母と私は別の人格」であり、「母親像」は人によって異なる。当たり前のことなのに、私たちは「こうあるべき理想」に振り回される。ちなみに私自身は、13歳の頃に母を病気で亡（な）くし、母のいない長い人生を送ってきた。思い出の断片を貼り合わせて（実像からは程遠いであろう）「私のお母さん」像をこしらえ、自身が母になってからは、欠落を想像力で補いながら、完璧（かんぺき）などはなから目指さない子育て（というよりも家族としての共同生活）をなんとかこなしている。これからも私は「母親像（母と自分の二人分）」を含む「私らしさ」を生涯をかけた裁縫仕事のようにコツコツとこしらえていくだろう。そんな人生の途中で、本書に巡り合えたことは大きな出来事であり恵みであった。

著者のメッセージを正確に伝えるのが翻訳者の務めであり、毎回、上手にバトンを渡せただろうか、と本が出る度に振り返っている。訳し終えた原稿が本になり、読んでくれる人の手に届いた瞬間から、読者の一員に加えていただける、と思うようにしている。共感し、感情を共有するという楽しみを持たせてもらえるのは、嬉しいことだ。自分もまたこの本を「居場所」として、気持ちを伝え、人とつながることができることに深く感謝したい。

最後に、この本を手に取って開いてくださった方々、そして文庫化にあたり、ご多忙のなか解説をお書きくださいました村井理子さん、文庫版の担当編集者の長谷川麻由さんに心よりお礼を申し上げます。

2024年12月吉日

鹿田昌美

解説

村井理子

本書が単行本として出版されたのは二〇二二年三月のこと。その直後からSNSでは話題を呼んでいたが、『母親になって後悔してる』というシンプルでありながらも、センセーショナルなタイトルに戸惑う声が大多数だったと記憶している。そのタイトルに加えて、インパクトのある装幀も目を引いた。表紙の女性の顔には目鼻口などが描かれていないため一切表情がわからず、薄い青色で塗りつぶされている。そのうえ、顔の目の前には黄色い鳥がとまっている。鳥の後方にはピンクの花がある。髪のあたりには虹までかかっている。黒いブラウスの胸元には原題の「Regretting Motherhood」（母親になることへの後悔）が、さりげなく、しかし意味ありげに記されている（文庫版では原題の位置が上部に移った）。表情を失った、あるいは個性そのものを奪われてしまったかのような女性の姿に、「母」という存在の真実を突きつけられたようで、表紙をめくった先に何が記されているのか、私は恐怖にも似た感情を覚えた。母親は個性を失った籠の鳥なのだろうか。それは、間違いとは言い切れない気がすると感じたのだ。

女性たちの切実な思いに光を当て、世界各国で大反響を呼び、同時に共感の声を得た本書は、イスラエルの社会学者で社会活動家のオルナ・ドーナトがイスラエルの女性たちにインタビューを行い、「もし時間を巻き戻せたら、あなたは再び母になることを選びますか？」と質問し、「ノー」と答えた二十三人の女性たちの声をまとめた一冊である。私自身は女性たちの率直な言葉に衝撃を受けながらも、共感する部分が非常に多かった。こんなにも多くの女性が、心のなかで静かに、別の人生を歩む自分を想像しているのだと知り、感動すらした。なぜなら、私もそうしながら生きてきたからだ。母親でない私はどう暮らしているだろうかと、常に想像して生きてきたからだ。女性たちの声を読み、私たちは母になったことを後悔してもいいのだと思えた。表だってそれを言う必要はないかもしれないけれど、「後悔してる」という気持ちと、子どもを愛する気持ちを同時に持ち続けて生きていてもいいのだと、エールをもらったような気がした。

しかし、世間の反応はこれとは少し違っていた。特に、SNS上では本書の『母親になって後悔してる』というタイトルが独り歩きを始め、悩める母親たちに対する心ない言葉が散見されるようになった。現役の母親たちからの、控え目ながらも肯定的な意見もあったが、寄せられた声の大多数は、母親たちが「後悔してる」と口にすることさえも許さない日本社会を色濃く反映した痛烈なものだった。「大変なのはわかっていたのだから、生まなければよかったじゃないか」「子どもに失礼だ」「最低な母親だ」という厳しい言葉がＳＮＳ上に溢(あふ)れ、議論は白熱した。現在進行形で子育てに苦しんでいる母親たちをいつの間にか置き去りにして、激しい言葉は増えていく一方だった。攻撃の矛先はすべて、母親である女性たちに集中していた。

なぜ、子育ての責任がすべて母親に集中するのか、私自身、その問いを長い間抱えて生きてきた。双子の息子（十八歳）を育てた母親として（未(いま)だ子育てを卒業とは言えないが）、その重い責任を一人で背負ってきた。二人が乳幼児だった頃に撮影した写真は、今でも見ることができない。私の人生の、最大のトラウマなのだ。悪夢のようなワンオペ育児のうえ、彼らは一日中、代わる代わる泣き続けた。夫はちょうど働き盛りで、連日残業して帰宅は深夜だった。確かに子どもは自分の命に替えてもいいほど大事な存在だが、愛情がすべてを凌駕(りょうが)すると考えるのは、子育てに限っては思い込みだと言わざるを得ない。人間は睡眠時間を確保できなければ、愛情を感じることさえ出来なくなる生き物だ。行き場を失った母親たちは、孤立感を深めていくだけ。

私自身も、そうやって孤独な気持ちを抱えたまま、現在に辿りついてしまった。子どもたちはいつの間にか十八歳になり、二人を愛する気持ちは昔と一切変わらない。それなのに、彼らの乳幼児期の写真を見ることができないという私の葛藤は、母親になって後悔してる気持ちと、子どもを愛する気持ちが同時に存在する心中を見事に映しているのではないだろうか。

この国で母親になるということは、良き母でいて当たり前と受け取られ続けることだと気づくまでに、あまり時間はかからなかった。どこへ行っても、誰と話しても、良き母になるための指導は延々と続く。「お母さんのがんばりひとつでこの子の将来は変わります」「お母さんが努力することで、この子の好き嫌いはなくなります」「お母さんがもう少し優しくしてあげれば、この子は成長する」……こんな言葉が、至る所から飛んでくる。少しでも不満を口にすれば、「母親なんだからしっかりしなさい」と言われてしまう。一番大事なのは、「良き母になること」。母親はまさにスーパーウーマンでいることを求められる存在で、私たちは、仕事、家事、育児、すべてを軽やかに、そして完璧にこなす、美しく強い存在でいなければならない。そのうえ、子育てを人生最大の使命として受け入れ、何があっても子どもの味方であり続け、夫を支え、自分を後回しにして生き続ける女性こそが、素晴らしい母親なのだ。「母親になって後悔してる」なんて、間違っても口にしてはいけないのだ。

冗談だと思われるだろうか？　私は本気で書いている。今の日本社会は、まさにこんな母親を求め、そしてそんな母親が完璧な母親だと考えて、その数を必死に増やそうとしているように私には思える。

　単行本の刊行からしばらくして、勇気を出した母親たちが、ぽつりぽつりと、その心情を語り出した。自分の夢を諦めたこと、孤独な育児が辛かったこと、母親にならなかった人生を考えることがあると、本書をきっかけとして、ＳＮＳ上で発言する女性たちが増えていったのだ。その輪は徐々に広がり、報道番組に取り上げられ、多くの母親たちから賛同の声が上がったのは記憶に新しい。私はそんな母親たちの声を聞くたびに、大きな力を得た。仲間がいたのだとうれしくなった。きっと、同じような気持ちになった女性がいたはずだ。

　本書は現在進行形で子育てに取り組む女性たちにとって強い味方となる一冊だが、同時に、すでに母であることを卒業（卒母）した人達にも是非手に取っていただきたい一冊だ。本書を読み進めながら、私は実母のことを考えずにはいられなかった。子どもだった私は、母が時折見せる諦めにも似た表情の意味がずっとわからずにいた。でも、今となっては彼女の気持ちが理解できる。母はきっと、止めようと思っても沸き上がってくる、母にならなかった自分と、その人生への思いを抱えていたのだろう。あなたの気持ちは決して間違いではなかったと、多くの女性に届くきっかけとなってほしい。

母親であることと、ありのままの自分で生きることを両立出来る女性が増えることを祈っている。

（二〇二五年一月、翻訳家）

Title : REGRETTING MOTHERHOOD. Wenn Muetter bereuen
Author : Orna Donath in cooperation with Margret Trebbe -Plath

母親（ははおや）になって後悔（こうかい）してる

新潮文庫　ト－26－1

Published 2025 in Japan
by Shinchosha Company

令和七年三月一日発行

訳者　鹿田昌美（しかたまさみ）
発行者　佐藤隆信
発行所　株式会社 新潮社

郵便番号　一六二―八七一一
東京都新宿区矢来町七一
電話　編集部（〇三）三二六六―五四四〇
読者係（〇三）三二六六―五一一一
https://www.shinchosha.co.jp

組版／新潮社デジタル編集支援室
価格はカバーに表示してあります。
乱丁・落丁本は、ご面倒ですが小社読者係宛ご送付ください。送料小社負担にてお取替えいたします。

印刷・株式会社光邦　製本・加藤製本株式会社

ISBN978-4-10-240741-7 C0198

この作品は二〇二二年三月新潮社より刊行された。

著者について

オルナ・ドーナトは社会学博士、社会活動家。彼女の研究は、すべての女性が母親になりたいはずだという社会的期待と、母になることを価値ある経験とする評価に疑問を呈している。10年以上にわたり、イスラエルのメディアと、さまざまな聴衆に向けた講義において、こういった期待に対峙すると共に、学術的な活動を続けてきた。

親になりたくないユダヤ人の女性と男性についての研究を行った後、2011年に著書『選択をする：イスラエルで子どもがいないこと（*Making a Choice: Being Childfree in Israel*）』がイスラエルで出版された。

学術研究に加えて、イスラエルのレイプ危機センターの理事会の議長を務め、12年以上にわたってセンターでボランティア活動を行っている。

原注

はじめに

1. Data from the Israeli Central Bureau of Statistics, "Selected Data for International Women's Day 2015."
2. Data from the World Bank, "Fertility Rate, Total (Births per Woman)," 2015, https://data.worldbank.org/indicator/SP.DYN.TFRT.IN
3. 1970年、アメリカのコラムニスト、アン・ランダースは、方法論的に物議をかもす次の質問をした。「もう一度選べるなら、もう一度親になることを選びますか?」。1万通以上の親からの手紙が編集者に送られ、そのうちの70%が「いいえ」と答えた。私の考えでは、「いいえ」と答えた人の割合はあまり重要ではなく、そのテーマで実際に調査が行われたこと、特にそれが40年ほど前のことだということが重要である。
4. 母になったことへの後悔と向き合おうとするさらなる例については "I Regret Having Children" の Facebook ページと、イギリス人の母で祖母であるイザベラ・ダットンの2013年の次のコラムで紹介している。"The Mother Who Says Having These Two Children Is the Biggest Regret of Her Life," *Mail Online*, April 3, 2013, https://www.dailymail.co.uk/femail/article-2303588/The-mother-says-having-children-biggest-regret-life.html
5. Orna Donath, "Regretting Motherhood: A Sociopolitical Analysis," Signs: Journal of Women in Culture and Society 40, no. 2 (2015): 343-367.
6. Esther Göbel, "Sie wollen ihr Leben zurück," April 5, 2015, https://www.sueddeutsche.de/gesundheit/unglueckliche-muetter-sie-wollen-ihr-leben-zurueck-1.2419449
7. Anonymous post, */pol/ Politically Incorrect* online discussion board, November 18, 2016, http://archive.4plebs.org/pol/thread/99119886
8. Sara Ahmed, *The Cultural Politics of Emotion* (Edinburgh: Edinburgh University Press, 2004).
9. Carol A. B. Warren, "Qualitative Interviewing," in *Handbook of Interview Research: Context & Method, eds.* J. F. Gubrium & J. A. Holstein (Thousand Oaks, CA: Sage, 2001) 83-101.
10. Orna Donath, *Making a Choice: Being Childfree in Israel* (Tel-Aviv: Miskal-Yedioth Ahronoth Books and Migdarim, Hakibbutz Hameuchad, 2011) [in Hebrew].

11. Janet Landman, *Regret: The Persistence of the Possible* (New York: Oxford University Press, 1993).
12. Ann Oakley, "Interviewing Women: A Contradiction in Terms," *in Doing Feminist Research*, ed. Helen Roberts (London: Routledge, 1990; first published 1981), 30-61.
13. Arlie Russell Hochschild, "Emotion Work, Feeling Rules, and Social Structure," *American Journal of Sociology* 85, no. 3 (1979): 551-575.

1章　母になる道筋

1. Nancy Chodorow, *The Reproduction of Mothering: Psychoanalysis and the Sociology of Gender* (Berkeley: University of California Press, 1978).
2. Simone de Beauvoir, *The Second Sex* (London: Random House, 2009; first published 1949); Sherry B. Ortner, "Is Female to Male as Nature Is to Culture?" *Feminist Studies* 1, no. 2 (1972): 5-31.
3. Beauvoir, *The Second Sex*; Shulamith Firestone, *The Dialectic of Sex* (New York: W. Morrow, 1970).
4. イスラエルのオンラインフォーラム「子どもを望まない女性たち」に書き込まれたメッセージと、イスラエルの新聞に書いた記事への反応。
5. Rosalind Gill, "Culture and Subjectivity in Neoliberal and Postfeminist Times," *Subjectivity* 25 (2008): 432-445; Kinneret Lahad, "The Single Woman's Choice as a Zero-Sum Game," *Cultural Studies* 28, no. 2 (2014): 240-266; Angela McRobbie, *The Aftermath of Feminism: Gender, Culture and Social Change* (London: Sage Publications, 2009); Rickie Solinger, "Dependency and Choice: The Two Faces of Eve," *Social Justice* 25, no. 1 (1998): 1-27.
6. Ibid.
7. Susan Himmelweit, "More than 'A Woman's Right to Choose'?" *Feminist Review* 29 (1988): 38-56.
8. Peter Costello, quoted in Donna M. Y. Read, Judith Crockett, and Robyn Mason, "'It Was a Horrible Shock': The Experience of Motherhood and Women's Family Size Preferences," *Women's Studies International Forum* 35, no. 1 (2012): 12-21.
9. Moran Eisenstein, "Enough with the Badgering: What if I Don't Want a Second Child?" *Ynet*, August 22, 2011, https://www.ynet.co.il/articles/0,7340,L-4110159,00.html [in Hebrew].
10. Johanna, "Regretting Motherhood: Overkill und die Frage: Muss das wirklich

sein?" *Das Leben Eben*, April 21, 2015, https://www.pink-e-pank.de/2015/04/21/regretting-motherhood-overkill-und-die-frage-muss-das-wirklich-sein/#comments; https://www.gutefrage.net/frage/ich-will-keine-kinder-haben-als-frau-ein-skandal

11. Diana Tietjens Meyers, "The Rush to Motherhood: Pronatalist Discourse and Women's Autonomy," *Signs: Journal of Women in Culture and Society* 26, no. 3 (2001): 735-773.
12. Ibid.
13. Martha McMahon, *Engendering Motherhood: Identity and Self-Transformation in Women's Lives* (New York: Guilford Press, 1995).
14. J. Fennell, "'It Happened One Night': The Sexual Context of Fertility Decision-Making" (paper presented at the Population Association of America, annual meeting, Los Angeles, CA, 2006).
15. Pierre Bourdieu, *Language and Symbolic Power,* ed. John B. Thompson (Cambridge, MA: Harvard University, 1992).
16. Tracy Morison, "Heterosexual Men and Parenthood Decision Making in South Africa: Attending to the Invisible Norm," *Journal of Family Issues* 34, no. 8 (2013): 1125-1144.
17. "Ich möchte keine Kinder–bitte akzeptiert das!" *Brigitte*, https://www.brigitte.de/liebe/persoenlichkeit/freiwillig-kinderlos--ich-moechte-keine-kinder---bitte-akzeptiert-das--10208544.html
18. Meyers, "The Rush to Motherhood."
19. Fennell, "'It Happened One Night'"; Morison, "Heterosexual Men and Parenthood Decision Making in South Africa."
20. Joanne Baker, "Discounting Disadvantage: The Influence of Neo-Liberalism on Young Mothers," in *Challenging Practices: The Third Conference on International Research Perspectives on Child and Family Welfare* (Mackay Centre for Research on Community and Children's Services, 2005).
21. Susie Louck Shemer, *The Experience of Mothers after the Birth of the First Child and the Relationship of the Couple, in the Ultra-Orthodox and Secular Israeli Society* (MA thesis, Hebrew University, Jerusalem, 2009) [in Hebrew].
22. Ann Crittenden, *The Price of Motherhood: Why the Most Important Job in the World Is Still the Least Valued* (New York: Henry Holt and Company, 2001); Aafke Komter, "Hidden Power in Marriage," *Gender & Society* 3, no. 2 (1989): 187-216.
23. Komter, "Hidden Power in Marriage."
24. Catharine MacKinnon, "A Sex Equality Approach to Sexual Assault," *Annals of*

the New York Academy of Sciences 989 (2003), 265-275.
25. Lahad, "The Single Woman's Choice as a Zero-Sum Game."

2章　要求の多い母親業

1. Tamar Hager, "Making Sense of an Untold Story: A Personal Deconstruction of the Myth of Motherhood," *Qualitative Inquiry* 17, no. 1 (2011): 35.
2. Jean B. Elshtain, *Public Man, Private Woman* (Princeton, NJ: Princeton University Press, 1981); Sharon Hays, *The Cultural Contradictions of Motherhood* (New Haven, CT: Yale University Press, 1996); Carole Pateman, "Feminist Critiques of the Public/Private Dichotomy," in *The Disorder of Women: Democracy, Feminism and Political Theory* (Cambridge, UK: Polity Press, 1989), 118-140.
3. Firestone, *The Dialectic of Sex.*
4. Hays, *The Cultural Contradictions of Motherhood.*
5. Terry Arendell, "Conceiving and Investigating Motherhood: The Decade's Scholarship," *Journal of Marriage and Family* 62, no. 4 (2000): 1192-1207; Nancy Scheper-Hughes, *Death without Weeping: The Violence of Everyday Life in Brazil* (Berkeley: University of California Press, 1992).
6. Hager, "Making Sense of an Untold Story."
7. Arendell, "Conceiving and Investigating Motherhood"; Hays, *The Cultural Contradictions of Motherhood.*
8. Rozsika Parker, "Why Study the Maternal," *Studies in the Maternal* 1, no. 1: 1-4, doi: https://doi.org/10.16995/sim.158
9. Hays, *The Cultural Contradictions of Motherhood.*
10. Kelly Oliver, *Knock Me Up, Knock Me Down: Images of Pregnancy in Hollywood Films* (New York: Columbia University Press, 2012).
11. Gabriele Möller, "Regretting Motherhood–darf man es bereuen, Mutter zu sein?" *Urbia*, https://www.urbia.de/magazin/familienleben/muetter/regretting-motherhood-darf-man-es-bereuen-mutter-zu-sein（現在はアクセス不可）
12. Oliver, *Knock Me Up, Knock Me Down*; Imogen Tyler, "Pregnant Beauty: Maternal Femininities under Neoliberalism," in *New Femininities: Postfeminism, Neoliberalism and Subjectivity*, eds. Rosalind Gill and Christina Scharff (London: Palgrave Macmillan, 2011), 21-36.
13. Arlie Russell Hochschild, "Ideology and Emotion Management: A Perspective and Path for Future Research," in *Research Agendas in the Sociology of Emotions*, ed. T. D. Kemper (Albany: SUNY Press, 1990), 122.

14. Arendell, "Conceiving and Investigating Motherhood."
15. アイレット・ウォルドマンは2005年にニューヨーク・タイムズ紙に発表したエッセイで「良い母親とは、自分の子どもを世界中の誰よりも愛している人だとしたら、私は良い母親とは言えない。私は悪い母親だ。子どもを愛するよりも夫を愛している」と書いたが、そのエッセイに対する、嵐のような怒りに満ちた敵対的な反応に、母親の感情を規制しようとする明確な例が見られる (Ayelet Waldman, "Truly, Madly, Guiltily," *New York Times*, March 27, 2005, https://www.nytimes.com/2005/03/27/fashion/truly-madly-guiltily.html)。ウォルドマンは、ヘイトメールや脅迫を受けたと報告した。「社会福祉省に通報するとか、子どもを取り上げるとか」と言われたという。後日、彼女は自宅の門で同じような内容のメモを見つけたが、「あなたの住まいを知っている」と書き添えてあった (Bob Thompson, "Profile of Ayelet Waldman, Who Wrote 'Bad Mother,'" *Washington Post*, May 5, 2009, https://www.washingtonpost.com/wp-dyn/content/article/2009/05/04/AR2009050403451.html)。
16. 以下の記事へのコメントNo. 24に対する反応。Orna Donath, "I Love My Children but Rather They Would Not Be Here," *Ynet*, June 25, 2009, https://www.ynet.co.il/articles/0,7340,L-3734681,00.html [in Hebrew].
17. Comment No. 23 from the article "Debatte um #regrettingmotherhood: Mütter, die keine sein wollen," *Spiegel Online*, April 13, 2015, https://www.spiegel.de/panorama/gesellschaft/regrettingmotherhood-muetter-die-keine-sein-wollen-a-1028310.html#js-article-comments-box-pager
18. この主張は、フィンチの「家族には『行う』だけでなく『見せる』ことも必要だ」という主張に基づいている。Janet Finch, "Displaying Families," *Sociology* 41, no. 1 (2007): 65-81.
19. Quoted in Beauvoir, *The Second Sex*.
20. Susan Maushart, *The Mask of Motherhood: How Becoming a Mother Changes Everything and Why We Pretend It Doesn't* (New York: Penguin Books, 2000).
21. Judith Butler, "Imitation and Gender Insubordination," in *Inside/Out: Lesbian Theories, Gay Theories,* ed. Diana Fuss (New York: Routledge, 1991), 13-31.
22. R. D. Laing, *The Politics of the Family and Other Essays* (Harmondsworth, UK: Pelican Books, 1969).
23. Arendell, "Conceiving and Investigating Motherhood."
24. Barbara Ehrenreich and Deirdre English, *For Her Own Good* (New York: Anchor Books, 1979).
25. Sarah Rudell Beach, "Honoring the Ambivalence of Motherhood," *Left Brain Buddha*, November 17, 2014, https://leftbrainbuddha.com/honoring-mater-

nal-ambivalence-motherhood-conflicted/
26. Stephanie Sprenger, "Maternal Ambivalence," Februaly 17, 2015, https://stephaniesprenger.com/maternal-ambivalence/
27. Arendell, "Conceiving and Investigating Motherhood."
28. Rozsika Parker, "Maternal Ambivalence," in *Winnicott Studies No. 9*, ed. Laurence Spurling (London: Squiggle Foundation, 1994), 3-17.
29. Mariam I. Tazi-Preve, "Motherhood in Patriarchal Society: The Case of Germany and Austria," in *Mother's Way*, ed. Erella Shadmi (Tel-Aviv: Resling, 2014), 67-82 [in Hebrew].
30. Adrienne Rich, *Of Woman Born: Motherhood as Experience and Institution* (New York: Norton, 1976), 21.
31. Rozsika Parker, "The Production and Purposes of Maternal Ambivalence," in *Mothering and Ambivalence*, eds. Wendy Hollway and Brid Featherstone (London: Routledge, 1997), 17.
32. Joan Raphael-Leff, "Healthy Maternal Ambivalence," *Studies in the Maternal* 2, no. 1 (2010): 1-15.
33. Kristin, "My Postpartum Depression Confession," *Little Mama Jama*, December 1, 2011, https://littlemamajama.com/my-postpartum-depression-confession/ (現在はアクセス不可)
34. Raphael-Leff, "Healthy Maternal Ambivalence."
35. Parker, "Maternal Ambivalence," 8.
36. Anat Palgi-Hecker, *Mother in Psychoanalysis: A Feminist View* (Tel-Aviv: Am Oved Publishers, 2005) [in Hebrew].
37. Ibid.
38. Nikki Shelton and Sally Johnson, "'I Think Motherhood for Me Was a Bit Like a Double-Edged Sword': The Narratives of Older Mothers," *Journal of Community and Applied Social Psychology* 16, no. 4 (2006): 327.

3章　母になった後悔

1. Alberto Melucci, *The Playing Self: Person and Meaning in the Planetary Society* (Cambridge: Cambridge University Press, 1996).
2. Kerry J. Daly, *Families and Time: Keeping Pace in a Hurried Culture* (Thousand Oaks, CA: Sage Publications, 1996).
3. Melucci, *The Playing Self.*
4. Daniel Kahneman and Amos Tversky, "The Psychology of Preferences," *Scientific*

American 246, no. 1 (1982): 160-173.

5. Landman, *Regret.*
6. Quoted in Karen Davies, "Capturing Women's Lives: A Discussion of Time and Methodological Issues," *Women's Studies International Forum* 19, no. 6 (1996): 581.
7. Barbara Adam, *Timewatch: The Social Analysis of Time* (Cambridge, UK: Polity Press, 1995), 39.
8. Eviatar Zerubavel, "Social Memories: Steps to a Sociology of the Past," *Qualitative Sociology* 19, no. 3 (1996): 283-299.
9. Andrew S. Horne, "Reflections on Remorse in Forensic Psychiatry," in *Remorse and Reparation,* ed. Murray Cox (London: Jessica Kingsley, 1999), 21-31.
10. Muzzamil Siddiqi, "Forgiveness: Islamic Perspective," *OnIslam*, March 21, 2011, https://www.islamawareness.net/Repentance/perspective.html
11. Landman, *Regret;* Zerubavel, "Social Memories."
12. Neal J. Roese and Amy Summerville, "What We Regret Most... and Why," *Personality and Social Psychology Bulletin* 31, no. 9 (2005): 1273-1285.
13. Diana L. Dumais, *Talking about Abortion: A Qualitative Examination of Women's Abortion Experiences* (UMI Dissertations, University of New Hampshire, 2006).
14. Susan Frelich Appleton, "Reproduction and Regret," *Yale Journal of Law and Feminism* 23, no. 2 (2011): 255-333.
15. Baine B. Alexander, Robert L. Rubinstein, Marcene Goodman, and Mark Luborsky, "A Path Not Taken: A Cultural Analysis of Regrets and Childlessness in the Lives of Older Women," *The Gerontologist* 32, no. 5 (1992): 618-626.
16. Lanette Ruff, *Religiosity, Resources, and Regrets: Religious and Social Variations in Conservative Protestant Mothering* (PhD diss., University of New Brunswick, Canada, 2006).
17. Landman, *Regret.*
18. Lisa Endlich Heffernan, "Why I Regret Being a Stay-at-Home-Mom," June 17, 2013, https://www.huffpost.com/entry/why-i-regret-being-a-stay-at-home-mom_b_3402691
19. Katrina Kimport, "(Mis)Understanding Abortion Regret," *Symbolic Interaction* 35, no. 2 (2012): 105-122; Barbara Katz Rothman, *Recreating Motherhood* (New Brunswick, NJ: Rutgers University Press, 2000; first published 1989).
20. Kimport, "(Mis)Understanding Abortion Regret."
21. Carolyn Morell, *Unwomanly Conduct: The Challenges of Intentional Childlessness* (London: Routledge, 1994).
22. Forums at Tapuz.co.il; in Hebrew.

23. H. Theodore Groat, Peggy C. Giordano, Stephen A. Cernkovich, M. D. Pugh, and Steven P. Swinford, "Attitudes toward Childbearing among Young Parents," *Journal of Marriage and Family* 59, no. 3 (1997): 568-581, doi: 10.2307/353946.
24. Shelton and Johnson, "'I Think Motherhood for Me Was a Bit Like a Double-Edged Sword,'" 316-330.
25. Jessie Shirley Bernard, *The Future of Motherhood* (New York: Dial Press, 1974).
26. Palgi-Hecker, *Mother in Psychoanalysis.*
27. Ruth Quiney, "Confessions of the New Capitalist Mother: Twenty-First-Century Writing on Motherhood as Trauma," *Women: A Cultural Review* 18, no. 1 (2007): 19-40.
28. Hager, "Making Sense of an Untold Story."
29. Sheila Kitzinger, "Birth and Violence Against Women: Generating Hypotheses from Women's Accounts of Unhappiness after Childbirth," in *Women's Health Matters*, ed. Helen Roberts (New York: Routledge, 1992), 63-80.
30. Maushart, *The Mask of Motherhood*; Kitzinger, "Birth and Violence Against Women."
31. Catharine A. MacKinnon, "Sexuality, Pornography, and Method: 'Pleasure under Patriarchy,'" in *Feminism and Political Theory*, ed. Cass R. Sunstein (Chicago: University of Chicago Press, 1990).
32. Eva Illouz, *Cold Intimacies: The Making of Emotional Capitalism* (Cambridge, UK: Polity Press, 2007).

4章　許されない感情を持って生きる

1. Naomi Wolf, *Misconceptions: Truth, Lies, and the Unexpected on the Journey to Motherhood* (New York: Anchor Books, 2003; first published 2001).
2. Luce Irigaray, "And the One Doesn't Stir without the Other," *Signs: Journal of Women in Culture and Society* 7, no. 1 (1981): 67.
3. Rachel Cusk, "The Language of Love," *Guardian*, September 12, 2001, quoted in Quiney, "Confessions of the New Capitalist Mother," 32.
4. Ibid., 30.
5. Patricia Hill Collins, "Shifting the Center: Race, Class, and Feminist Theorizing about Motherhood," in *Mothering: Ideology, Experience, and Agency*, eds. E. N. Glenn, G. Chang, and L. R. Forcey (New York: Routledge, 1994), 58.
6. Effie Ziv, "Insidious Trauma," *Mafte'akh: Lexical Review of Political Thought* 5 (2012): 55-74 [in Hebrew].

7. Wolf, *Misconceptions*, 7.
8. Quoted in Lea Thies, "'Ich liebe mein Kind, aber…'–wenn Mütter mit ihrer Rolle hadern," *Augsburger Allgemeine*, May 10, 2015, https://www.augsburger-allgemeine.de/panorama/Familie-Ich-liebe-mein-Kind-aber-wenn-Muetter-mit-ihrer-Rolle-hadern-id33989927.html
9. McMahon, *Engendering Motherhood*, 136.
10. See for example: Philippe Ariès, *Centuries of Childhood: A Social History of Family Life* (New York: Alfred A. Knopf, 1962); Elisabeth Badinter, *Mother Love: Myth and Reality: Motherhood in Modern History* (New York: Macmillan, 1981).
11. See for example: Elisheva Baumgarten, *Mothers and Children: Jewish Family Life in Medieval Europe* (Princeton, NJ: Princeton University Press, 2004); Shulamith Shahar, *Childhood in the Middle Ages* (London: Routledge, 1990).
12. Scheper-Hughes, *Death without Weeping.*
13. Comment no. 81 on Donath, "I Love My Children but Rather They Would Not Be Here."
14. Comment no. 4 on Donath, "I Love My Children but Rather They Would Not Be Here."
15. Carol Gilligan, *In a Different Voice* (Cambridge, MA: Harvard University Press, 1982).
16. Diana L. Gustafson, *Unbecoming Mothers: The Social Production of Maternal Absence* (New York: Haworth Clinical Practice Press, 2005), 3.
17. Davies, "Capturing Women's Lives," 579-588.
18. Jennifer Senior, *All Joy and No Fun: The Paradox of Modern Parenthood* (New York: HarperCollins, 2014).
19. Karen Davies, *Women, Time and the Weaving of the Strands of Everyday Life* (Aldershot, UK: Avebury, 1990).
20. Arlie Russell Hochschild, *The Time Bind: When Work Becomes Home and Home Becomes Work* (New York: Henry Holt, 2001; first published 1997).
21. Christina Mundlos quoted in Madeleine Gullert, "Unglückliche Mütter, die ihr Leben zurückwollen," *Aachener Zeitung*, May 3, 2015, https://www.aachener-zeitung.de/nrw-region/unglueckliche-muetter-die-ihr-leben-zurueckwollen_aid-25492993plx492700333（現在はアクセス不可）
22. Katz Rothman, *Recreating Motherhood*, 10.
23. Sara Ruddick, *Maternal Thinking: Toward a Politics of Peace* (New York: Ballantine Books, 1989).
24. Gustafson, *Unbecoming Mothers.*
25. Ibid., 23.

26. Lylah M. Alphonse, "The Opposite of a 'Tiger Mother': Leaving Your Children Behind," *Yahoo! Style*, March 4, 2011, https://ca.style.yahoo.com/the-opposite-of-a--tiger-mother---leaving-your-children-behind.html
27. Wibke Bergemann, "Wenn die Mutter nach der Trennung auszieht," *Deutschlandfunk Kultur*, June 29, 2015, https://www.deutschlandfunkkultur.de/tabubruch-wenn-die-mutter-nach-der-trennung-auszieht-100.html
28. Orna Donath, "The More the Merrier? Some Cultural Logics of the Institution of Siblingship in Israel," *Israeli Sociology* 15, no. 1 (2013): 35-57 [in Hebrew]; Ann Laybourn, "Only Children in Britain: Popular Stereotype and Research Evidence," *Children & Society* 4, no. 4 (1990): 386-400; Adriean Mancillas, "Challenging the Stereotypes about Only Children: A Review of the Literature and Implications for Practice," *Journal of Counseling & Development* 84, no. 3 (2006): 268-275; Sharryl Hawke and David Knox, *One Child by Choice* (Englewood Cliffs, NJ: Prentice Hall, 1977); Toni Falbo and Denise F. Polit, "Quantitative Review of the Only Child Literature: Research Evidence and Theory Development," *Psychological Bulletin* 100, no. 2 (1986):176-189.
29. "Means of Promoting Procreation in Developed Countries: A Comparative Review," 2010.
30. Read, Crockett, and Mason, "'It Was a Horrible Shock.'"
31. Ian Craib, *The Importance of Disappointment* (London: Routledge, 1994).

5章　でも、子どもたちはどうなる？

1. Quoted from Dutton, "The Mother Who Says Having These Two Children Is the Biggest Regret of Her Life."
2. Johanna, "Regretting Motherhood."
3. Carolyn Moynihan, "Regretting Motherhood Is a Symptom of 21st Century Anti-Natalism," *Intellectual Takeout*, December 15, 2016, https://intellectualtakeout.org/2016/12/regretting-motherhood-is-a-symptom-of-21st-century-anti-natalism/
4. Quiney, "Confessions of the New Capitalist Mother."
5. Birgit Kelle, "Werdet endlich erwachsen!" *The European: Das Debatten-Magazin*, April 20, 2015, https://www.theeuropean.de/birgit-kelle/10048-selbstmitleid-im-internet（現在はアクセス不可）
6. Nadine, "Plädoyer für ein Tabu. #regrettingmotherhood," *Berliner kinderzimmer: kleines blogmagazin*, April 9, 2015.

7. Angelika Wende, "Regretting Motherhood oder warum Kinder als Schuldige für ein unerfülltes Leben herhalten müssen," April 19, 2015, https://angelikawende.blogspot.com/2015/04/aus-der-praxis-regretting-motherhood.html
8. Sasha Worsham Brown, "My Mom Told Me She Regrets Having Children," *Yahoo!*, May 1, 2015, https://www.yahoo.com/lifestyle/what-if-you-regret-having-children-117620834597.html
9. Sara Ahmed, *Queer Phenomenology: Orientations, Objects, Others* (Durham, NC: Duke University Press, 2006).
10. Judith Jack Halberstam, *The Queer Art of Failure* (Durham, NC: Duke University Press, 2011); Sam McBean, "Queer Temporalities," *Feminist Theory* 14, no. 1 (2013): 123-128; Kathryn Bond Stockton, *The Queer Child, or Growing Sideways in the Twentieth Century* (Durham, NC: Duke University Press, 2009).
11. Halberstam, *The Queer Art of Failure*, 27.
12. Ahmed, *Queer Phenomenology*; Halberstam, *The Queer Art of Failure.*
13. Kathy Weingarten, "Radical Listening," *Journal of Feminist Family Therapy* 7, nos. 1-2 (1995): 7-22.
14. Ibid.
15. Ann Snitow, "Feminism and Motherhood: An American Reading," *Feminist Review* 40 (1992): 33.
16. Ibid.
17. Irigaray, "And the One Doesn't Stir without the Other," 63.

6章　主体としての母

1. Landman, *Regret.*
2. Avery F. Gordon, *Ghostly Matters: Haunting and the Sociological Imagination* (Minneapolis: University of Minnesota Press, 2008), 5.
3. Save the Children, "The Complete Mothers' Index 2015."
4. "In Norwegen geht es Müttern am besten," *Frankfurter Allgemeine Zeitung*, Familie, May 5, 2015, https://www.faz.net/aktuell/feuilleton/familie/internationaler-muetter-index-norwegen-vorn-13575261.html
5. See for example: Collins, "Shifting the Center"; Barbara Ehrenreich and Arlie Russell Hochschild, eds., *Global Woman: Nannies, Maids, and Sex Workers in the New Economy* (New York: Metropolitan Books, 2002); bell hooks, "Homeplace: A Site of Resistance," in *Maternal Theory: Essential Readings*, ed. Andrea O'Reilly (Toronto, Canada: Demeter Press, 2007), 266-273; Shelley M. Park, *Mothering*

Queerly, Queering Motherhood: Resisting Monomaternalism in Adoptive, Lesbian, Blended, and Polygamous Families (Albany, NY: SUNY Press, 2013); Rickie Solinger, *Pregnancy and Power: A Short History of Reproductive Politics in America* (New York: New York University Press, 2005).

6. Diane Pearce, "The Feminization of Poverty: Women, Work, and Welfare," *Urban and Social Change Review* 11, nos. 1-2 (1978): 28-36.
7. Sarit Sambol and Orly Benjamin, "Motherhood and Poverty in Israel: The Place of Motherhood in the Lives of the Working Poor," *Social Issues in Israel* 1, no. 2 (2006): 31-63 [in Hebrew]; Sarit Sambol and Orly Benjamin, "Structural and Gender Based Interruptions in Women's Work History: The Entrenchment of Opportunity Structures for the Working Poor," *Israeli Sociology* 9, no. 1 (2007): 5-37 [in Hebrew].
8. Evelyn Nakano Glenn, "Social Constructions of Mothering: A Thematic Overview," in *Mothering,* eds. Glenn, Chang, and Forcey, 5-6.
9. Hochschild, *The Time Bind*; Arlie Russell Hochschild, *The Second Shift: Working Parents and the Revolution at Home* (New York: Viking Penguin, 1989).
10. "EU-Vergleich: Mütter arbeiten seltener, Väter häufiger als Kinderlose," Statistisches Bundesamt, 2013.
11. Emily Jeremiah, "Murderous Mothers: Adrienne Rich's Of Woman Born and Toni Morrison's Beloved," in *From Motherhood to Mothering: The Legacy of Adrienne Rich's Of Woman Born,* ed. Andrea O'Reilly (New York: SUNY Press, 2004), 59-71.
12. Nancy Chodorow and Susan Contratto, "The Fantasy of the Perfect Mother," *in Feminism and Psychoanalytic Theory*, ed. Nancy Chodorow (New Haven, CT: Yale University Press, 1989), 90.
13. hooks, "Homeplace," 147.
14. Katz Rothman, *Recreating Motherhood*, 10, 13.
15. Christine Finke, "Regretting Motherhood–Nein. Aber," *Mama arbeitet,* April 6, 2015, https://mama-arbeitet.de/gestern-und-heute/regretting-motherhood-nein-aber
16. Andrea O'Reilly, *Rocking the Cradle: Thoughts on Motherhood, Feminism, and the Possibility of Empowered Mothering* (Toronto: Demeter Press, 2006), 14.
17. Patricia Hill Collins, "The Meaning of Motherhood in Black Culture and Black Mother-Daughter Relationships," in *Maternal Theory,* ed. O'Reilly, 274-289; hooks, "Homeplace."
18. Michal Krumer-Nevo, *Women in Poverty: Life Stories: Gender, Pain, Resistance* (Tel-Aviv: Hakibbutz Hameuchad, 2006) [in Hebrew].

19. Ibid., 92.
20. Lennard J. Davis, *Enforcing Normalcy: Disability, Deafness, and the Body* (London: Verso, 1995).
21. Donath, *Making a Choice.*
22. A comment following the article of Maike Schultz, "Att bli mamma har inte tillfört mig något," *Svenska Dagbladet*, September 15, 2015.
23. http://www.tapuz.co.il/forums2008/forumpage.aspx?forumId=1105（現在はアクセス不可）
24. Jean E. Veevers, *Childless by Choice* (Toronto: Butterworths, 1980), 82.
25. Annalee Newitz, "Murdering Mothers," in *"Bad" Mothers: The Politics of Blame in Twentieth-Century America*, eds. Molly Ladd-Taylor and Lauri Umansky (New York: New York University Press, 1998), 334-356.
26. Ibid., 352.
27. http://www.tapuz.co.il/forums2008/forumpage.aspx?forumId=1105（現在はアクセス不可）
28. Sarah Diehl, *Die Uhr, die nicht tickt* (Zürich-Hamburg: Arche Verlag, 2014).
29. Meyers, "The Rush to Motherhood."
30. Hochschild, *The Time Bind.*
31. Illouz, *Cold Intimacies.*
32. Hays, *The Cultural Contradictions of Motherhood*, 154.
33. Baumgarten, *Mothers and Children*; Shahar, *Childhood in the Middle Ages.*
34. A translation from Shahar, *Childhood in the Middle Ages*, 25.
35. Baumgarten, *Mothers and Children*, 1.
36. Donath, "I Love My Children but Rather They Would Not Be Here."
37. Judith Stadtman Tucker, "The New Future of Motherhood," *The Mothers Movement Online,* 2005, http://www.mothersmovement.org/features/mhoodpapers/new_future/mmo_new_future.pdf

エピローグ

1. Landman, *Regret,* 5.
2. Rustum Roy and Della Roy, *Honest Sex* (New York: New American Library, 1968). Quoted in Ellen Peck, *The Baby Trap* (New York: Bernard Geis Associates, 1971), 67, 68.